PIERRE DE GUÉ

LA SÉRIE PIERRE
TOME 2

DAKOTA WILLINK

Traduction par
VIRGINIE EYMARD

À mon mari...
Mon amour et le plus grand homme que j'ai jamais connu.

1

Krystina

La bourrasque me fouettait, et mes cheveux me giflaient le visage. Je les balayais de mes yeux avec impatience en ratant le lecteur de carte de crédit de la pompe à essence.

Non, je ne veux pas de lavage de voiture. Non, je ne veux pas de reçu.

La seule chose que je voulais, c'était faire le plein et me mettre à l'abri de la pluie. La journée avait été longue. Le trajet de ce matin-là jusqu'à Stamford, dans le Connecticut, avait pris plus de temps que prévu depuis mon appartement de Greenwich Village. La circulation à la sortie de la ville était très mauvaise et j'espérais pouvoir revenir à temps pour éviter les heures de pointe.

- Erreur de lecture de carte. Merci de vous adresser au pompiste, déclarait la voix robotique du haut-parleur de la pompe à essence.

- Pu-tain, jurais-je.

Puis je glissais ma carte de crédit dans la poche de la veste de mon tailleur et me précipitais vers le bâtiment principal de la station-service. Une fois à l'intérieur, je me frottais les manches pour en balayer les gouttes de pluie, en étant reconnaissante de voir qu'il n'y avait pas de file d'attente à la caisse.

- En quoi puis-je vous aider, mademoiselle ? demandait l'homme d'un certain âge qui travaillait derrière le comptoir.

- La pompe n'a pas voulu lire ma carte. Je suis ici pour payer.

- Vraiment navré. Cette machine n'a pas arrêté d'en faire des siennes, aujourd'hui. Vous voulez faire le plein ?

- Oui, c'est ça. Trente dollars devraient suffire.

- D'accord. Laissez-moi voir ça...

Il se concentra en tirant ses lunettes sur l'arête de son nez pour regarder l'écran de l'ordinateur qui était devant lui. Prenant ma carte de crédit, il commença à saisir mon achat dans l'ordinateur de la caisse enregistreuse à un rythme extrêmement lent. Mon réflexe fut de taper du pied dans mon impatience. Pour me distraire, je parcourus la liste des petites choses à manger qui était affichée à la caisse : barres de chocolat, viande de bœuf séchée et tabac à mâcher. Un paquet de chewing-gum Big Red attira mon attention et me fit sourire nostalgiquement en souvenir d'un geste de séduction innocent. Presque instantanément, une douleur m'envahit la poitrine et je repoussai cette idée.

N'y pense même pas.

Sur un coup de tête, je pris le paquet de chewing-gum à la cannelle et le jetai sur le comptoir.

- Je vais prendre ça, aussi ! annonçai-je au caissier aux cheveux gris.

Après ce qui me semblait être une éternité, l'homme me rendit ma carte de crédit.

- Ça y est, tout est prêt, Mademoiselle Cole ! Passez une bonne soirée ! me dit-il en me prenant par surprise.

Dans la société artificielle dans laquelle on vivait, je pensais que les gens ne prêtaient plus beaucoup d'attention aux noms des gens indiqués sur les cartes de crédit. Après avoir remercié le pompiste, j'empochai très vite ma carte et le chewing-gum, puis ressortis pour faire le plein. Lorsque la pompe à essence s'arrêta, je vissai le bouchon du réservoir sur ma vieille Ford préhistorique et me dépêchai de remonter dedans. Après avoir bouclé ma ceinture de sécurité, je m'appuyai la tête contre le siège, redoutant le long trajet du retour.

Suis-je vraiment sûre de vouloir effectuer ce trajet tous les jours ?

Je connaissais la réponse, mais je n'avais pas vraiment le choix. Trouver un emploi dans le domaine du marketing à New York relevait de l'impossible : hier, quand j'ai reçu cet appel pour un entretien d'embauche à Stamford, je n'y ai même pas réfléchi à deux fois. Et ce matin, je me suis réveillée très tôt en risquant ma vie sur la I-95. Puis, mon entretien avec LD Marketing Solutions s'est super bien passé : on m'a proposé un emploi sur-le-champ. Il ne me restait plus qu'à l'accepter. Comme par enchantement, mon portable reçut une notification m'indiquant que j'avais reçu un e-mail. C'était le coordinateur principal de LD. J'ouvris l'e-mail et en parcourus le contenu en diagonale : il s'agissait d'une lettre de remerciement à laquelle était jointe l'offre d'emploi officielle. Je n'avais pas besoin d'ouvrir la pièce jointe pour savoir ce qu'elle contenait. On m'avait déjà donné le salaire de départ et les avantages sociaux, qui n'étaient pas mauvais du tout. Frustrée, je balançais mon téléphone portable dans mon sac à main.

- Je ne sais pas quoi faire, dis-je à voix haute dans la voiture vide.

La raison pour laquelle je ne voulais pas accepter tout de suite cette offre ne me quitta pas alors que je mettais la voiture en marche et que je me dirigeais vers l'autoroute. Au fond de moi, je savais que je n'avais pas encore pris de décision par rapport à l'opportunité d'emploi chez Turning Stone

Advertising. Cependant, la solution aurait dû être évidente : si je voulais éviter de croiser Alexander Stone, il serait logique que je ne travaille pas dans une entreprise dont il était propriétaire.

Ne pense plus à lui. Détache-toi de tout ça et concentre-toi sur ce que le travail pourra t'offrir.

Mais malgré toutes les leçons de morale que je m'étais faites, il m'était difficile de ne pas voir les points communs de ces deux opportunités : si l'offre de LD Marketing était très intéressante, celle de Turning Stone l'était encore plus. En même temps, j'étais passée de zéro à deux propositions d'emploi presque du jour au lendemain. Le problème, c'était que le travail chez Turning Stone était assorti d'un détail important.

Alexander.

Croiser son chemin serait inévitable, et je n'étais pas sûre d'avoir la force de lui résister. En fait, je savais que je n'en aurais pas la force. Notre relation de courte durée en était la preuve. Il était comme une drogue pour moi - toxique et malsaine, et donc indéniablement addictive. Pendant le peu de semaines qu'Alexander et moi avions passées ensemble, quelque chose avait changé en moi. Mais je n'avais pas encore déterminé si c'était positif ou non. Il avait découvert des choses en moi dont j'ignorais l'existence, révélant des désirs sombres dont je n'avais pas conscience. Pourtant, j'étais déconcertée par cette nouvelle passion. Je ne savais pas si c'était moi qui me montais la tête avec tout ça, ou bien si c'était vraiment réel.

Mais comment suis-je censée le savoir ? C'est pas comme si j'avais une tonne d'expérience à ce niveau-là.

Mon expérience avec les hommes ne se traduisait qu'en une liste assez courte, mais elle était souillée : la seule relation à long terme que j'ai eue à ce jour, c'était avec Trevor Hamilton, le connard abusif et dominateur qui m'avait battue et violée. Je frissonnais alors que les souvenirs menaçaient de refaire surface. J'étais restée à l'écart des hommes après ce désastre, et j'étais très heureuse.

Vraiment ?

Je pensais que c'était le cas, jusqu'à ce qu'Alexander Stone entre en scène. Notre rencontre inopinée avait tout changé pour moi. J'ai été attirée par lui dès que je l'ai vu. Le besoin charnel qui brûlait entre nous était incontestable. Un seul regard de sa part faisait crépiter l'air de la pièce dans laquelle il était comme la mèche d'une bombe à retardement qui attendait d'exploser. Ce fut d'ailleurs la raison pour laquelle j'avais décidé de courir le risque. Pourtant, Alexander s'était dévoilé comme étant à un niveau encore bien plus élevé qu'à celui auquel je m'attendais. Même à ce moment-là, j'étais prête à lui donner plus de temps - à *nous* donner plus de temps. Mais plus tard, Alexander m'avait emmenée dans une boîte de BDSM. Cette nuit-là, mon passé m'est revenu en pleine face comme une bonne grosse gifle, ce qui avait déclenché en moi une réaction instinctive. Je n'ai jamais su si cette nuit-là était une bénédiction ou une malédiction pour moi.

Vraiment ? Je n'avais pas vu Trevor depuis deux ans. De tous les endroits de la ville, c'est pourtant là que je l'ai croisé...

En tous cas, c'était là que mon passé et que mon présent s'étaient heurtés le temps d'une fraction de seconde. Et là, tout a basculé : les limites sont devenues floues et je ne savais plus qui j'étais. Alors, je fis la seule chose que je pouvais faire pour survivre : dire adieu à tout cela. Y compris à Alexander : je dus mettre de la distance entre nous.

De la distance ?

Je reniflais avec dédain.

J'ai quasiment fui Alexander ce soir-là, au Club O.

Dans les jours qui suivirent, j'avais même envisagé de retourner chez mon psy, mais j'ai décidé de ne pas le faire. J'avais pensé à parler à Allyson, ma colocataire, mais elle ignorait trop de choses. J'en suis finalement venue à la conclusion que je n'avais besoin de personne pour me dire ce qui n'allait pas : je le savais déjà. Mon passé m'empêchait d'avoir une relation saine. J'étais la seule à pouvoir résoudre tout cela. Si ça signifiait de rester seule un peu plus longtemps, eh bien tant pis ! L'idée d'être à nouveau seule me déchirait le cœur et un sentiment de mélancolie s'était installé en moi.

Arrête de te morfondre, Cole. C'est du passé.

Le voyant du moteur de la voiture s'alluma. Je tapais sur le tableau de bord pour qu'il s'éteigne. D'habitude, ça marchait ; mais là, ce ne fut pas le cas. Dans mon agacement, je me pinçais les lèvres.

Je dois vraiment montrer cette voiture à quelqu'un pour savoir quel est le problème.

Si je n'avais pas encore effectué cette démarche, c'était parce que je la conduisais très rarement. C'était tellement plus simple de prendre les transports en commun et beaucoup moins cher que d'avoir son propre véhicule en vivant en ville. Pourtant, si je décidais d'accepter le poste situé dans le Connecticut, il me faudrait absolument trouver une solution plus fiable le plus vite possible. Je poursuivais donc ma route en silence. Je n'osais même pas allumer la radio, de peur de tomber sur un titre qui me rappellerait Alexander. Je préférais le silence pour pouvoir réfléchir tranquillement tout en conduisant. Réfléchir au sujet de mon avenir, et non de mon passé.

2

Alexander

Je tapais des doigts sur mon bureau, impatient de recevoir la vidéo qui devait arriver par e-mail. Ça faisait depuis une semaine que je l'attendais. Mais maintenant que je savais qu'elle était enfin envoyée, la nervosité commençait à prendre le dessus. Je n'arrivais pas à comprendre pourquoi j'étais si déterminé à la voir. Je m'étais déjà convaincu qu'il valait mieux que les choses se soient passées ainsi. Je savais que Krystina Cole et moi n'étions pas faits l'un pour l'autre. Nous étions incompatibles sur beaucoup de points, plus que je ne saurai compter - elle n'était qu'une boule de nerfs, et j'étais celui qui n'arrivait pas à la dominer. Mais je savais aussi que je devais avoir des réponses pour comprendre pourquoi elle s'était jetée sur moi comme ça.

Tu n'es qu'un idiot, Stone. Laisse tomber.

Je me retournais sur ma chaise de bureau pour regarder la ligne d'horizon de Manhattan à travers la baie vitrée. C'est moi qui avais tout laissé tomber ; *je l'ai laissée partir.* Mais même après deux semaines, elle restait toujours au premier plan de mon esprit. Elle me rendait agité. Irritable. Mais le pire, c'était que je me sentais vide. J'ai toujours été si sûr de qui j'étais et de ce que je voulais dans la vie. Mais là, j'étais assis, ne sachant plus rien du tout. Je n'arrivais pas à expliquer comment j'avais pu laisser une femme tout foutre en l'air de cette manière.

Parce qu'elle n'était pas comme les autres. C'était Krystina Cole. Mon ange.

Des regrets venaient m'assaillir comme des coups de poignard en plein cœur, ce qui m'agaçait plus que tout : les regrets étaient signe de faiblesse et d'échec.

Et ça, ce n'est pas moi.

Ma boîte de réception reçut enfin l'e-mail tant attendu, me faisant perdre le fil de mes pensées. Me reconcentrant sur l'ordinateur, je cliquais sur le lien me menant à la vidéo. Convaincre le propriétaire du Club O de me donner la vidéo de la nuit où j'avais emmené Krystina dans la boîte de nuit avait nécessité beaucoup de démarches : pour des raisons de protection de la vie privée des autres membres, ce dernier avait été réticent à me la donner. Je dus avoir recours à des faveurs pour l'obtenir. Heureusement, le film n'était pas si lourd que ça, car nous n'étions pas restés dans les lieux bien longtemps, deux heures au plus. Le plus difficile serait de trouver Krystina au beau milieu d'une foule d'une centaine de personnes. Dans un premier temps, je regardais rapidement la vidéo en noir et blanc et notais l'heure.

21:43. C'est à peu près à cette heure-là que l'on est arrivés au Donjon.

Je fis une « avance rapide » de la première demi-heure, sachant exactement où nous étions à ce moment-là : sur la plateforme, en train de regarder une scène BDSM qui se déroulait devant nous sur la piste de danse. Au bout de quelques secondes, j'ai pu repérer Krystina : elle était appuyée contre ma poitrine, ses boucles ondulaient sur ses épaules alors qu'elle ne ratait pas une miette de ce qui se passait en dessous.

Je regardais son visage, hypnotisé par sa beauté, et sentais mon cœur se contracter. Je tendais la main pour toucher son visage sur l'écran de l'ordinateur.

Quel con je suis. Elle me manque tellement.

Malgré la mauvaise qualité de la vidéo, je pouvais distinguer les expressions de son visage, qui passaient de la curiosité à la stupéfaction en un clin d'œil, ce qui me fit ressentir une douleur encore plus intense.

J'aurais jamais dû l'emmener ici. C'en était trop pour elle.

Secouant la tête, je rejetais cette pensée que je me répétais en boucle depuis deux semaines.

Ce qui est fait est fait. On n'peut plus rien changer.

Avançant encore un peu la vidéo, je me positionnais au moment où je m'étais éloigné d'elle pour aller aux toilettes. C'était la partie qui m'intéressait le plus. Car quand je suis revenu, Krystina avait changé. Quelque chose s'était passé pendant que je n'étais pas avec elle. J'en étais sûr. Je la regardais siroter son verre et taper du pied sur ce que je croyais être le rythme de la musique que je ne pouvais pas entendre dans cette vidéo sans son. Au bout de quelques instants, un homme s'était avancé derrière elle. Elle lui jeta un regard par-dessus son épaule, mais quand elle se retourna, son visage était envahi par la panique. J'appuyais sur « pause » et zoomais autant que possible en prenant garde de ne pas déformer les traits de son visage. C'était l'homme qu'on avait croisé à la sortie du club.

Quel enfoiré. Mais qui c'est, c'connard ?

Je repris la lecture de la vidéo et vis Krystina se retourner vers lui. Depuis cet angle, je ne pouvais plus voir son visage. Cependant, je pouvais voir son expression de suffisance aussi claire que le jour et cela m'énervait grandement. Il tendait la main pour la toucher, et elle s'éloignait par saccades, faisant tomber son verre de sa main. Il éclaboussa le sol, mais elle ne sembla même pas le remarquer alors que ses bras s'agitaient avec colère. Et lui, il avait bien l'air de se moquer d'elle.

Qu'est-ce qu'il lui a dit ?

Dans ma colère, je frappai du poing sur le bureau, furieux de ne pas avoir été là pour l'aider - furieux qu'elle ne m'ait pas dit qui était ce type quand je le lui ai demandé. Et furieux parce qu'elle s'était éloignée de moi.

Pourquoi ?

Un coup à la porte m'interrompit et Bryan, mon comptable, fit irruption dans mon bureau.

- Quoi de neuf, Bryan ? lâchai-je, agacé par cette perturbation.

- Je viens de terminer les deux dernières semaines de notes de frais. C'est pas très joli, Alex, me dit-il.

Je soupirais tout en secouant la tête. Même si je voulais lui dire de se tirer et que je me fichais de ses notes de frais, je savais que j'avais besoin d'une distraction avant de me lancer dans une chasse à l'homme pour retrouver l'étranger qui avait contrarié Krystina. J'étais sur le point de craquer et me forçais à prendre une inspiration apaisante avant de reparler.

- Non mais toi, t'es un vrai rapiat ! Tu me dis toujours que ce c'est pas très joli. Retournant à mon ordinateur, je mis la vidéo en pause et éteignis l'écran. Allez, viens là et finissons-en !

Bryan se mit à rire.

- C'est pour ça que tu me payes grassement. Il faut bien que quelqu'un te surveille, plaisanta-t-il en revendiquant la place devant mon bureau.

- Rhôôôô non mais... tu peux dire ce que tu veux, mon p'tit malin. Mais je m'en sortais très bien avant de t'avoir embauché, lui dis-je.

Mon comptable et ami de longue date était très à l'aise avec les chiffres. Et à dire vrai, il était même bien meilleur que moi ! J'étais à la tête de l'entreprise, mais c'était lui qui mettait en place la plupart des éléments financiers. L'embaucher a été l'une des meilleures décisions que j'ai jamais prises.

- Les honoraires de conseil en design sont venus de

Kimberly Melbourne, commença-t-il. C'est de la folie. Je ne sais pas pourquoi tu fais appel à elle.

- Ah non. Tu sais très bien pourquoi je fais appel à elle, lui rétorquai-je en riant.

- Mais vouiiiiii, c'est vrai ! parce que c'est la meilleure ! Mais là, c'est juste pour la consultation. Tu n'as toujours pas reçu la facture finale.

Je lui fis signe de partir, sans me soucier de cette fichue facture. Le but du jeu, c'était d'être sûr que les bureaux de Turning Stone Advertising étaient au top, même si je n'avais pas Krystina pour diriger l'équipe.

Du moins, pour l'instant.

- Tu as gagné sur ce point. Ensuite ? m'enquis-je, prêt à passer à autre chose.

- La propriété à Westchester. Quel est l'intérêt ?

- Je n'ai pas encore décidé ce que j'allais faire, mais le prix était correct.

- Tu sais que c'est une zone résidentielle ?

- Bien sûr que je le sais, lui confirmai-je.

- Je voulais juste en être sûr, dit-il les mains levées dans une fausse reddition. Je sais que tu as demandé à Laura tous les détails. Je voulais juste m'assurer qu'elle n'avait pas manqué celui-ci, qui me semble essentiel. Dernièrement, tu ne t'es que concentré sur les propriétés commerciales.

- Laura m'aurait prévenu.

Bryan me regarda franchement et se pencha en arrière sur son fauteuil :

- OK, mec. Écoute-moi. Ce n'est plus ton comptable qui te parle, là. Tu es vraiment exécrable avec tout le monde depuis plus d'une semaine maintenant. Qu'est-ce qu'il y a ?

- Rien. Tout va bien.

- Arrête ! Matteo m'a dit que tu voyais quelqu'un. C'est à cause d'elle que tu es si énervé ?

Baissant les yeux, je le priai de me laisser avec ça :

- Matt a vraiment une putain d'grande gueule ! Je t'ai dit que j'allais bien. Et puis, je ne la vois plus. Laisse tomber, ajoutai-je d'un ton sec.

Il me regarda avec scepticisme mais reprenait son dossier et n'alla pas plus loin. Il feuilleta quelques pages et reprit là où nous nous étions arrêtés. Trente minutes plus tard, nous avions fini de parcourir le reste des rapports.

- Il y a autre chose, mais je n'ose pas aborder le sujet.

- C'est bon, tu peux y aller, Bryan. Comme tu l'as si bien dit tout à l'heure, je suis déjà de mauvaise humeur. Ça ne pourra pas être pire.

- Je sais à quel point c'est important pour toi, mais l'argent que tu dépenses pour la Stone Arena me rend nerveux. Et avant que tu t'énerves, j'aimerais clarifier les choses. Ce n'est pas l'investissement qui me préoccupe. C'est le prix élevé des droits d'appellation.

- On a déjà parlé de ça au moins une centaine de fois, lui dis-je en me pinçant les lèvres dans mon irritation.

Si Bryan n'était pas mon ami, je l'aurais peut-être renvoyé pour la seule raison d'avoir remis le sujet sur le tapis.

- Oui. Je comprends. Voir le football européen se généraliser aux États-Unis était le rêve de ton grand-père. Tu m'as bien expliqué pourquoi ce stade de foot était important pour toi. Mais je ne ferais pas bien mon travail si je ne te le déconseillais pas une dernière fois.

Je le regardai fixement.

- Oui, je sais Bryan. Je t'ai bien entendu. Tellement de fois. Ma position ne changera pas par rapport à ça, lui affirmai-je.

- Très bien, d'accord. C'est ton argent, concéda-t-il en se levant pour partir. Oh, et encore une chose. Il y a une divergence sur l'un des dossiers. Pas avec l'entreprise, mais avec tes dépenses personnelles. Tu as été facturé deux fois pour le Mandarin Day Spa. Je ne sais pas pourquoi, mais le compte des dépenses de Justine et ton compte perso ont été impactés tous les deux.

- Le compte de Justine ?

- Oui. Elle a dû y aller la semaine dernière, j'imagine.

Et Krystina, aussi.

- Ça doit être ça, oui, répondis-je de manière absente, ne sachant que penser de cette coïncidence. Justine m'avait parlé de planifier une journée au spa avec Suzanne.

- Bon. C'est pas grave. Je vais juste demander à Laura d'appeler le Mandarin et de mettre les choses au clair.

- Tu sais quel jour elle y est allée ?

J'avais posé la question, même si je pensais connaître la réponse. Bryan se mit à feuilleter ses feuilles de calcul.

- C'était un samedi. Il y a deux semaines. Pourquoi ?

- Il n'y a pas d'erreur au niveau des factures. Krystina y était aussi ce jour-là, et ses frais se sont déduits de mon compte.

Bryan leva les sourcils en signe de surprise.

- Krystina ? C'est le nom de ta copine ? Je ne pensais pas que les choses étaient sérieuses à ce point.

- Non. C'est pas ça du tout. Et quand tu passeras devant Laura, dis-lui de venir ici, ajoutai-je sur un ton dédaigneux.

J'étais soudain pressé de le faire sortir de mon bureau. Quelques pièces du puzzle commençaient à s'emboîter et j'étais submergé par le sentiment urgent de toutes les assembler. Quelques minutes plus tard, mon assistante frappait à la porte du bureau :

- Monsieur Stone, Bryan m'a dit que vous vouliez me voir ?

- Oui, Laura. Deux choses. Je veux une mise à jour sur l'affaire Westchester par e-mail avant demain en fin de journée. Trouvez aussi le numéro de téléphone d'Allyson Ramsey. Elle travaille pour Ethan DeJames, donc ça ne devrait pas être trop difficile de le retrouver. Une fois que vous l'aurez, envoyez-le sur mon téléphone.

- Bien, monsieur. Autre chose ?

- Non. C'est tout. Je vais bientôt partir d'ici et je risque d'être retenu pour le reste de la soirée. Faites passer tout ce qui est important à Hale, qui me contactera si cela nécessite mon attention immédiate.

- Je m'en occupe. Profitez bien de votre soirée, Monsieur Stone.

- Merci, Laura.

Une fois qu'elle fut partie, je retournais sur mon écran pour me remettre sur la vidéo que je regardais. Je la sauvegardais, ce qui me prit quelques minutes. Puis je fis une capture d'écran de l'homme qui harcelait Krystina au Club O. Après m'être envoyé l'image sur mon téléphone portable, j'éteignais mon ordinateur, pris mon blazer pour me diriger vers le parking de l'immeuble. En grimpant dans la Tesla, je saisissais mon téléphone et était heureux de voir que Laura avait pu obtenir le numéro d'Allyson assez rapidement.

Et voilà l'travail !

Je composais le numéro en espérant que mon instinct ne se trompait pas.

- Oui, allô ? C'est Ally, que puis-je faire pour vous ? répondit-elle.

- Allyson, c'est Alexander Stone.

Silence à l'autre bout du fil. Puis elle reprit la parole :

- Je suis au travail, Alexander.

- Je m'en doutais. Il faut qu'on parle. Seul à seul.

- À propos de quoi, à part du fait que Krys agisse bizarrement ?

- Bizarrement ? Dans quel sens ?

- Elle n'est pas elle-même. Elle me dit tout, d'habitude. Mais en ce moment, elle est assez discrète. Et puis c'matin, elle est partie pour un entretien d'embauche à Stamford, et j'étais comme waow, mais qu'est-ce qui s'est passé avec Turning Stone ? Qu'est-ce qui se passe entre vous, Alex ?

- On a eu des... commençais-je, un peu choqué qu'Allyson

ne sache rien de notre séparation. Réfléchissant à la meilleure façon de résumer les choses, je poursuivais : c'est une longue histoire. Et honnêtement, je ne sais pas vraiment ce qui s'est passé.

- Ok, mon pote. Maint'nant, tu m'inquiètes. Qu'est-ce que tu lui as fait ? m'accusa-t-elle.

Pourquoi est-ce que c'est toujours la faute du mec ?

Jetant un regard sur ma montre, je voyais qu'il allait bientôt être quatre heures.

- Je peux arriver à ton lieu de travail à quatre heures et demie. Comme ça, je pourrais peut-être t'éclairer sur certaines choses. Peut-être qu'ensemble, on pourra comprendre ce qui se passe dans son cerveau têtu.

- Oh, alors maint'nant, elle est têtue ? Écoute-moi bien, Sto...

- Allyson, s'teu plaît, dis-je en lui coupant la parole. Fais-moi confiance.

Je pouvais sentir son hésitation, mais heureusement, elle accepta, m'évitant ainsi d'avoir à m'énerver et à faire quelque chose de plus radical.

- Disons plutôt cinq heures. J'ai encore des choses à faire ici, me dit-elle.

- Parfait. À tout à l'heure.

J'ÉTAIS GARÉ en double file devant les locaux d'Ethan DeJames et les coups de klaxon n'en finissaient plus, mais tant pis. Il était cinq heures dix et Allyson était en retard. J'étais patient d'habitude, mais là, ma patience était à bout de souffle. J'en tapais du pouce sur le volant en signe d'irritation. Quand elle sortit enfin du bâtiment un quart d'heure plus tard, c'était tout ce que je pouvais faire pour ne pas lui faire exploser ma rage en pleine figure au moment où elle est montée sur le siège du passager.

- Désolée. J'avais affaire à un mannequin capricieux, s'excusa-t-elle en s'installant dans la voiture. Ils pensent toujours qu'ils savent ce qu'il faut faire. Bon sang, qu'est-ce qu'on s'les gèle !

Elle faisait courir ses mains le long de ses bras pour se réchauffer.

- Tiens. Prends ma veste, proposai-je en lui tendant mon blazer.

- Merci, me dit-elle en me prenant la veste. Il faisait plus chaud ce matin. Je ne savais pas que la température allait baisser autant, sinon j'aurais mis un manteau en partant !

- Pas de problème. En même temps, on a bien été gâtés par des températures chaudes, jusqu'à maint'nant, dis-je avec désinvolture, en essayant d'entrer dans une conversation avec un peu de bavardage un peu plus futile. J'apprécie que tu prennes ce temps, pour me voir aujourd'hui.

Tout à coup, Allyson se retourna et me regarda d'un air incisif :

- Arrête tes conneries, Alex. Qu'est-ce qui se passe ?

Elle y va franchement. C'est très bien. Je n'veux pas plus que toi tourner plus longtemps autour du pot, ma jolie.

Je n'y allais pas par quatre chemins non plus et lui montrais la capture d'écran de la vidéo du Club O. Son visage pâlit instantanément et je sentais mon estomac tomber. L'homme de la photo devait certainement être celui à qui je pensais, mais je devais quand même le lui demander.

- Qui c'est ? lui demandai-je.

- Où t'as trouvé ça ? me demanda-t-elle au lieu de me répondre.

- C'est une capture d'écran d'une vidéo d'une boîte dans laquelle je suis allé avec Krystina.

- Je n'sais pas qui c'est. Tu devrais plutôt demander à Krys.

Elle serra ses lèvres l'une contre l'autre et fixa le pare-brise sans m'en dire plus.

- Ne joue pas avec moi. J'ai une maîtrise en psychologie et tu mens très mal. Je peux le lire sur ton visage. Tu sais très bien qui c'est.

La tête d'Allyson tourna si vite que je n'aurais pas été surpris si elle s'était froissé un muscle.

- N'essaie pas de me psychanalyser, Stone, me mordit-elle. Je pense qu'il vaudrait mieux que tu demandes à Krys parce que ce n'est pas à moi de raconter cette histoire. Si tu veux des réponses, demande-lui.

- Je crois que je les connais déjà, les réponses, lui répondis-je calmement. J'ai juste besoin que tu me les confirmes.

- Tu ne sais rien.

- En fait... je sais quelque chose. Krystina m'a raconté son passé et comment elle a été violée.

- Elle t'as dit ça ?

Ses yeux brillèrent de douleur, et je compris instantanément mon erreur : Krystina m'avait dit qu'elle n'avait jamais partagé les détails de son horrible expérience avec personne d'autre. Et cela incluait Allyson. J'étais le seul à qui elle l'avait dit.

- Oui. C'était difficile pour elle, mais elle a fini par me le dire. Mais n'ai pas l'air blessé comme ça. Il y a une raison pour laquelle elle l'a fait.

- Vraiment ? Parce que je ne vois pas pourquoi elle se confierait à toi, quelqu'un qui est pratiquement un étranger pour elle, me cracha-t-elle d'un ton accusateur.

Elle se retourna pour regarder à nouveau le pare-brise et croisa les bras. Que ce soit parce qu'elle était en colère ou parce qu'elle se sentait blessée, ça, je ne pouvais pas le dire. Je savais seulement que je n'avais pas le temps de m'inquiéter de son ego à ce moment-là.

- Allyson, regarde-moi, lui ordonnai-je. Lorsqu'elle se retourna, je fus aussi franc que possible pour lui faire comprendre les choses : elle m'a dit ça parce qu'elle avait peur de ne pas pouvoir me donner ce que je voulais : sa soumission.

Elle leva un sourcil en me regardant comme si des bois avaient poussé sur ma tête. En tous cas, sa surprise me disait que Krystina n'avait pas parlé à Allyson de ce que nous faisions une fois que la porte était fermée. Elle secoua la tête, incrédule.

- Non mais tu plaisantes, là ?

- Non, je suis plus que sérieux : je suis un Dominant.

- Oh, c'est d'pire en pire ! s'exclama-t-elle, en levant les mains en l'air. Mais comment Krys a-t-elle fait pour se retrouver avec toi ? J'arrive pas à croire que j'n'savais pas tout ça ! Attends, si... j'le savais ! Mais elle est revenue sur ce qu'elle m'avait dit et... mais qu'importe, j'ai pas dû l'écouter, quand elle me l'a dit, parce que j'n'étais pas assez attentive. Et ça, c'est pas bien du tout. Mais qu'est-ce que j'suis nulle, comme copine ! Elle qui n'est sortie avec personne pendant un long moment... et se retrouver à avoir des relations avec un Dominant ! Je suis sûre qu'elle n'avait aucune idée dans quoi elle s'embarquait !

Interrompant le mini dilemme qu'elle avait avec elle-même, je lui tendis mon téléphone pour qu'elle puisse revoir la capture d'écran.

- Allyson, calme-toi. Krystina est une grande fille et elle peut prendre des décisions sans te consulter au préalable, lui dis-je sèchement. Je ne l'ai pas forcée à faire ce qu'elle ne voulait pas faire. Mais maintenant, je suis vraiment inquiet pour elle. Surtout que je sais maintenant qu'elle ne t'a pas parlé de la nuit où nous sommes allés au Club O. Le nom de l'homme sur cette photo, c'est Trevor ?

Elle regarda la photo quelques instants, puis elle se décida :

- Oui. C'est lui. Trevor Hamilton, me dit-elle enfin. Maintenant vas-tu me dire pourquoi il était au même endroit que toi et Krystina ?

Je finissais par expirer le souffle que je n'avais pas réalisé retenir. J'avais espéré que mes soupçons étaient erronés quant à l'identité du type de cette photo, et j'étais accablé de culpabilité d'avoir laissé Krystina seule face à ce monstre. Et là, je rêvais de pouvoir la prendre dans mes bras. Lui dire que tout irait bien. Fermant les yeux, je m'appuyais la tête contre le siège, ne voulant pas entrer dans la longue histoire sordide de comment Krystina avait été poussée à s'éloigner de moi.

- C'est une histoire trop longue, Allyson.

Je faisais de mon mieux pour éluder la question.

- On est à peu près à vingt minutes de chez moi en voiture. Tu pourras m'en parler en chemin.

J'admirais sa ténacité, même si elle me tapait sur les nerfs. Sachant que je n'allai pas repousser cette femme incorrigible, je n'hésitais pas à lui répondre :

- Tu auras la version abrégée. On fait comme ça ?

- On fait comme ça.

Démarrant la voiture, je m'insérais dans la circulation et commençais à lui donner un bref aperçu de ma relation avec Krystina, et comment nous en étions arrivés au Club O. Lorsque nous sommes arrivés à l'immeuble que Krystina et Allyson partageaient, j'étais arrivé à la fin de mon récit. Au bout du compte, j'avais réussi à raconter mon histoire sans révéler la complication de ma mère et de mon père. Je n'allai pas m'engager dans cette voie avec elle, d'autant plus que Krystina ne connaissait pas toute la vérité. Une fois que j'avais réussi à coincer la Tesla entre deux voitures au bord du trottoir, je me tournais vers Allyson, qui était restée silencieuse et concentrée sur ce que je lui avais dit pendant tout le long du trajet. C'était comme si elle essayait de tout reconstituer. Un peu comme moi en début de journée.

- Puis nous nous sommes disputés dans la voiture. Et elle est sortie et s'est éloignée. Depuis, je n'ai plus eu de nouvelles de sa part, terminais-je.

- Et c'est tout ? Enfin, t'as même pas cherché à la retenir ?

- C'était un moment difficile. Elle m'avait dit tout un tas de choses, et je n'avais pas les idées tout à fait claires.

- Tu lui as parlé, depuis ?

- Non. Nos seuls échanges se sont réduits à des textos que je lui avais envoyés au sujet du poste à pourvoir chez Turning Stone. Je voulais lui faire savoir que c'était toujours d'actualité, mais elle ne m'a jamais répondu, lui disa-je en me pinçant les lèvres dans mon agacement. L'absence de réponse de Krystina m'avait rendu furieux. De toute façon, ça n'a pas d'importance. Je sais que j'ai fait une erreur. Je n'aurais pas dû la laisser partir dès le début.

- Ouais, ça c'est bien vrai. Tu peux bien l'dire, dit-elle de manière peu enthousiaste.

- Je vais la récupérer, Allyson.

- Je t'aime bien, Alex. Je n'sais pas pourquoi, dit-elle dans un froncement de sourcils. Pourtant, tu n'apportes rien d'autre que des ondes négatives à Krys. Mais je peux dire que tu tiens vraiment à elle. Tes yeux se transforment quand tu parles d'elle. Ça s'ra pas facile de la convaincre à nouveau. Elle est têtue comme une mule.

Cette dernière remarque me fit rire.

- Ah, ça, crois-moi, je l'sais bien !

- Te souhaiter bonne chance ne te fera pas de mal. Elle fut coupée par la sonnerie de son téléphone portable. Tiens, quand on parle du loup.

- C'est Krystina ? lui demandai-je rapidement.

- Ouais. Et alors ?

- Ne lui dis pas que je suis avec toi. Je n'ai pas encore décidé quelle tactique j'allais adopter.

Elle me jeta un regard étrange avant de sortir son téléphone de son sac.

- Hé, poupée, dit-elle dans le combiné. Au bout de quelques minutes, elle reprit la parole : ça, crois-moi, c'est un signe pour que tu te débarrasses de ce tas de ferraille. Mais oui, j'arrive dès que je peux.

Elle mit fin à l'appel et rangea le téléphone dans son sac.

- Qu'est-ce qu'elle t'a dit ? m'enquis-je.

- Sa voiture de merde est tombée en panne sur la I-95. Je vais aller la chercher.

Et là, ce que je cherchais venait tout juste de me tomber dessus. Je m'empressai de lui dire :

- Laisse-moi y aller !

- Ah, ça, non ! Surtout pas ! s'exclama-t-elle en secouant rapidement la tête d'avant en arrière.

- Allyson ! J'ai besoin de temps avec elle.

- Elle va m'tuer !

- Eh bien, elle s'en remettra. Fais-moi confiance.

- Est-ce que tu lui dis souvent ça ? « Fais-moi confiance » ? Hein ? Sur un ton doux, comme tu sais si bien le faire ?

Je souris à son ton moqueur, puis elle se mit à rire.

- Tu te moquerais pas d'moi, par hasard ?

- Un peu, quand même. Mais tu as raison. Toi et Krystina, vous devez résoudre ce problème. Et moi, j'm'inquiète pour elle. Elle n'agit plus comme d'habitude depuis un moment. Va la chercher et je m'occuperai de gérer la suite.

Je lui souriais, heureux d'avoir réussi à la convaincre. Je savais que regagner l'affection de Krystina allait demander du travail, mais Allyson pourrait s'avérer être un atout pour moi.

- Je vais essayer d'arrondir les angles, lui dis-je en lui faisant un clin d'œil.

Elle ouvrit la porte pour sortir de la voiture. Mais avant de la refermer, elle se pencha pour me regarder d'un air sérieux.

- Suis mon conseil, Alex. Vas-y doucement. Vraiment tout doucement. Krys a beau être forte, elle est aussi fragile ! Il te faudra marcher prudemment sur les pierres de gué qui mènent à son cœur.

3

Krystina

Dans mon rétroviseur, je voyais des phares s'approcher et s'arrêter sur le bord de la route. Pourtant, même s'il faisait sombre dehors et que la pluie s'était transformée en bruine, je pouvais dire que ce n'était pas la Jeep d'Allyson qui était derrière moi : les phares étaient trop bas par rapport au sol. La nervosité commençait à m'envahir quand je vis l'ombre d'un homme sortir de la voiture et se diriger vers moi. Farfouillant rapidement dans mon sac à main en quête de ma bombe lacrymogène, je fus choquée de voir les yeux bleus étonnants d'Alexander Stone qui me regardaient à travers la vitre. Mon cœur s'écrasa contre ma poitrine. Complètement abasourdie, je restais là, à le regarder. Le fait de le revoir transforma tout mon être en un désordre insensible et tremblant.

Mais qu'est-ce qu'il fout là ?

Il n'était pas rasé, ce qui n'était pas son habitude. Malgré tout, cela ne masquait en rien les beaux traits qui se trouvaient en dessous. Ce visage parfaitement ciselé, cette mâchoire carrée et ces yeux bleus intensément brillants : il était toujours aussi beau. Il devait sortir de son bureau, car il portait encore une chemise et une cravate. Pourtant, ses manches étaient roulées jusqu'aux coudes et sa cravate bleue était desserrée au niveau du cou. Il faisait humide et froid aujourd'hui, et je me demandais pourquoi il ne portait pas de veste. Il me demanda de baisser la fenêtre, me ramenant ainsi à la réalité. Je me disais qu'il n'y avait pas de tueur en série à l'extérieur de ma voiture, mais j'étais quand même étonnée de le voir. Je devais me souvenir de garder mes esprits, car le simple fait de le voir était une menace pour toutes les molécules d'intelligence que je possédais.

Tiens bon. Tu peux le faire.

Je m'envoyais un petit mot d'encouragement pendant que la fenêtre s'ouvrait.

- Pourquoi t'as pas ta veste ? Il fait froid dehors, le grondai-je.

- Et ça y est... vous commencez déjà à vous battre avec moi, Mademoiselle Cole.

- Eh bien, euh... non, hésitai-je. Je... je faisais juste une observation.

Il me fit un sourire de travers et je faillis fondre comme une flaque d'eau.

- Oh, mon ange. Comme tu m'as manqué.

Je sentais mon cœur battre rien qu'en l'entendant. Nous restions là à nous regarder, immobiles et silencieux, son visage remarquablement impassible alors qu'il m'étudiait.

- Tu fais quoi, ici ? lui demandai-je pour tenter de briser le silence. Ally est où ?

- Elle doit être chez vous. Du moins, c'est là que je l'ai déposée.

- Attends, quoi ? Tu étais avec Ally ? Mais pourquoi ?

- Toujours autant de questions, gloussa-t-il. Je t'expliquerai plus tard. Qu'est-ce qui n'va pas avec ta voiture ?

- Je n'sais pas. Mais ça n'a pas d'importance. Je vais trouver, t'inquiète. Je n'ai pas besoin de ton aide.

- Et toujours aussi têtue, déclara-t-il en riant.

- Ne t'moque pas de moi, Alex !

- Rhôôôô non ! Je n'ferai jamais ça, admit-il d'un regard illuminé d'humour. Allez maint'nant, dis-moi ce qui ne va pas avec ta voiture ! Parce que j'ai pas envie d'rester ici sous la pluie en attendant que tu arrêtes de faire ta tête de lard !

Fermant les yeux, je me disais qu'il avait raison. C'était agaçant. J'étais dans une impasse et je n'avais pas vraiment le choix. Merci Allyson ! Elle aura des explications à me donner.

- C'est ce voyant : il s'allumait de temps en temps, pour ensuite s'éteindre au bout d'un moment. C'est pour ça que je ne m'en inquiétais pas plus. Et puis après, il y a eu ce bruit bizarre, comme un grincement. Puis de la fumée s'est mise à sortir du capot. C'est là que je me suis arrêtée et que j'ai appelé Ally. Tu imagines ma surprise quand je t'ai vu venir à mon secours... terminai-je sèchement.

- Hum, me dit-il. Descends d'la voiture. Laisse-moi voir si je peux comprendre ce qui se passe.

J'ouvris la porte de la voiture pour sortir, mais mon bras se coinça dans la ceinture de sécurité et je trébuchai. Lorsqu'Alexander me saisit le coude pour me stabiliser, un courant électrique m'enflamma. Je le regardai droit dans les yeux : ils étaient brûlants. Ils me transperçaient et attisaient les flammes qui vacillaient dans mon ventre.

Oh, non...

- Arrête de faire ça, lui dis-je.

- De faire quoi ?

- Ce truc avec tes yeux. T'es carrément en train de me déshabiller du regard.

Il me fit un autre de ses sourires tordus et un petit rire résonna en lui.

- Ah bon, ça fonctionne ?

Heu... p't-être bien qu'oui ? !

Mais aucun son ne sortit, car Alexander se penchait plus près de moi. Sa bouche était à quelques centimètres de la mienne. Même si je savais ce qu'il voulait faire, je ne pus l'arrêter. C'était comme si mon cerveau s'était éteint et que mon corps prenait le relais. Soudain, un semi-remorque passa en klaxonnant. Le bruit était assourdissant et me fit sursauter ; cette interruption me fit sortir de ma transe et me ramena à la réalité.

- Je - je n'peux pas... dis-je en m'éloignant sans aucun moyen de m'exprimer, en me sentant furieuse d'être aussi faible.

Même après tout ce que je m'étais dit, je ne pouvais pas tenir plus de deux secondes à ses côtés.

Pourquoi il me fait tout le temps cet effet-là ?

- Tu ne peux pas faire quoi, Krystina ?

- Je ne peux pas t'embrasser. Et toi non plus, d'ailleurs. Nous ne sommes plus les mêmes qu'avant. Je ne veux pas que tu penses qu'il y a encore quelque chose entre nous.

- Penser ? Je n'ai rien à penser, mon ange. Je sais ce qu'il y a entre nous.

Je voulais le renier à jamais, sachant que je ne pourrai pas continuer à me battre longtemps avec lui si près de moi. Rassemblant tout mon courage, je tentai d'ignorer la façon sexy dont une mèche de cheveux humide lui tombait sur le front.

- Il n'y a rien.

J'essayais de me persuader de tout ça. La pluie commençait à tomber, la lente bruine étant remplacée par de grosses gouttelettes qui éclaboussaient mes joues. J'étais sur le point de lui dire que nous devrions probablement nous abriter quelque part avant que la pluie ne commence à tomber encore plus fort, quand il plaça sa main sur mon cœur. La sensation de chaleur que cela me procurait me stupéfia silencieusement et mon cœur se mit à battre rapidement.

- Tu ne vas quand même pas nier ce que tu ressens ? me demanda-t-il doucement.

Sa voix était devenue grave et râpeuse, son écho résonnant à travers moi.

- Tu imagines des choses, lui dis-je en lui tapant sur la main.

Ses yeux clignèrent dangereusement et d'un geste rapide, il me tira la nuque et m'approcha de lui. Sans prévenir, il écrasa sa bouche contre la mienne. C'était arrivé si vite que mon souffle fut littéralement aspiré hors de moi alors que j'essayai de me libérer de son emprise.

C'est pas bien, ça. Je n'en peux PLUS !

Je ne pouvais pas accepter ce baiser. Si je le faisais, m'éloigner à nouveau serait d'autant plus difficile et la douleur encore plus insupportable. M'assurant de garder mes lèvres bien fermées, je refusais de céder. Alexander continuait d'écraser sa bouche contre la mienne. Il tentait de passer sa langue par ma lèvre inférieure, me testant pour une faiblesse, mais moi, de mon côté, je continuais à lui refuser l'accès. Je sentais la volonté s'éloigner lentement, ma résistance n'étant plus qu'à moitié levée.

- Ne fais pas ça, Krystina, murmura-t-il contre mes lèvres. Ça fait trop longtemps que je ne t'ai pas goûtée.

La foudre se voyait au loin et un faible grondement de tonnerre retentissait. Je gémissais en perdant toute volonté de le retenir plus longtemps. Mon corps se trahissait involontairement, ce qui poussa mes mains à s'envoler et à lui saisir la nuque. Alexander grognait son approbation et approfondissait le baiser, serrant mon corps contre le sien. Nos langues se croisaient et dansaient ensemble à un rythme effréné. C'était si bon - trop bon. Quand sa bouche commençait à travailler sur la ligne de ma mâchoire, je me résignais à m'abandonner à lui en ronronnant avec plaisir. Au bout d'un moment, il recula légèrement, nos lèvres se chevauchant et nos respirations saccadées se mêlant l'une à l'autre.

- Dis-moi que c'est encore moi qui imagine des choses, respira-t-il.

Et merde !

Je pris du recul et détournai le regard.

- Tu ne comprends pas, Alex. Je ne peux pas être avec toi en ce moment.

- Tu as raison. Je ne comprends pas. Mais je pense que je t'ai donné suffisamment de temps pour comprendre. Maintenant, on parle.

- Il n'y a rien à dire.

- En fait, il y avait beaucoup de non-dits. Pour commencer, je dois m'excuser. Je suis désolé de t'avoir amenée au Club O. C'était une erreur. Et je sais qui tu as vu ce soir-là. Je suis désolé de ne pas avoir été là pour toi, et de t'avoir laissée seule quand tu as dû l'affronter, dit-il en crachant les derniers mots avec dégoût. J'aurais dû te protéger. Ce n'est pas étonnant que tu m'aies fui.

- Comment pouvais-tu savoir... commençai-je.

Puis je réalisais qu'il n'avait dû le savoir que récemment : Ally. Même si je ne lui ai jamais raconté ce qui s'était passé cette nuit-là, je pensais bien qu'ils étaient parvenus à reconstituer les détails. Mon front se plissa : je me sentais encore plus trahie et en colère contre mon amie parce qu'elle avait comploté dans mon dos avec Alexander.

- Elle s'inquiète pour toi. Ne sois pas fâchée contre elle.

- De toute façon, peu importe de ce que tu sais ou de ce que tu crois savoir. Ce qui est fait est fait. On ne peut rien y changer.

- Peut-être, mais on peut essayer de faire les choses ensemble. Correctement. Tu m'as déjà fait confiance une fois. Il faut que tu me fasses confiance une fois de plus.

Mes yeux, qui fixaient les cailloux sur le bitume de façon absente, se levèrent pour le regarder.

La confiance ! Je t'ai fait confiance et regarde où cela m'a menée !

Je voulais hurler le fond de ma pensée en me rappelant soudain toutes les raisons pour lesquelles je l'avais quitté au départ.

- Non, Alex. Il ne s'agit pas seulement de ce qui s'est passé au Club O. Je t'ai fait confiance et tu m'as menti au sujet de tes parents.

- Et si je t'en parlais, de mes parents ? Et si te disais tout à ce sujet ? Plus de secrets, Krystina.

Mon estomac me lâcha et la pluie se mit à tomber encore plus fort, nous trempant de plus en plus. J'en eus la chair de poule, mais je ne savais pas si c'était à cause de la pluie froide ou de la proposition de trêve d'Alexander.

Plus de secrets.

Je ne savais pas si je pouvais lui faire confiance. À nouveau. Je le regardais dans les yeux, voulant désespérément céder.

De toute façon, ça changera quoi ?

Je n'étais pas naïve. Je savais que la vérité au sujet de ses parents n'allait pas réparer tous nos problèmes. Et cela n'allait certainement pas régler mes problèmes personnels liés au fait d'avoir une relation normale. Mais il m'était difficile de ne pas m'accrocher à une lueur d'espoir. Je ne pouvais pas nier que lorsque j'étais avec Alexander, j'avais bien vu qu'il me cachait quelque chose. Peut-être que je n'avais pas besoin d'arranger les choses par moi-même. Peut-être qu'Alexander et moi pourrions le faire ensemble. Je voulais désespérément le croire, mais je ne voulais pas non plus faire face à la douleur si les choses ne marchaient pas. Pas encore.

- Pourquoi tu changes subitement d'avis ? lui demandai-je prudemment.

Il fit courir une main sur son corps tout musclé par la pluie et le vent qui nous fouettaient. Il regardait le ciel nocturne comme s'il cherchait ses mots. Quand il se retourna vers moi, son beau regard bleu était tourmenté.

- Ces deux dernières semaines ont été un enfer pour moi. Ce n'est pas fini, mon ange. Je ne te lâcherai pas.

Je voyais une détermination farouche dans ses yeux, et son but me fit soudain réaliser quelque chose. Je ne pouvais pas continuer à le fuir. Il n'acceptera jamais le mot « non ». Je devais faire face à cela d'une manière ou d'une autre. Et pour être complètement honnête avec moi-même, je savais que je ne pourrai pas me défendre, même en essayant de tout mon être. Mon cœur ne me laissait pas faire. Au fond de moi, je n'ai jamais vraiment voulu que ce soit fini entre nous. Cependant, je ne pouvais pas le lui faire savoir. Pas encore, du moins. D'abord, j'avais besoin d'une explication avant de lui donner une chance. J'avais besoin de savoir pourquoi il avait laissé passer deux semaines avant de venir me chercher. Les SMS concernant le travail ne comptaient pas. Si ce qu'il disait était vrai, je voulais savoir pourquoi il n'avait pas essayé de se battre pour nous. Il n'avait pas été le seul à souffrir pendant que notre séparation, et la douleur que j'avais ressentie pendant son absence était énorme.

- Si tu ne veux pas qu'on en finisse, pourquoi m'as-tu laissée partir ?

Je voulais savoir. Il grimaça et se frottait les tempes avec les deux mains. Ses yeux étaient douloureux quand il prit la parole :

- C'est le fait que tu m'aies comparé à mon père. C'était un coup bas de tard part, et je ne m'y étais pas attendu. Je ne savais pas comment réagir.

- Comment j'aurais pu d'viner ? J'essayais de me défendre au mieux. C'est pas comme si tu m'avais tout dit par rapport à ça.

Ma défense était faible, et la culpabilité me submergeait. J'étais tellement confuse, lors de cette soirée, mes émotions étant un grand fouillis. Je savais que je n'avais pas les idées claires, mais je n'avais pas l'intention de le blesser.

- Je sais, et c'est pourquoi je suis ici. Je pensais ce que j'ai dit. Rien n'est fini entre nous. Si pour résoudre nos problèmes, je dois tout te dire, et bien laisse-moi faire.

Son expression contenait une certaine dose de tristesse mêlée à de la détermination. Mais il y avait aussi un désir que je n'avais jamais vu auparavant.

Pourquoi j'hésite ?

Connaître la vérité était ce que j'avais demandé. C'était ce dont j'avais besoin pour abattre les barrières entre nous afin de pouvoir lui faire confiance.

- Je ne te promets rien, Alex. On va juste parler, acceptai-je calmement.

Il enroulait ses bras autour de moi et appuyait ses lèvres sur le haut de ma tête. Je retenais ma respiration, ne voulant pas que mon jugement soit obscurci par son odeur enivrante.

On va juste parler. C'est tout.

- Merci, mon ange. Va t'asseoir dans la Tesla. Tu auras plus chaud, dit-il en s'éloignant. Je vais juste aller vérifier que tu n'aies rien laissé de précieux dans ta voiture, puis j'appellerai Hale pour qu'il organise le remorquage de ce vieux tacot.

- Hé ! Je l'aime, ma voiture ! défendis-je.

- Krystina, va dans ma voiture ! me dit-il en me prenant le coude et en me guidant à l'endroit où il était garé. On est restés sur le côté de l'autoroute pendant un bon moment. Il pleut à verse et ce n'est pas sûr.

Au moment où il terminait sa phrase, un autre camion s'envolait en faisant retentir son klaxon et en jetant une brume humide dans son sillage. Cédant à la remarque d'Alexander au sujet de la sécurité, je le laissais me conduire à sa voiture. Une fois que j'étais installée à l'intérieur, il ferma la porte derrière moi et appela son service de sécurité pour qu'il fasse remorquer ma voiture. Une minute plus tard, il montait à côté de moi sur le siège du conducteur.

- Alors comme ça, il n'y a plus rien entre nous ? J'ai trouvé ça dans la boîte à gants de ta voiture. Je me suis dit que tu aurais voulu le garder pour toi, déclara-t-il avec désinvolture avant de jeter le paquet de chewing-gum Big Red sur mes genoux.

Je rougis de dix nuances de rose différentes avant de marmonner quelques absurdités sur le fait d'aimer la cannelle. Il ne fit aucun commentaire, et me remit simplement mon sac à main, mon téléphone portable et la carte de crédit qu'il avait récupérés dans ma voiture. Quand il démarra la Tesla, la musique sortit des haut-parleurs, me faisant sursauter. Il s'empressa de régler le volume à un niveau à peine audible.

- Désolé. Il y avait une chanson que j'aimais bien juste avant que je m'arrête au bord de la route.

- Laquelle ?

Il me regarda bizarrement pendant un moment :

- Je ne connais pas son titre, dit-il avec une certaine indifférence.

Je voulais lui faire remarquer que l'écran tactile élaboré de sa Tesla bleu électrique ridiculement chère affichait le nom des artistes et des chansons, mais je pensais qu'il valait mieux ne pas le provoquer par une remarque sarcastique sur ses goûts de luxe. Je décidais plutôt de me concentrer sur la chanson qui passait. C'était une vieille chanson de Frank Sinatra que je connaissais bien et que j'appréciais.

- Tu peux remonter un petit peu le son ? Je le ferais bien, mais je ne sais pas comment faire fonctionner ce truc, admis-je en bougeant mon doigt vers l'écran du tableau de bord.

- Bien sûr, mon ange.

Au lieu d'appuyer sur l'écran, il se mit tout simplement à parler à une personne imaginaire : le volume augmenta comme par magie.

Crâneur.

Je fredonnais doucement sur Frank Sinatra qui disait qu'il fallait toujours se relever lorsque la vie nous jetait des mauvais sorts, en essayant désespérément de ne pas relier la chanson à ma propre vie.

Arrête de faire la folle, par pitié, Cole ! Ce n'est qu'une chanson.

Nous roulions en silence, le seul son provenant de la radio et du soufflement du chauffage. Au bout de quelques minutes, la chanson se transforma en un air de X Ambassador.

- He bien ! Quand on parle d'un saut dans le genre musical ! Cette playlist est vraiment intéressante, observai-je.

- C'est en streaming depuis une application et c'est censé être filtré en fonction de ce que j'écoute le plus. Mais le mix n'est généralement pas aussi éclectique, expliqua-t-il en pinçant des lèvres. Je peux le changer si tu veux. Plus de Frank Sinatra ?

- Non, c'est bon. Penchant la tête en arrière contre le siège de la voiture, je me concentrais sur la chanson. Mais au bout d'une trentaine de secondes, je me mis à la détester. Trop de paroles. Non, en fait, éteins la radio. Je n'ai pas envie d'écouter de la musique.

Il ne l'éteignit pas, mais baissa seulement le volume.

- Qu'est-ce qui ne va pas, mon ange ?

La musique.

- Rien, mentis-je.

Mais comme j'avais sorti ce mot à la hâte, le mensonge était évident.

- Krystina, dit-il d'une voix troublée. Je me retournais pour le regarder. Je veux que tu saches que je suis là. Pour toi. Pour ce que tu as vécu. Et pour nous. Quand tu auras l'impression de tomber, j'aimerais que tu aies confiance en moi parce que je te rattraperai.

- Alex, s'il te plaît, ne fais pas ça.

Ma voix se cassa.

- Je suis là, mon ange. Accepte-le.

Je tournais la tête pour regarder par la fenêtre. Les larmes me piquaient les yeux. Il ne savait pas à quel point je voulais faire exactement ce qu'il me suggérait. M'abandonner. Complètement en lui. Rester à l'écart était l'une des choses les plus difficiles que j'aie jamais eu à faire. Et maintenant qu'il était là, j'avais du mal à me rappeler pourquoi je m'étais enfuie.

4

Alexander

Lorsque nous arrivions à la destination prévue, je vis Hale qui nous attendait devant le Bell 407GXP. Les quatre pales de l'hélicoptère étaient déjà en mouvement, signalant qu'il était prêt à décoller.

Timing parfait.

Jetant un regard sur Krystina, je vis que sa tête reposait contre la fenêtre de la portière et que ses yeux étaient fermés. Elle avait l'air si paisible et je détestais la réveiller.

- Mon ange, lui dis-je en lui donnant un petit coup de pouce sur l'épaule.

Ses yeux s'ouvrirent et elle sursauta parce qu'elle venait d'être réveillée par surprise.

- Désolée. Je me suis levée tôt ce matin. Mais j'ai du mal à croire que je me suis assoupie... elle semblait faire le point sur son environnement pour la première fois. Alexander, on est où ?

- Air Pegasus. Allez, viens ! Hale nous attend, l'informai-je.

Je sortis de la voiture et la laissais me suivre en bafouillant.

- Air... air quoi ? Hale nous attend, pourquoi ? Alex, attends !

Je me souriais à moi-même en me dirigeant vers l'héliport principal avec une Krystina confuse dans mon sillage. Je préférais suivre le conseil d'Allyson et prendre les choses doucement. Je savais que Krystina était fragile. Je lui donnerai tout ce dont elle aurait besoin pour tourner la page de son passé. Cependant, je savais aussi que quelques heures de conversation ne nous mèneraient pas loin. J'avais besoin de plus de temps, et ma marge de manœuvre pour la coincer était limitée. Plus vite j'avancerai, mieux ça serait. Car je savais que si je lui laissais trop de temps pour réfléchir, c'était un nouveau risque que je prenais.

- Hale, merci d'avoir organisé tout ça au dernier moment, dis-je une fois que j'avais atteint mon poste de sécurité.

- Aucun problème, Monsieur Stone. Heureusement, la tempête est passée : le vol devrait se dérouler sans encombre. Tout ce que vous avez demandé est déjà à bord. Nous sommes prêts !

- Prêts pour faire *quoi*, p'tain ? entendis-je Krystina s'exclamer.

Quand je me retournais pour lui faire face, elle était rouge écarlate. Sa crinière bouclée s'envolait dans tous les sens dans le souffle des pales de l'hélicoptère. Je pouvais pratiquement voir la vapeur sortir de ses oreilles, mais je n'étais pas le moins du monde secoué par cette imminente crise de colère. En fait, je m'étais attendu à cette réaction de sa part.

- On va juste faire un tour, lui dis-je calmement.

- J'monte pas là-d'dans. J'ai accepté de te parler, Alex. Tu n'as toujours rien dit sur...

- Si, tu viens avec moi.

D'un geste rapide, je fis taire la dispute qu'elle aurait pu causer en la soulevant par les pieds et en la faisant passer par-dessus mon épaule. Dans sa colère, elle me frappait le dos avec ses jambes et ses poings pour tenter de se libérer.

- Alex, qu'est-ce que tu fais ? Repose-moi ! Tout d'suite !

Tremblant dangereusement sur le bord de mon épaule, elle s'agrippait à mes hanches pour rester stable. Je ne l'aurais jamais laissée tomber, mais le fait de lui faire croire que je pourrais le faire l'empêcha de se tordre en essayant de rester en équilibre. Après nous avoir hissé tous les deux dans l'hélicoptère, je la fis tomber sur un des sièges passagers. Lui fixant les bras sur le siège, je m'arrangeais pour que mes yeux soient même niveau que les siens.

- Il s'rait p't'être temps que tu te calmes. C'est clair ?

- Tu te comportes comme un homme de Néandertal, me cracha-t-elle, les yeux pleins de colère.

Rhôôôô, putain... qu'est-ce que t'es belle !

Et même si elle m'énervait beaucoup, je sentais ma bite se tordre : une Krystina fougueuse me donnait l'impression d'être vivant, et il me fallut énormément de retenue pour ne pas lui mordre sa lèvre inférieure, qui semblait bouder.

- Un homme de Néandertal ? J'aime bien ça, lui dis-je avec un sourire arrogant en m'efforçant de lui attacher sa ceinture de sécurité.

Ensuite, je pris place à côté d'elle.

- Et toi, c'est comme ça que tu comptes réparer tout ça, hein ? En me donnant encore des ordres ?

- He bien, en fait, oui. C'est d'ailleurs ce que j'aurais dû faire en premier lieu, parce que si je l'avais fait, peut-être que nous ne serions pas cette situation.

- Ah, oui ? Eh bien moi, je n'en suis pas si sûre.

Elle se mit à tâtonner le harnais complexe qui l'attachait au siège. J'étais sur le point de l'arrêter quand Hale monta à bord de l'hélicoptère et qu'il ferma la porte derrière lui.

Trop tard, mon ange. Tu ne t'en iras pas comme ça.

Je fis signe au pilote que nous étions prêts à décoller.

Krystina, toujours aussi déterminée à trouver un moyen de se détacher, ne semblait même pas remarquer ce qui se passait autour d'elle.

- Je resterais bien attachée, si j'étais toi. On est sur le point de décoller, l'informai-je.

Sa tête se levait pour regarder autour d'elle, puis elle découvrit qu'on avait déjà commencé à nous élever dans les airs. Elle me regardait et croisait les bras sur sa poitrine. Elle était en ébullition.

- Calme-toi, mon ange, lui dis-je en riant.

- Dis-moi au moins où on va, me dit-elle, les dents serrées.

- East Hampton[1].

- Mais t'es fou ! Je n'peux pas aller jusqu'à East Hampton ! En plus, mes vêtements sont encore humides à cause de la pluie. Je dois me changer.

- Hale t'a préparé des vêtements de rechange. Ne t'inquiète pas pour ça.

- Et comment Hale aurait-il pu se procurer mes vêtements ? demanda-t-elle, l'air complètement abasourdi.

- Tu as une garde-robe complète chez moi. T'as pas oublié ?

Elle fit une tête de poisson, semblant un instant à court de mots, puis elle poussa un soupir exaspéré. Lorsqu'elle reprit la parole une dizaine de minutes plus tard, elle semblait résignée et était beaucoup plus calme.

- Et qu'est-ce qu'il y a à voir, à East Hampton ?

Je souris intérieurement, satisfait d'avoir gagné, cette fois-ci.

- Le lac Montauk. C'est là que mon bateau est amarré.

- Il fait un peu froid pour une promenade en bateau, tu ne trouves pas ? remarqua-t-elle sèchement.

- On n'va pas le sortir. Je pensais juste que ce serait un endroit tranquille pour que nous puissions parler. En plus, c'est le dernier week-end où l'on pourra l'utiliser : il sera en cale sèche pour l'hiver et je voulais que tu le voies avant.

- Honnêtement, je ne sais pas pourquoi tu t'es lancé dans

toute cette organisation : on aurait très bien pu se parler dans un endroit plus proche de chez nous, murmura-t-elle ; ses mots étant à peine assez forts pour être entendus par-dessus le bruit de l'hélicoptère.

- Cette fois-ci, c'est moi qui vais tout te raconter : alors on fait comme je l'entends.

En privé. Là où je sais que personne ne nous entendra.

Nous survolions la ville en silence. Un nœud se formait dans mon estomac alors que je me demandais comment j'allais procéder. J'allai tout dévoiler en disant à Krystina la vérité sur mes parents. Sur qui j'étais vraiment, aussi. C'était primordial que personne ne nous entende ; l'amener sur mon bateau était le seul endroit neutre auquel j'avais pu penser - parce qu'il m'avait fallu organiser tout ça au dernier moment. Cependant, et pour être vraiment honnête avec moi-même, ce n'était pas seulement parce que je voulais que notre conversation reste privée : je voulais que Krystina soit dans un endroit qu'elle ne pourrait pas fuir. Parce qu'une fois qu'elle aura entendu ce que j'avais à lui dire, elle saura que je lui avais menti sur toute la ligne. Et je ne savais pas si elle déciderait de s'enfuir ou de rester.

Krystina

DIRE que j'étais furieuse serait un euphémisme : mon tempérament avait doucement mijoté pendant le vol, et j'étais sur le point d'entrer en éruption comme le mont Saint Helens[2] quand je suis descendue de l'hélicoptère. Je suivais Alexander jusqu'à une Mercedes-Benz noire qui nous attendait pour nous emmener jusqu'au lac Montauk. Je préférais ne pas me disputer avec lui pour monter dans le véhicule, car je ne voulais pas qu'il m'humilie encore en me jetant par-dessus son épaule comme un sac à patates. Rien que d'y repenser m'énervait encore plus.

Argh ! Non mais ! Quel arrogant, ç'ui'là ! !

Cet homme n'avait pas de limites. Je le savais, et je n'aurais pas dû être surprise par ce qu'il venait de faire. Pour lui, il n'y avait aucun effort à déployer pour obtenir quelque chose. Même si cela signifiait de me kidnapper.

Hale prit la place du pilote, tandis qu'Alexander et moi montions à l'arrière dans un silence absolu. L'air était tendu. Je pouvais sentir les yeux d'Alexander sur moi, mais je refusais de le regarder de peur de craquer. La seule chose qui m'empêchait de me défouler, c'était ma curiosité : je voulais enfin connaître son histoire. Lorsque la voiture s'arrêta sur un parking presque vide, Hale sortit pour nous ouvrir la porte. Alexander sortit en premier et me tendit la main.

- Viens, mon ange. Il est temps pour toi de rencontrer Lucy, me dit-il.

Ne prenant pas la peine de demander qui était Lucy, j'ignorais sa main tendue et sortais toute seule de la voiture. Je savais que j'étais une sale fille, mais là, je n'ai pas pu m'empêcher de prendre un air hautain devant son expression stupéfaite face à un tel rejet de ma part.

- Alexander... ne t'attends pas à ce que je sois gentille, lui dis-je avec un sourire mielleux. J'ai juste accepté de te parler. Je ne me souviens pas que le kidnapping fasse partie de notre accord.

Sans prévenir, les mains d'Alexander s'écrasèrent sur le toit de la voiture, me coinçant entre ses avant-bras musclés. Je faillis exploser de colère, car le bruit de ses paumes frappant le métal était assourdissant dans le silence du parking.

- Ça suffit ! grogna-t-il, le visage à quelques centimètres du mien.

- Ou quoi ?

Je lui lançais moi aussi un défi et faisais de tout mon mieux pour relever le menton.

- Aide-moi, Krystina, me dit-il en secouant la tête. On ne s'apprête pas à faire un round. Pas maintenant. Et si ça signifie que je dois te jeter une fois de plus par-dessus mon épaule, eh bien crois-moi, je le ferai.

- Non. Tu ne referais pas ça.

- Ne me teste pas, mon ange. J'ai eu l'impression de devenir complètement un fou, ces dernières semaines et tu n'as aucune idée de ce dont je suis capable.

Son expression se faisait menaçante, et je glissais nerveusement mes yeux du côté de Hale, qui sortait des sacs de sport du coffre de la Mercedes, ignorant la confrontation qui se déroulait près de la voiture. Alexander s'éloignait de moi mais il me prit la main. Sa prise était ferme ; il me traînait pratiquement vers la porte principale de la marina.

- Alex, lâche ma main ! dis-je en essayant de me libérer de sa prise.

Il tournait pour me faire face, me tirant contre son torse vigoureux.

- Pourquoi ? Pour que tu puisses partir en courant ? P'tain ? S'il s'exprimait de manière dure et furieuse, son expression était suppliante. J'ai fait une erreur en te laissant partir la dernière fois. Tu ne me fuiras plus jamais. Je ne te laisserai pas faire !

- Tu ne peux pas me contrôler !

- Ce n'est pas une question de contrôle. Pourquoi tu ne le vois pas ? Il s'agit de toi et moi. C'est à propos de notre... il sembla prendre son temps comme s'il essayait de trouver les bons mots. Quand il reparla, sa voix était chargée d'émotion. C'est notre lien. Je ne peux plus l'ignorer. J'ai besoin de toi, mon ange. J'étais complètement paralysé, sans toi. Et maintenant que je t'ai enfin à nouveau avec moi, toi, tout c'que tu veux, c'est te battre. Je n'peux même pas savoir si j'veux t'prendre sur mes g'noux ou t'baiser comme un fou.

- Me baiser comme un fou... commençai-je à dire, mais les mots se prirent dans ma gorge, réduits au silence par le doigt qu'Alexander avait posé sur mes lèvres.

- Arrête de parler, Krystina, me dit-il.

Puis il se pencha pour sceller sa bouche sur la mienne. J'étais furieuse, mais mon corps me trahit presque instantanément. Je ne voulais pas l'embrasser, et pourtant je le voulais plus que tout au monde. C'était comme si mes lèvres avaient leur propre esprit et lui rendaient son baiser avec une fièvre accablante. En quelques secondes, la douleur qui m'avait envahie ces deux dernières semaines semblait disparaître soudainement, et je cédais sans aucune retenue. Alexander avait raison à propos de notre relation : moi aussi, j'avais été paralysée sans lui. Je faisais courir mes mains le long de ses biceps tendus, en serrant ses épaules comme si j'étais en train de m'accrocher à la vie. Et d'une certaine manière, c'était exactement ce que je faisais : me battre pour maintenir notre relation fragile et perturbée. J'étais alimentée par tellement de sentiments - la colère, la trahison, le désir et l'envie. C'était comme si j'avais rejeté tout mon corps et mon esprit dans ce baiser. En poussant ma langue sur ses lèvres, je prenais et donnais avec acharnement tout ce que je pouvais, puisant dans le puits débordant d'émotions pour lui dire en silence que je n'allai pas m'enfuir à nouveau. Pas cette fois-ci. Parce que, même après tout ce que nous avions vécu, je savais que je ne voulais pas passer un autre jour sans lui. Alexander gémissait et me serrait plus fort contre lui. Il savait ce que j'essayais de lui dire. Je pouvais le sentir dans la façon dont il me tenait dans ses bras et dans notre baiser passionné. Nos lèvres étaient enfermées dans un besoin frénétique, comme si nous essayions de rattraper ces deux semaines d'absence. Ce sentiment d'urgence ne ressemblait à aucun autre que nous n'ayons jamais partagé. Il n'était pas motivé par la luxure ou le pur désir charnel, mais plutôt par un désespoir inexplicable. Il m'embrassait le long des joues et de la mâchoire, puis il appuya son front contre le mien. Il me prit le bas du visage entre ses deux mains et me regarda. Lorsque mes yeux se fixèrent sur les siens, je pouvais voir que son regard bleu, auparavant gorgé d'une vilaine couleur de sang, était rempli de soulagement.

- Te revoilà, mon ange, me chuchota-t-il.

Je lui fis un petit sourire avant d'appuyer ma tête sur sa poitrine. Inspirant profondément, je laissais enfin son odeur enivrante envahir mes sens.

Pu-tain ! Comme ça m'a manqué !

L'écho lointain de gens en train de rire me ramena à la réalité, me rappelant que nous n'étions pas seuls et que Hale était quelque part à proximité. Reculant un peu, je regardais autour de moi d'un air gêné. Un rougissement se glissait sur mes joues lorsque je vis Hale se tenir près de la voiture, assez proche de nous, finalement. Heureusement, il eut le tact de regarder dans la direction opposée.

Alors moi ! Je me mets à faire une crise pendant un bon moment, et juste après, je me retrouve avec mon ravisseur. Il doit penser que je suis encore plus folle qu'Alex. Et justement, en parlant de folie...

Je tournais mon attention sur Alexander.

- T'aurais pas dû me balancer comme ça sur ton épaule, tout à l'heure, lui dis-je en prenant soin de garder un ton neutre et non argumentatif.

Il leva simplement un sourcil.

- Tu serais montée dans l'hélicoptère d'une autre manière ?

- Probablement pas, admis-je.

- Alors, je ne vais pas m'excuser pour ça.

Il me sourit de manière arrogante, puis me prit à nouveau la main alors que je soupirais profondément.

- Qui c'est, cette Lucy ? lui demandai-je après que nous eûmes commencé à marcher.

- Tu verras.

Je le regardais avec curiosité, mais il n'en dit pas plus.

Monsieur l'énigmatique. Comme d'hab.

Il me conduisit sur un chemin pavé de pierre menant à une porte pédestre en fer forgé faite de manière assez complexe. Il glissa son pass d'accès dans un lecteur de carte électronique et la porte s'ouvrit automatiquement tout doucement. Des bâtiments occupaient chaque côté du chemin sur lequel nous marchions, obstruant toute vue que j'aurais pu avoir sur le front de mer. J'étais sûre que la marina avait été délibérément conçue de cette façon pour préserver l'intimité de ses propriétaires. Je pouvais déjà dire que l'endroit sentait l'exclusivité. Lorsque nous atteignîmes le bout de cet ensemble de bâtiments, nous contournâmes un des coins et je stoppai net, impressionnée par la vue qui s'offrait à moi.

- Waow ! Cet endroit n'a rien à voir avec les marinas de chez nous. C'est plus une ville de villégiature miniature qu'autre chose !

- En effet, c'est le cas, en quelque sorte, constata Alexander avec indifférence en me persuadant de continuer à marcher.

- Attends - arrête. Laisse-moi au moins profiter de cet cnvironnement qui m'est atypique, le temps d'une minute.

Même dans l'obscurité, je pouvais voir que le parc était impeccablement entretenu. Le bâtiment à ma gauche abritait au moins cinquante voiturettes de golf, qui devaient servir à emmener les invités de partout dans cet immense complexe. Des petites boutiques et des cafés suivaient le long chemin sinueux qui partait à ma droite, la lumière scintillante de leurs fenêtres parsemait le rivage et se reflétait sur l'eau. Des kiosques blancs étaient comme posés au bord de l'eau, invitant à s'asseoir et à profiter de la vue. Au milieu de tout cela se trouvait un grand phare avec un bâtiment extravagant sur le côté droit. Il ressemblait plus à un manoir qu'à un hangar à bateaux, qui devait certainement être, selon moi, le club-house principal des marinas. Une banderole était accrochée à l'avant du porche ; elle remerciait les membres de la saison passée et annonçait que cette dernière avait vraiment été conviviale et amusante pour tous. Tout ce décor était pittoresque, un peu comme quelque chose de magique qui rappelait les œuvres de Thomas Kinkade[3].

- On est seuls, ici ? demandai-je en chuchotant.

Je me rendis compte que j'avais parlé sur mon ton feutré, parce que j'avais peur de perturber la tranquillité de cet environnement.

- C'est très calme ici, à cette époque de l'année. C'est assez animé pendant la haute saison. Aujourd'hui, la plupart des membres du club ont mis leurs bateaux en hivernage. Il y en a d'autres qui sont partis vers le sud, m'expliqua Alexander en haussant les épaules. Personnellement, je préfère venir ici quand il y a moins de monde. Je dois être un des seuls à laisser mon bateau à l'eau aussi tard.

De rares babauds se promenaient sur les quais : certainement les derniers irréductibles qui s'accrochaient au peu de saison qu'il restait. Regardant l'océan pour voir combien de bateaux étaient amarrés, j'élargissais les yeux de surprise : le peu de bateaux qu'il restait n'étaient pas des *bateaux*, mais des sortes de bateaux de croisière miniatures. Et comme Alexander l'avait dit, il n'en restait que très peu. Cependant, les rangées semblaient interminables. J'étais certaine que cet endroit était pris d'assaut tout l'été.

- T'es prête, mon ange ? me demanda-t-il en me tirant la main pour continuer à marcher.

- Ouais. Allons-y, acceptai-je sans réfléchir en me sentant toujours étonnée en observant mon environnement.

Puis j'eus une pensée pour le bateau de pêche de Frank, et au fait qu'il serait perdu dans un endroit comme celui-ci. Je souris intérieurement.

Mais je ne suis plus dans le Kansas.

Nous nous dirigions vers les docks et passions une autre porte sécurisée nécessitant un pass électronique. Nous marchâmes encore un peu avant de remonter sur un bateau nommé *Lucy*. Et là, je réalisais qui était Lucy. Lucy n'était pas un qui, mais un quoi. Et elle était énorme.

- C'est ton bateau ? demandai-je, incrédule. Il est énorme !

- Rhôôôô... pas tant qu'ça, mon ange, me dit Alexander en riant. Si on le compare avec les autres, il est relativement petit, en fait. Il ne fait que quarante-huit mètres. D'autres bateaux de la marina atteignent les soixante-dix mètres. J'ai pensé à moderniser le mien il y a quelques années, mais je ne suis pas sûr de pouvoir manœuvrer un bateau beaucoup plus grand que celui-ci.

- Parce que tu conduis ce truc ?

- Pas souvent, mais il m'arrive de le faire. J'ai un permis bateau ; la plupart du temps, j'ai un équipage avec moi quand je le sors. Allez viens, je vais te faire visiter !

Je le suivais sur une passerelle en bois qui menait à un grand pont ouvert. Puis nous traversâmes des portes double vitrées permettant l'accès au salon, où il faisait chaud. Avec tout ce qui s'était passé ce matin, je n'avais pas réalisé à quel point je me sentais encore humide et frileuse, à force d'avoir été dehors sous la pluie. J'étais sur le point de demander si je pouvais me changer avant de faire le tour du yacht, mais j'en fus empêchée parce qu'Alexander appela Hale.

- Oui, monsieur ? ! lui répondit ce dernier en surgissant de nulle part.

Décidemment, cet homme est un vrai fantôme.

- Où avez-vous posé nos sacs ?

- Je les ai mis dans la grande suite, Monsieur Stone.

- Parfait. Krystina et moi sommes prêts pour l'instant. J'avais demandé à Laura de venir vous voir pour tout ce qui pourrait nécessiter une attention immédiate. À part ça, vous êtes libre pour le reste de la soirée et de la nuit, lui annonça Alexander.

- Très bien, monsieur. Merci, déclara Hale.

Il fit un signe de tête à Alexander, puis il m'adressa un clin d'œil très discret qui me prit au dépourvu. Je ne pouvais m'empêcher de penser que, malgré le fait qu'on lui ait dit de prendre congé, il ne serait pas très loin. Cet échange m'amusa malgré tout.

- Qui est Hale, pour toi ? m'enquis-je auprès d'Alexander une fois Hale hors de vue.

- Qu'est-ce que tu veux dire ?

- Je veux dire qu'il joue à la fois au chauffeur, à l'agent de sécurité et à l'homme à tout faire. Quel est son titre ?

- Il n'en a pas, me répondit-il avec dédain. Allez ! On va se changer, maintenant. J'en ai marre de ces vêtements mouillés !

Il se retourna pour me faire sortir de la pièce, mais je n'allais pas le laisser s'en tirer aussi facilement. Je le connaissais suffisamment bien pour savoir quand il essayait d'esquiver un sujet. Il y avait bien une histoire. Il continuait à marcher devant moi, me laissant le suivre avec tout un tas de questions en tête.

- Vous vous êtes rencontrés quand ?

- Il y a longtemps.

Comme toujours... il élude...

- Il a un air militaire. Est-ce qu'il était engagé dans l'armée, avant de travailler pour toi ?

- Tu n'as qu'à lui demander.

- Merci, Alex, pour cette réponse plus que précise, lui dis-je la voix chargée de sarcasme.

Il stoppa net et se retourna vers moi en fronçant les sourcils. Puis il inspira profondément.

- Sa mère était la meilleure amie d'enfance de ma grand-mère. C'est comme ça que je le connais... depuis que je suis tout petit. Il travaille pour moi depuis plus de dix ans. En dehors de mes grands-parents, il est la seule personne en qui j'ai jamais eu entièrement confiance.

Sa réponse me laissait stupéfaite. « Oh... d'accord » était

tout ce que j'avais trouvé à dire. J'aurais aimé avoir plus de détails, et il aurait dû se douter que cet aveu soulèverait des questions de ma part. Il secoua la tête et leva la main pour me signaler qu'il valait mieux que je me taise - pour le moment, du moins.

- Je vais te parler de mes parents, Krystina. En mettant toutes les cartes sur table et en n'omettant aucun détail. Je te l'ai promis, et je ne reviens jamais sur ma parole. Saches que, pourtant, je ne suis pas vraiment pressé de te raconter tout ça. Je veux profiter de cette soirée encore un peu plus.

Je lui fis un signe de la tête, ne sachant pas ce que je pouvais faire d'autre que d'accepter. Il avait l'air triste. Mais il y avait aussi quelque chose d'autre dans son expression, comme si le fait de me raconter son histoire allait le briser, d'une certaine manière. J'avais déjà vu tout un tas d'émotions tourbillonner au fond de ses yeux bleu saphir - la colère, la détermination, la passion et la luxure. Mais jamais je n'avais vu la peur. J'eus soudain très peur de ce qu'il avait à me dire. Et pour la première fois, je me demandais s'il ne serait pas préférable de garder la boîte de Pandore fermée.

5

Alexander

J'ouvrais les portes de la grande suite et faisais un signe à Krystina pour qu'elle y entre. Elle me regardait avec curiosité, le regard plein de questions. Puis elle détourna rapidement les yeux. Je savais qu'elle voulait des réponses, mais je devais la retenir encore un peu plus.

Juste un peu de patience, mon ange.

Au moment de partir pour venir jusqu'ici, elle était vraiment énervée. Il fallait que je m'assure qu'elle soit dans le bon état d'esprit avant de m'ouvrir à elle. Il était impératif que le décor soit bien planté. En me dirigeant vers le canapé du coin de la pièce, j'ouvrais le sac de sport noir dans lequel étaient rangés ses vêtements. J'en retirais un jean, un pull de laine de couleur crème et des sous-vêtements neufs. Posant le tout soigneusement sur le lit, je lui dis :

- Cela devrait te tenir assez chaud, mais il y a un autre sweatshirt dans le sac. Au cas où.

Elle s'approchait du lit et passait ses mains sur le jean en le contemplant.

- Non. Ça devrait aller, murmura-t-elle doucement.

Elle avait l'air en conflit et semblait nerveuse. Comme d'habitude. Je jurais intérieurement.

Mais putain ! Qu'est-ce qui n'va pas, dans sa tête ?

J'aurais préféré qu'il me soit plus facile de pouvoir lire en elle. Je détestais le fait de rarement pouvoir le faire.

Est-ce qu'elle a peur de se déshabiller devant moi ?

Si c'était le cas, alors elle était ridicule. J'avais déjà vu chaque beau centimètre de sa peau. Mais malgré ce que je pensais, je réalisais qu'en lui offrant un peu d'intimité, elle serait plus à l'aise. J'étais sur le point de le lui dire, mais je changeai d'avis en la voyant commencer à se déshabiller. Immédiatement, mon souffle se coinça dans ma gorge : elle se tenait là, déboutonnant son chemisier humide en le laissant glisser lentement le long de ses épaules. Je me figeai, complètement hypnotisé par la femme éblouissante qui se trouvait devant moi. Certes, ses mouvements n'étaient pas censés être provocateurs : elle essayait simplement d'éloigner la matière froide de sa peau. Mais dans tous les cas, c'était tout ce que je pouvais faire pour m'empêcher de la jeter sur le lit et de l'avoir rien que pour moi. Elle définissait à mes yeux le sens de la perfection. Le désir s'empara de moi et je réprimai un gémissement. Détournant les yeux de sa peau délicate et crémeuse, je rassemblais mes affaires pour me changer. Frustré, je me dépouillais de mes vêtements humides et les mettais en tas. Puis, j'enfilais un jean Armani. En fermais le bouton de la braguette. Y attachais une ceinture. Le tout en faisant bien attention de ne pas regarder dans la direction de Krystina. Car je savais qu'un seul regard sur son corps à moitié nu... et tout serait fini. Puis je me fis glisser un t-shirt par-dessus la tête et j'étais tellement ébloui par la vue qui s'offrait à moi que je dus reculer d'un pas : elle se trouvait à nouveau dans mon champ de vision ; elle se tenait dos à moi, pliant soigneusement ses vêtements humides pour les empiler les uns sur les autres et ne portait qu'un pull et une culotte. Mes yeux remontaient la longueur de ses jambes parfaites et se posaient sur la courbure de son impeccable derrière. Une vision de ses membres enroulés autour de moi inonda subitement mon cerveau.

Non. C'est trop tôt.

Mais elle se penchait pour se glisser dans son jean, et toute la volonté que j'avais fut rejetée d'un coup.

Rhôôôô pu-tain ! Je suis un homme ! Mon corps n'est pas fait en fer.

Trois enjambées me suffirent pour réduire la distance qui nous séparait. Je la saisis autour de la taille et la ramenait contre ma poitrine.

- Alex, commença-t-elle.

- Chut. Ne fais pas ça, mon ange. S'il te plaît, implorai-je. J'ai besoin de te sentir.

J'étais à deux doigts de la supplier - chose que je n'ai jamais fait de ma vie, mais ça n'avait pas d'importance. Je la voulais plus que je ne l'ai jamais voulue. Et ça, c'était pour moi un besoin inexplicable, dont les proportions étaient épiques. C'était peut-être parce que nous venions de passer quelques semaines séparés l'un de l'autre. En fait, je n'en savais rien. Je savais seulement que j'étais désespéré d'être en elle. De sentir sa chaleur de velours. En glissant mes mains sous son pull, je lui pris les seins à pleines mains.

P'tain... elle a pas mis d'soutien-gorge.

Lui massant les mamelons pendant un moment, je savourais le poids de ses seins nus dans mes mains ; puis je la fis tourner. Je soulevais son pull et le balançais d'un côté pour pouvoir en prendre un dans la bouche. Surprise, son souffle en fut coupé, mais elle ne se débattait pas alors que je la léchais de plus belle en faisant tourner ma langue autour du bout de son sein. De son côté, elle inclinait la tête en arrière et poussait un petit soupir. Et moi, je remerciais en silence tout ce qui était divin de m'avoir donné ce moment - de m'avoir donné cette femme. Je me rapprochais d'elle pour lui réclamer sa bouche, poussant ma langue devant ses lèvres qui attendaient. Puis je la dévorais. Elle se mit à gémir, la vibration de ses lèvres envoyant un choc électrique jusqu'à mon aine.

- Attends, Alex, dit-elle en se retirant, comme si tout d'un coup, elle se rappelait quelque chose d'important. On ne peut pas.

Et là, c'était déjà trop tard : j'avais dépassé le point de non-retour. *On ne peut pas* ne faisait pas partie de mon vocabulaire, et attendre n'était pas une option pour moi. Le régulateur de vitesse s'était transformé en catalyseur et j'étais pleinement engagé.

- Dis-moi que tu ne veux pas faire ça, murmurais-je dans sa bouche, effleurant mes dents sur ses lèvres. Et dis-le moi comme si tu le pensais.

Me frayant un chemin le long de son cou, je me délectais de la sensation de son pouls qui martelait sous sa peau tout en respirant son parfum. Elle sentait la vanille embrassée par la pluie.

- Non... je ne peux pas te le dire, mais...

- Y'a pas d'mais. Arrête de penser. J'peux continuer ? murmurai-je en lui tordant le cou jusqu'au lobe de l'oreille.

Elle se penchait sur le côté pour me laisser l'accès. La serrant plus fort contre moi, je l'entendais soupirer de reconnaissance. Et là, je savais que je la tenais.

- Oui, cédait-elle enfin.

Je n'hésitais donc pas une seconde après avoir obtenu son consentement en écrasant encore ma bouche contre la sienne. Je voulais l'embrasser sans raison. Je ne voulais plus qu'elle réfléchisse, ni qu'elle pose de questions. En la soulevant, j'enroulais ses jambes autour de ma taille et la plaquais contre le mur. La chaleur de son sexe à travers sa culotte en dentelle se pressait contre mon abdomen. Elle se poussait en avant en se frottant contre moi, signe m'indiquant que son besoin était réel. J'aurais pu enfoncer ma bite en elle à ce moment-là. Contre le mur. Pour la pénétrer comme l'animal sauvage qu'elle avait fait de moi. Mais elle méritait mieux que ça. Elle méritait d'être vénérée. La portant jusqu'au lit, je l'allongeais sur la couette en satin bleu argenté. En descendant sur corps, ma langue traversait sa peau comme le diamant d'un vinyle, ce qui me faisait entendre des petits sons sensuels, un peu comme une musique à mes oreilles. Puis, je lui tirais lentement sa culotte le long de ses jambes, adorant chaque millimètre de son corps au fur et à mesure que j'avançais. Je picorais ses jambes de baisers, savourant le goût délicieux de sa peau.

- Oh, mon ange, dis-je en pressant ma joue contre l'intérieur de sa cuisse. Tu sais à quel point j'ai pensé à toi quand on était séparés ? Ce nombre de nuits interminables, pendant lesquelles tu m'a manqué ? Combien de nuits se sont écoulées, Krystina ?

Comme elle ne me répondais pas, je serrais sa cuisse avec mes dents. Assez fort pour que ça lui fasse mal.

- Treize, couina-t-elle. Treize nuits.

Mon visage planait au-dessus de son sexe étincelant, ses lèvres luxuriantes, roses et invitantes. J'étais heureux de voir qu'elle avait gardé l'habitude de se raser même en mon absence. Je me mis à souffler dessus doucement et elle se mit à respirer de manière saccadée.

- Treize de trop. Je ne passerai plus une seule nuit sans toi. Tu comprends ?

- Alex...

Je lui passais la langue sur le clitoris et son souffle s'arrêta.

- Tu comprends ?

- Ça ne peut pas - je ne peux pas, bafouilla-t-elle.

Mais ça, je ne voulais pas qu'elle me le contredise. J'enfouissais mon visage dans sa chaleur humide, son dos se cambrait et un cri lui échappa - le mouvement persistant de ma langue réduisant au silence ce qu'elle essayait de me dire. Me relevant, je lui pris les seins, heureux de sentir ses tétons comme des galets sous mes paumes. Je me tordais et lui tirais les pointes, qui étaient tendues. Les pulsations de son clitoris indiquaient qu'elle était déjà sur le point de se libérer, mais je préférais la laisser dans cet état et ne la laissais pas jouir. Je faisais exprès de la faire tourner en bourrique en la taquinant pendant que ses mains frappaient les draps qui étaient maintenant en boule autour de nous. Si j'agissais de la sorte, c'était parce que je ne voulais pas qu'elle puisse me contredire quand je lui poserai à nouveau la question. Soudain, je m'éloignais en la laissant à bout de souffle et confuse quant à la raison de mon arrêt.

- Plus une seule nuit sans toi. Tu comprends ? lui répétai-je.

Elle n'avait plus de souffle quand elle me regardait d'un regard sauvage et plein de passion. Elle s'approchait pour repousser ma tête vers son point de prédilection, mais je changeais très vite de place pour me mettre hors de sa portée.

- Tu comprends ?

Elle reposait sa tête sur l'oreiller, frustrée, avant de se tourner à nouveau vers moi. Ses joues étaient rouges, et son regard désespéré. Je pouvais voir le désir s'accumuler au fond de ses yeux. Mais je pouvais aussi voir le conflit qui naissait en elle. Je retenais mon souffle en attendant sa réponse, même si j'étais assez confiant - je savais qu'elle allait céder.

- Plus une seule nuit sans toi, lâcha-t-elle enfin.

- Plus. Une. Seule.

Puis je levais ses jambes pour les écarter. Et je la dévorais. Je la mangeais comme un homme affamé qui ne pouvait pas se rassasier. D'ailleurs, je n'étais pas rassasié. Jusqu'au jour de ma mort, je n'en aurais jamais assez d'elle. Au bout de quelques secondes, je pouvais sentir le battement de son clitoris s'intensifier. Puis elle cria et explosa sur ma langue. Son jus, le plus sucré de tous les nectars, enduisit mes lèvres alors que je tétai jusqu'à la dernière goutte de son orgasme. Je sentis un tremblement descendre le long de ses jambes et souris, satisfait.

Il lui faudra bien une minute ou deux pour s'en remettre, de celui-là !

Je profitais de ce moment pour descendre du lit et me déshabiller. Enlevant ma ceinture, je la posais sur le lit avant de me débarrasser de mon caleçon et de mon pantalon. Ma bite se libéra, heureuse d'être enfin délivrée des limites de mon jean. En remontant sur le lit, j'enjambais sa taille. Elle me regardait d'un air endormi.

- T'es un vrai saligaud. Et sournois, en plus. T'es pas au courant ?

Un petit rire me traversa.

- Oh, mon bébé. Je viens juste de commencer.

Prenant ses poignets d'une main, je me penchais en arrière et attrapais ma ceinture de l'autre. Puis je l'enroulais autour de ses mains pour les lier ensemble en gardant le reste du mou pour la fixer au montant du lit.

C'est une erreur. Je devrais peut-être me la jouer soft en mode « vanille[1] *».*

L'attacher au lit était un risque. Cela me semblait peut-être normal, mais je ne voulais pas pousser le bouchon, après ce qui s'était passé au Club O. J'observais un instant son visage, histoire de voir si elle montrait un certain niveau de résistance. Ses lèvres étaient légèrement écartées et ses yeux, sombres de désir. Elle ne montrait aucun signe de malaise.

- Tu n'as pas mal aux mains ?

- Tout va bien, Monsieur Stone, dit-elle sournoisement, avec un sourire de malheur. Maintenant que tu m'as ligotée, que vas-tu faire de moi ?

Je lui rendais son sourire lascif.

- He bien... je vais tout simplement enterrer ma bite en toi.

Profondément. J'ai besoin de te sentir. J'ai besoin que tu me ressentes. Tout mon être.

Je fis glisser ma main le long de son ventre jusqu'à trouver le monticule que je recherchais, puis insérais un doigt, puis deux, dans sa fente humide. Je la préparais lentement à mon invasion en étirant délibérément cet endroit-là, parce que je savais que je n'allais pas me retenir. Elle allait sentir tout mon corps, ce que je m'étais retenu de faire jusqu'à maintenant par crainte de lui faire mal. Quand je sentais qu'elle était prête, je me positionnais au niveau de son entrejambe pour y faire lentement mon entrée. Son souffle s'arrêta et sa bouche se détendit à mesure qu'elle absorbait chaque parcelle de plaisir. Je me mouvais lentement, en entrant et en sortant pour la pousser dans une frénésie désespérée.

- Alex, fais-moi encore jouir. S'teu plaît !

- C'est bon, mon ange. Tu vas y arriver.

Embrassant les côtés de son visage, son cou et ses épaules, je continuais à la pénétrer de plus en plus loin jusqu'à ce qu'elle commence à se crisper un peu à cause de la pression que je lui imposais.

- Détends ton corps. Prends-moi entièrement. Tu sais très bien faire ça.

Elle expira et fermait les yeux. En attrapant sa jambe droite, je la mis par-dessus mon épaule. Puis j'avançais encore. Rien qu'un petit peu. Puis encore un peu. Sans m'arrêter. Jusqu'à ce que le bout de ma bite appuie son point G.

- Oh ! soufflait-elle, en état de choc.

Un plaisir brûlant jaillissait dans mes veines alors que les parois de son vagin se resserraient autour de moi. Elle m'enveloppait de chaleur, palpitant de désir.

- Maint'nant, je vais bouger.

Je me retirais lentement, pour re-rentrer en elle. Et je répétais ce va-et-vient.

- Alex ! cria-t-elle.

Son corps se tordait de plaisir, son point culminant vibrait déjà autour de ma queue. Mais je ne m'arrêtais pas pour autant, la tambourinant encore. Et encore. En prenant tout ce que je pouvais - mais aussi, en donnant tout ce que je pouvais. Je voulais la retourner et la prendre par derrière, pour que son cul devienne rose avec ma paume, mais je ne voulais pas renoncer à la vue que j'avais face à moi : elle était comme une déesse, la tête rejetée en arrière, dans sa passion. Ses cheveux bouclés s'étendaient sur l'oreiller. Ses seins rebondissaient alors que je la chevauchais. Je finis par pousser sa jambe encore plus haut et en ai profité pour lui donner une petite fessée. Très légère.

- Oui ! cria-t-elle. Encore !

Et merde.

Et moi qui m'inquiétais de pousser le bouchon trop loin... et là, c'était elle qui me choquait en m'en demandant plus. Alors je lui en donnais une autre, mais un peu plus forte, cette fois-ci. Mesurant ses réactions, je continuais à l'encourager. À chaque fessée, elle augmentait ses mouvements dans chacune de mes poussées. Son enthousiasme porta nos ébats amoureux à de nouveaux sommets.

Nos ébats amoureux ? Mais depuis quand on faisait l'amour ? Depuis quand ça a cessé de n'être qu'une pure et simple baise ?

Je repoussais cette pensée inattendue, ne voulant pas m'y attarder dans le feu de l'action. Elle tirait sur le mou de la ceinture et égalait mes va-et-vient en se balançant et en gémissant, alors que je la possédais. Je l'emmenais de plus en plus haut, jusqu'à ce que, d'un seul coup, je la sente se raidir alors qu'un troisième orgasme lui traversait le corps. Son sexe se resserrait comme un étau autour de moi et je savais que je ne résisterai pas longtemps. Je lui serrais les hanches.

- Krystina, j'y suis ! sifflai-je à travers mes dents serrées.

- Laisse-moi la sentir. Bien profond ! S'teu plaît, Alex !

Son cri surprenant suffit à me faire passer par-dessus bord. Mon esprit s'éteignit, puis une vive conscience se répandit en moi. Plongeant profondément en elle, je restais dans la même position, permettant à ma semence d'éclater dans les recoins les plus intimes de son corps. Ma connexion avec la femme phénoménale qui se trouvait juste en dessous de moi était totale. Ensuite, je m'effondrais sur elle, haletant et rassasié. Au bout de plusieurs minutes, notre respiration reprit un rythme un peu plus normal. À contrecœur, je roulais sur le dos pour aller lui relâcher les mains, qui avaient des marques rouges au niveau des poignets.

- Tu ne devrais pas tirer dessus aussi fort sur les sangles. Tu pourrais te faire mal, grondai-je en essayant de faire disparaître la rougeur.

Puis je la relâchais ; elle en profita pour enrouler ses bras autour de mon cou et pour m'attirer près d'elle. Elle poussait un soupir de contentement et se mit à tracer de petits cercles sur mon dos du bout des doigts.

- J'aurais jamais dû m'en aller, me dit-elle. C'était une réaction instinctive... j'avais pas les idées claires, à ce moment-là. Ce n'est que maint'nant que je m'en rends compte. Je sais qu'on avait beaucoup de choses à se dire, mais tout d'abord, j'aimerais te dire à quel point je suis désolée de ne pas nous avoir laissé de chance. Je ne recommencerai pas. J'aime trop être avec toi.

Je sentis mon cœur se resserrer.

De l'amour ?

Encore ce mot.

Ce sont des confidences sur l'oreiller. Elle n'a pas dit qu'elle m'aimait. Elle a juste dit qu'elle aimait être avec moi.

J'essayais au mieux de repousser cette idée une fois de plus, mais elle revenait en force. Peu importe ce que Krystina voulait dire par sa déclaration. Ma certitude me mentait.

Je l'aime. P'tain. Mais pourquoi ai-je laissé tout ça arriver ?

Ne sachant pas trop quoi faire de cette découverte abrupte, je préférais ne rien dire. C'était une première pour moi et je pouvais à peine réfléchir... encore moins assimiler ce concept. Je savais seulement que je ne pouvais pas dire tout cela à haute voix. Du moins pas encore. Surtout que j'étais dans une position vulnérable. L'horloge avançait. J'avais eu mon moment avec elle. Maintenant, il était temps que je parle. Elle devait savoir la vérité.

6

Krystina

Tranquillement allongée dans les bras d'Alexander, je me retrouvais là, assez troublée par les événements de la soirée. En fait, c'était le vrai chaos au niveau émotionnel. Tout avait évolué si vite. « Rapide » serait le mot le plus approprié pour décrire toute notre relation. Et « compliquée ». Je n'aurais pas dû recoucher avec lui aussi vite, mais j'avais senti que c'était une nécessité. Comme un obstacle que nous devions surmonter avant de pouvoir aller de l'avant. Mon cœur débordait de joie, mais j'avais envie de pleurer, en même temps. J'étais confuse par rapport à ce que je devais ressentir.

Arrête de penser.

C'était ce qu'Alexander m'avait dit, et il avait eu raison de l'avoir fait, d'ailleurs. Ma tendance à toujours réfléchir sur tout se mettait constamment en travers de ma route. Peut-être me connaissait-il mieux que je ne le croyais. Je voulais juste avoir la possibilité de me changer les idées, comme en actionnant tout bêtement un interrupteur. Malheureusement, je n'étais pas faite comme ça. La reprise de notre relation physique changeait la donne, et je savais qu'il me serait impossible de m'éloigner de lui une seconde fois. J'étais sincère quand je lui avais dit que je ne repartirai pas. Tout ce que j'avais planifié pour faire face à mon propre passé troublé avait été balayé à la minute où il m'avait embrassée au bord de l'autoroute. À ce moment-là, j'avais oublié nos problèmes de confiance et le fait qu'il s'accroche à des secrets m'importait complètement. Étendue nue dans ses bras, je profitais du fait qu'il ait su briser chaque parcelle de désaccord auquel je m'accrochais - parce qu'il était différent. Cependant, je ne pouvais pas dire ce que c'était, exactement. Alexander avait toujours été un amant généreux, mais il avait donné bien plus cette fois-ci. Mais il n'y avait pas que le sexe. Il y avait une connexion émotionnelle qui n'avait jamais existé auparavant, et je ne savais pas comment la régler.

Il suffit de faire avec. Tout va bien se passer.

Fermant les yeux, je pris une grande respiration pour pouvoir dissiper cette sensation angoissante. Il était grand temps que je cesse de me perdre dans ma propre tête. En essayant de m'installer tranquillement dans ses bras, je me concentrais sur sa main, qui massait légèrement le haut de ma tête. Je le tirais plus près de moi, appréciant de ressentir sa peau chaude et nue contre moi.

C'est ça. Tout va bien se passer.

- Alors, commença Alexander. Allyson m'a dit que tu avais passé un entretien d'embauche ce matin. Dis-moi comment ça s'est passé.

Oh... Allyson ! Mais pourquoi elle lui a dit ça ?

- J'explore simplement toutes les options qui s'offrent à moi, lui dis-je en essayant de paraître plus confiante que je ne l'étais.

Je savais où cela allait mener.

- Ce que je t'ai envoyé la semaine dernière - ça tient toujours : le poste à Turning Stone est toujours pour toi. Et j'aimerais que tu le prennes, Krystina.

- Je ne sais pas quoi faire, avouai-je sincèrement.

- Qu'est-ce que ton instinct te dit de faire ? Ou dans ton cas, qu'est-ce que ton ange et ton diable te disent de faire ? se moqua-t-il.

Il me donna un coup de poing dans les côtes et je sursautais.

- Hé ! Arrête ! m'exclamai-je, complètement embarrassée par le fait qu'il ait évoqué l'angelot et le diablotin - le subconscient enfantin dont je lui avais bêtement dévoilé l'existence au cours d'une soirée d'ivresse. Ne te moque pas de moi, Alex.

- Alors ?

Il attendait patiemment ma réponse. Je réfléchissais, cherchant quelle était la direction à prendre. Je ne savais toujours pas quoi faire. Je savais que je voulais donner une autre chance à notre relation. Rien que ça, c'était déjà un grand saut. Je n'étais pas sûre de vouloir miser mon avenir financier sur quelque chose qui pourrait ne pas marcher jusqu'à la fin.

- Ton offre était bien meilleure, émis-je en essayant de gagner du temps.

- Oui, ça, j'en était sûr.

- Est-ce que tu sais à quel point tu peux être arrogant quand tu t'y mets ?

- On me le dit de temps en temps. Alors, qu'est-ce que tu vas décider, mon ange ?

Je pris une profonde inspiration en fronçant les sourcils.

- Honnêtement, il s'est passé beaucoup de choses aujourd'hui. J'ai l'impression de ne pas pouvoir m'orienter, encore moins de parler de tout ça. Laisse-moi y réfléchir. Peut-être que j'aurais la réponse demain.

- Très bien, concéda-t-il. Tu as faim ?

- Pas vraiment, admis-je.

Je n'avais pas mangé et aurais dû avoir bien faim, mais

l'inquiétude que je m'étais imposée semblait tuer tout appétit que j'aurais pu avoir.

- Tu dois manger. Allons voir ce que je peux trouver dans le garde-manger.

Il m'embrassa sur le front et roula sur le côté du lit. Complètement dégoûté par son état de nudité, il commençait à ramasser nos vêtements éparpillés un peu partout dans la pièce. De mon côté, je restais allongée en l'observant : la vue qu'il m'offrait n'était pas désagréable à voir. Je ne me lasserai jamais de regarder ce physique élégant et masculin, tellement puissant et fort. Sa solide carrure était parfaite de la tête aux pieds, de la largeur de ses épaules à son torse impeccable - pas une seule cicatrice n'entachait sa chair. Ses mains, grandes et fortes, avaient la capacité de faire des miracles sur mon corps. Je rougissais en pensant à la sensation qu'elles me procuraient en remontant à l'intérieur de mes cuisses lorsqu'il me regardait avec des yeux d'un bleu saphir pénétrant - des yeux qui pouvaient voir jusqu'à mon âme. Il était vraiment beau, et il avait enflammé mon univers. Il glissait dans son jean et je soupirai intérieurement. J'aimais quand il portait un jean, même si je ne pouvais pas dire pourquoi. Peut-être parce que je le voyais rarement dans autre chose qu'un pantalon de smoking. Mais qu'importe, de toute façon, il y avait toujours quelque chose d'incroyablement sexy dans sa façon de porter un jean. Je continuais de le regarder alors qu'il mettait un t-shirt sur sa tête. Ses cheveux, déjà en proie au sexe, se décoiffèrent encore plus. Il y passait une main pour tenter de les lisser, transformant ce geste tout simple en la chose la plus sexy que j'aie jamais vue. J'avais l'impression d'être une jeune écolière étourdie et dus étouffer un ricanement. Je dus me forcer à arracher mes yeux de lui avant de faire quelque chose d'embarrassant.

Pourquoi je pense comme si j'étais une adolescente prise d'un désir subit pour lui ?

J'avais repéré mes sous-vêtements ; ils étaient suspendus n'importe comment sur une petite lampe installée sur la table de nuit, un peu comme une scène que l'on aurait pu voir dans le dortoir d'un collège. Mon rire m'échappa.

- Pourquoi tu ris ? me demanda Alexander avec curiosité.

- Oh, rien. Ce sont juste les détails de la déco que j'apprécie, lui dis-je en lui montrant la culotte en dentelle noire.

Les bords de sa bouche se retroussèrent dans le plus sexy des sourires.

- Oui, moi aussi, j'aime beaucoup ça. Je pense que je vais en faire un élément permanent ici.

- Peut-être que tu lanceras une nouvelle tendance, dis-je en riant tout en m'extirpant des draps.

Je fis un geste pour la récupérer, mais Alexander m'attrapa la main.

- J'étais sérieux. Laisse-la là.

- Ne sois pas bête. J'en ai besoin.

- Non. T'en as pas besoin.

Il s'agissait bel et bien d'un ordre, vu le ton sur lequel il m'avait parlé. Levant le menton pour le défier, je le regardais droit dans les yeux : son regard brillait d'une méchante lueur, comme s'il me mettait au défi lui aussi.

- Bien. Je n'en ai pas besoin.

- Je vois que tu apprends enfin, me dit-il dans un petit rire.

Si je fronçais des sourcils devant le sourire espiègle qu'il m'avait lancé, j'étais en train de fondre à l'intérieur de moi-même.

Je viens tout juste de me faire piéger.

- Ne pousse pas le bouchon trop loin, Stone.

Après avoir fini de m'habiller sans sous-vêtements, je le suivis hors de la chambre. Nous passâmes dans une sorte de pièce qui devait servir d'espace de jeu, qui était très bien décorée et dotée d'une grande télévision à écran plat et de gros fauteuils. Mais ce qui retint le plus mon attention, c'était l'escalier de verre du fond de la pièce qui montait jusqu'à je-n'sais-où sur ce bateau imposant : il était vraiment spectaculaire. Dans la salle à manger, ce fut une grande table avec un joli plateau en onyx qui m'accueillit. Pourtant, Alexander ne me laissait pas beaucoup de temps pour admirer les détails de cette table époustouflante. Il passait juste devant et me fit signe de continuer à le suivre dans une petite cuisine étroite. Il se mit à parcourir le contenu de l'une des armoires en acajou. Mon estomac émit un léger grondement pour me faire savoir que mon appétit était revenu. Je regardais par-dessus son épaule pour voir quelles étaient les offrandes. Le choix était minime. Il ouvrit le mini-frigo et pressa ses lèvres l'une contre l'autre avec agacement. Tout comme dans l'armoire, il n'y avait pas grand-chose - seulement quelques condiments, un récipient de jus de canneberge à moitié vide et du fromage. Avant que je puisse faire un commentaire, il sortit son téléphone de sa poche.

- Hale, aboya-t-il. Pouvez-vous allez au restaurant de la marina pour y prendre notre dîner, à moi et à Krystina ? On prendra tous les deux de la salade d'épinards aux noix. Avec la vinaigrette aux framboises à part.

- Alexander ! Ne l'envoie pas dehors. On peut se contenter de...

Il me fit signe de partir et continua de parler :

- Oui. Du poulet grillé avec de la feta ; ça sera parfait pour le plat principal.

Oh, non. Surtout pas.

J'étais horrifiée par la façon dont il s'était exprimé juste pour dire à Hale ce qu'il voulait qu'il fasse. Avoir le luxe d'avoir quelqu'un à ses ordres ne justifiait pas ce comportement. Et j'en étais venue à apprécier Hale. Je serais maudite en autorisant Alexander à lui donner des ordres en mon nom. Je fis donc la première chose qui me vint à l'esprit : aller droit sur lui et lui arracher le téléphone de la main :

- Hale, ne faites pas ça !

Alexander se tenait là, figé dans le silence que je lui avais imposé, l'air à la fois choqué et furieux. Quant à Hale, il cracha à l'autre bout de la ligne :

- Mes excuses, Mademoiselle Cole. Mais Monsieur Stone...

- Oui, je suis tout à fait consciente de ce que Monsieur Stone a dit. Il a dit que vous pouviez prendre votre soirée, et c'est exactement ce que vous allez faire. N'est-ce pas, *Monsieur Stone* ?

Ayant terminé mon laïus, je fixais Alexander pour qu'il me confirme tout cela. Hale gardait le silence. Alexander et moi étions confrontés à une bataille de volonté ; un peu comme deux participants à un concours « de regards » auquel je n'avais jamais participé auparavant. Le silence se prolongeait pendant ce qui semblait être une éternité avant qu'Alexander ne tende la main pour prendre le téléphone.

- Apparemment, *Mademoiselle Cole* n'a pas faim ce soir, dit-il à Hale, en imitant mon ton. Laissez tomber cette commande et prenez le reste de la soirée.

Sans dire au revoir, il mit fin à l'appel.

- On peut se contenter de ce qu'il y a ici, commençai-je à dire, mais il leva une main pour me faire taire.

- Ne fais plus jamais ça, sinon...

Fermant les yeux, je lui répondis :

- Sinon quoi ?

- Ne me teste pas, Krystina.

Il clignait des yeux et fulminait en lui-même. Le tic-tac de sa mâchoire en colère me faisait réaliser que je l'avais peut-être poussé à bout. Après coup, je me disais que je n'aurais certainement pas dû intervenir auprès de lui et d'un membre de son personnel. Mais dans tous les cas, on pouvait vraiment se contenter de ce qui était déjà sur le bateau. Il était inutile d'ennuyer Hale avec ça.

- Bon. Je n'interviendrai plus, dis-je en ne concédant qu'une seule chose. Mais je ne m'excuserai pas. C'est pas parce que tu peux convoquer des gens au gré de tes caprices que tu dois le faire. Maint'nant, je commence à avoir un peu faim, et je suis sûre que toi aussi. Alors, s'il te plaît, écarte-toi pour que je puisse aller préparer quelque chose à manger.

Je partis sans rien dire de plus jusqu'à la cuisine.

Alexander

CE N'ÉTAIT PAS à elle d'interférer avec mon personnel. Je n'étais pas étranger à ce genre de lutte pour le pouvoir. D'autres gens avaient essayé en échouant lamentablement. J'arrivais toujours au sommet. Mais pourtant, d'une certaine manière, Krystina m'avait contrecarré.

Mais pour qui elle se prend, putain ?

Mais je savais à qui j'avais affaire : à une femme incorrigible, insolente et audacieuse. Une soumise terrible et ce n'était pas la personne qui correspondait à une personne ayant un caractère comme le mien. Et la façon dont elle s'était entretenue au téléphone avec Hale, la main sur la hanche et du défi plein les yeux...

Et merde... je crois bien que je suis de plus en plus amoureux d'elle.

Je restais là comme un imbécile, pendant qu'elle faisait des allers et retours entre le cellier et le frigo pour en sortir tout un tas de choses. Elle avait dû trouver une boîte de thon quelque part. Et des câpres.

D'ailleurs, elle les a trouvés où, ces câpres ? J'en mange jamais.

Un million de pensées me traversaient l'esprit alors que je la regardais mélanger sa salade de thon. À ce moment-là, je ne trouvais aucun mot pour évaluer la situation.

Elle prend mon téléphone, ordonne à un employé de me désobéir et me dit ce que je dois faire et ne pas faire.

On n'était pas encore parvenus à une véritable relation de Domimant et de Soumise, et de ce fait, ses actions audacieuses n'auraient pas dû me surprendre. Elle était incapable de suivre une instruction quelconque. Elle remettait en question chacun de mes mouvements et se battait contre moi à chaque étape.

Et moi, je la laisse faire.

Un sentiment de malaise commençait à se développer au creux de mon estomac alors que je pensais aux nombreuses autres choses que j'avais autorisées à Krystina. Et la liste n'était pas courte. J'aurais dû prévoir de sa part une performance comme celle de ce soir. Et peu importe s'il ne s'agissait là que d'une simple conversation téléphonique : c'était le principe de ce qu'elle avait fait. La gravité de ce que je laissais transparaître me frappa en pleine poitrine.

Je perds le contrôle.

J'avais soudain l'impression d'étouffer. Au cours de notre relation, j'avais perdu de vue ma propre discipline, mais aussi toutes les raisons pour lesquelles je devais en être entouré. Krystina m'avait fait oublier pourquoi je devais maintenir de l'ordre dans ma vie.

Peut-être que c'est parce que je me suis mis en tête que je l'aimais.

Pourtant, je savais que c'était très peu probable. Ce sentiment d'amour s'était développé sur une longue période - pas seulement sur quelques semaines. Des années d'études m'avaient appris que c'était vrai. Je confondais probablement la luxure avec l'amour. Mes besoins physiques ne faisaient qu'embrouiller mon psychisme et me faisaient oublier qui j'étais.

Ou peut-être que c'est parce que je suis stressé rien qu'en pensant à devoir lui raconter mon passé.

La seule pensée de devoir libérer mes démons enfouis me répugnait. L'obscurité commençait à s'installer sur moi et un poids considérable semblait se presser contre ma poitrine, s'accumulant de plus en plus jusqu'à ce qu'une panique menace d'éclater.

Mais qu'est-ce qu'elle me fait ?

Elle me faisait perdre mon équilibre, comme si j'oscillais lentement au bord d'un précipice. C'était moi qui étais censé prendre les décisions, dans la chambre et même en dehors de la chambre. La vie était plus simple de cette façon. Cela me permettait de maintenir l'ordre. Mon monde, toujours sensible et contrôlé, avait soudain l'impression de vaciller.

Ça n'arrivera jamais.

Je devais faire quelque chose. En deux foulées, je réduisais la distance qui nous séparait et la ramenais contre ma poitrine. Surprise, elle se mit à crier et lutta pour s'enfuir.

- Alex ! J'essaie de faire une salade. Lâche-moi !

- Non, lui dis-je fermement.

J'avais l'impression que les murs se resserraient autour de moi, m'étouffant de plus en plus jusqu'à ce que je puisse à peine respirer. Gardant un bras ferme autour de sa taille, je lui enroulais une main autour de son cou.

Il faut juste qu'elle reste calme. Sans bouger. Juste une minute.

Elle me rendait complètement fou. Je devais juste me trouver un moment pour espérer pouvoir penser de manière rationnelle dans l'ouragan qui faisait rage dans mon esprit. Peut-être que je pourrais alors retrouver un peu d'ordre. Il fallait que je lui apprenne. Pour lui montrer pourquoi elle devait m'obéir. Il était impératif qu'elle comprenne. Il n'y avait pas d'autre solution.

- Alexander, dit-elle d'une voix sinistrement calme. Laisse-moi partir.

- Qu'est-ce que t'es en train de me faire ? lui chuchotai-je à l'oreille tout en la serrant plus fort.

- S'il te plaît, lâche-moi, répéta-t-elle, la voix tendue et râpeuse.

- J'ai l'impression de ne plus savoir qui je suis !

- Alex, tu me fais mal !

Je sursautais, ses mots étouffés piquant comme une décharge électrique. Reculant de quelques pas, j'avais l'impression de flotter en regardant la scène d'en bas. Sauf que je ne regardais pas Krystina et moi - je voyais ma mère et mon père. Je secouais la tête pour me débarrasser de cette vision. Me reconcentrant, je regardais Krystina qui m'observait avec des yeux pleins de douleur et d'accusation. Elle se frottait le cou et essayait de reprendre son souffle. Il y avait de légères marques rouges sur son cou à l'endroit où je l'avais serrée. La culpabilité m'envahit et je crus que j'allais en devenir malade. Je détournai le regard, complètement consterné.

Mais qu'est-ce que j'ai fait ?

Des souvenirs d'enfance se mirent à défiler devant mes yeux. La boucle de l'univers était soudainement bouclée. En fait, l'histoire se répétait. Pour la première fois de ma vie d'adulte, je perdais vraiment tout sens de la maîtrise de moi-même. Tout ce que j'avais juré de ne jamais être s'était réalisé en un instant. J'avais franchi la ligne et étais devenu ce que je craignais le plus.

J'étais devenu mon père.

Je tendais la main pour lui toucher l'épaule, mais elle s'éloignait lentement.

- Krystina...

- Ne me touche pas ! cria-t-elle en clignant furieusement des yeux... arrête de m'appeler sans cesse par mon prénom. Qu'est-ce que tu viens de me faire ?

- Je suis désolé. Je n'sais pas ce qui m'a pris, commençai-je.

Les mots avaient un goût de cendre dans ma bouche. C'étaient les mêmes mots que j'avais entendus sortir de la bouche de mon père en s'adressant à ma mère ; il les avait prononcés plus de fois que je ne pourrais le compter.

- Je te ramène chez toi.

Loin de moi. Là où tu seras en sécurité.

- Non, me surprit-elle en déclarant : tu m'as promis la vérité. Je ne partirai pas tant que je ne l'aurai pas obtenue. Et je vais être très claire sur un point : tu ne me toucheras plus *jamais* comme ça. Plus jamais.

Je la regardais tristement devant le ton sévère sur lequel elle m'avait parlé. Pourtant, je savais que c'était mérité.

Oh, mon ange. Si seulement tu savais.

- J'aimerais beaucoup pouvoir te dire que je ne le referai pas, mais je n'peux pas.

- Comment ça, tu n'peux pas ? s'enflamma-t-elle.

Ça veut dire que le sang de mon père coule dans mes veines ! J'ai essayé de t'avertir ce jour-là, dans ma salle de conférence ! Tu aurais dû m'écouter quand je disais que je n'étais pas l'homme qu'il te fallait !

Je voulais lui hurler tout cela, mais je n'ai pas pu le faire. Je devais tout d'abord contrôler mon état émotionnel. Je l'avais déjà perdu une fois et je refusais de le refaire. Je ne pouvais pas me permettre de le refaire.

Poursuivre cette voie me détruira.

Me frottant les mains sur le visage, je pris une profonde respiration.

- Il y a des choses que tu ne comprends pas, tentai-je de lui expliquer.

Nos yeux se croisèrent et elle m'examinait en silence de façon minutieuse. C'était comme si elle pouvait voir jusqu'à la noirceur secrète de mon âme. Elle se dirigeait vers moi et posait une main sur ma joue. Son expression se radoucissait, me pardonnant presque, et elle ne semblait plus aussi en colère. Je me sentais encore plus mal.

Je suis vraiment un enfoiré.

- Alex, dis-moi tout, dit-elle d'un regard mystifié.

Je me penchais dans sa main, si chaleureuse et accueillante. Fermant les yeux, je me concentrais sur le bout de ses doigts qui me caressaient la joue. Ce simple geste parvint à chasser toute l'obscurité.

C'est l'histoire d'un démon qui tombe amoureux d'un ange...

Je voulais lui offrir un conte de fées. Je voulais l'approcher et faire comme si mon passé n'existait pas. Mais je devais faire face à la réalité. Il était temps de lui parler de moi, de ma mère, de ma sœur et de tout ce qui se trouvait entre les deux. Mais aussi de mon père.

- Tu as raison. Il est temps.

7

Krystina

Stupéfaite par la déclaration d'Alexander et son comportement erratique, je retirais ma main de son visage et m'éloignais de lui lentement. Je lui avais dit que je n'irai nulle part tant que je n'aurai pas entendu son histoire, mais tous les os de mon corps me disaient de partir au plus vite. J'aurais dû m'en aller à la minute où il avait relâché son emprise autour de mon cou. Mais pour une raison quelconque, je ne pouvais me résoudre à partir. Du coup, je m'étais radoucie, incapable de mettre à nu l'expression de douleur et de culpabilité qui avait envahi son visage.

Cela n'a pas pu se produire. Il m'a étouffée ! Pourquoi il n'a pas dit qu'il ne le ferait plus ? Que voulait-il me dire quand il m'a dit qu'il ne pourrait pas ?

Une bosse nerveuse commençait à se développer dans mon estomac.

J'devrais y aller.

Regardant autour de moi, je cherchais du regard quel serait le chemin le plus simple à prendre si je voulais partir en courant. J'essayais de me rappeler comment nous nous étions retrouvés dans la cuisine, mais je n'avais pas fait attention à cela lorsque nous y sommes arrivés.

- Salle à manger. Puis à gauche, me dit doucement Alexander.

- Hein ?

- Tu veux partir. T'en aller en courant. Je le sais. Tu as ce regard ; ce regard de quelqu'un qui veut se battre. Ou bien fuir. Je ne t'en voudrai pas.

Mon deuxième prénom devrait être Captain Obvious[1].

- Non, c'est bon, niai-je obstinément.

Pour prouver mon point de vue, je me remis à la préparation de notre repas.

Je ne vais pas repartir en courant. Non, pas cette fois-ci. Et ça, je peux le faire.

Me répétant ce mantra en boucle dans ma tête, je mélangeais vigoureusement la salade.

Il a dit qu'il « était temps ». Qu'il était temps de faire quoi ? De son histoire ? De la deuxième scène de « Comment étrangler sa petite amie ? » Mais je ne suis pas sa petite amie, non ?

Je regardais le saladier qui était face à moi. La salade allait bientôt se transformer en purée si je continuais à la mélanger comme ça. J'arrêtais donc mon assaut sur notre nourriture, puis j'inspirais profondément en essayant de rassembler mes pensées. Je ne voulais pas me perdre. Pas maintenant. Il valait mieux que je reste concentrée sur cette tâche à accomplir, même si c'était quelque chose d'aussi banal que la préparation d'un repas tout simple.

Des assiettes. Il nous faut des assiettes pour manger. Et des fourchettes, aussi.

Fouillant dans les armoires de la cuisine à la recherche d'assiettes et de couverts, je voyais Alexander qui arrivait vers moi. Un réflexe me fit tressaillir sans que je ne sache pourquoi.

Je suis plus forte que ça ! Ça serait stupide de ma part d'agir comme une petite fille effrayée.

- Je... je cherchais juste des assiettes, lâchai-je en tentant de masquer au mieux la façon dont je me méfiais de son approche.

Il était pourtant évident qu'il avait vu ma réaction instinctive. Quand je plongeais mon regard dans le sien, la culpabilité dans ses yeux en disait long.

- J'vais les chercher, murmura-t-il.

Il s'étirait lentement pour atteindre le placard haut se trouvant juste au-dessus de ma tête et y prit deux assiettes. Ses mouvements étaient prudents, presque comme s'il pensait que bouger trop vite me ferait peur. Puis nous sortîmes tous les deux de la cuisine pour nous installer dans la salle à manger. Sans dire un mot, Alexander mit la table et nous apporta une bouteille d'eau chacun. J'ouvris une boîte de crackers. Le froissement de l'emballage était presque assourdissant ; il soulignait le fait que nous étions tous deux campés dans un silence inconfortable. La pièce était remplie d'une tension très gênante, ce qui rendait le silence difficile à supporter.

Il s'est juste énervé. C'est tout. On peut passer par-dessus ça.

J'essayais de m'en convaincre en me creusant la tête pour savoir quoi faire. N'ayant jamais vu Alexander perdre son sang-froid comme ça, j'étais à court d'idées. Je savais qu'il fallait que je dise quelque chose, n'importe quoi pour apaiser l'angoisse qui régnait dans l'air.

- Je ne savais pas si tu serais fan de la salade de thon. Je me suis dit que oui, puisque j'en ai trouvé, commençai-je timidement.

- Ça m'convient.

Son ton était tendu. Je vis son front se plisser lorsqu'il se concentrait pour me servir. Puis il remplit son assiette.

- J'ai pensé qu'on pourrait peut-être l'étaler sur les crackers, ajoutai-je, agacée par le vacillement de ma voix.

J'ai les nerfs à vif. Je dois me ressaisir.

Il posa le saladier et me regarda.

- T'arrêtes pas d'gigoter, me fit-il remarquer avec une expression inquiétante. Je suis désolé, mon ange. Je n'veux pas que tu sois nerveuse ou que tu aies peur.

- Oh, non ! Je suis juste... ça va. Crois-moi.

Du moins, tentais-je de l'en assurer, même si ce n'était pas le cas. Je ne savais pas quoi lui dire ni comment réagir, car j'étais encore déchirée entre le forcer à trouver des réponses à son comportement ou à m'enfuir. Mon esprit naturellement vif m'avait laissé tomber. Au lieu de parler davantage, je me concentrais sur la salade et les crackers pour que mes mains puissent s'occuper. Au moment où je m'apprêtais à avaler ma première bouchée, Alexander reprit la parole.

- Qui t'a dit que ma mère était encore en vie ?

Je faillis recracher ma nourriture pour ne pas m'étouffer sous le choc de cette question sans préambule. Je n'avais pas prévu non plus de mourir en m'étouffant d'une bouchée de salade de thon.

- Désolée, dis-je en prenant une bouteille d'eau pour en boire une gorgée. Je sais qu'on est ici pour que tu me racontes ton histoire. Mais là, tu m'as un peu prise au dépourvu. D'habitude, tu restes assez discret sur ton passé. Je m'attendais à devoir t'arracher les vers du nez.

- Cartes sur table. Et toutes. C'est ce que je t'ai promis, c'est ça ? Alors, dis-moi. Comment tu as su, pour ma mère ?

- Le jour où je suis allée au Mandarin avec Ally, lui dis-je prudemment. Ta sœur y était. Je l'ai entendue parler avec la personne avec qui elle était.

- C'est bien ce que je pensais. Justine doit être plus prudente, dit-il en pinçant des lèvres pour montrer son mécontentement. Je ne sais pas ce que tu as entendu... mais le fait est que ni Justine, ni moi, ne savons si ma mère est vivante. Nous ne l'avons ni vue ni entendue depuis plus de vingt ans. Elle est partie quand j'avais dix ans. Quand je t'ai dit que ma mère était morte, ce n'était pas un vrai mensonge, parce que pour moi, elle est morte.

Je me figeais, incapable de trouver les mots. Penser qu'il avait passé toutes ces années à ne pas savoir si sa mère était vivante ou morte était inconcevable.

- Elle t'a juste abandonné et...

Il leva la main pour me faire taire.

- Écoute-moi. Tout simplement. Je sais que tu as beaucoup de questions et je me rends compte que tu as été bouleversée quand je t'ai fait taire. Mais te connaissant, une fois que je commencerai à tout te dire, tu auras mille autres questions. J'ai besoin que tu les gardes pour le moment, pour que je ne sois pas interrompu toutes les deux minutes. Tu peux faire ça pour moi ?

- Oui, je peux, acceptai-je facilement.

Mais en secret, je doutais de ma capacité à me mordre la langue. J'étais trop revigorée par le tourbillon d'événements de cette soirée.

- Ce que je vais te dire, tu le gardes bien pour toi. Juste pour toi. Tu comprends ?

Je m'arrêtais alors, alarmée par le ton grave sur lequel il parlait. Ses yeux s'enfonçaient dans les miens et son visage se figea.

- Je comprends, reconnus-je dans un lent hochement de tête.

Alexander me regarda encore un moment, un peu comme s'il essayait d'évaluer ma crédibilité, et je pouvais voir la lutte intérieure qu'il menait avec lui-même. Il se pencha finalement en arrière sur sa chaise et plia les bras. C'était un geste défensif, mais son visage avait l'air pensif ; il semblait se concentrer sur les mots qu'il allait employer.

- Je vais plutôt commencer par l'endroit où j'ai grandi. Si je me souviens bien, je t'ai dit un jour que nous vivions dans le Bronx. En fait, c'était plus précisément dans une cité-HLM, des odeurs nauséabondes qui ne semblaient jamais se dissiper, et des barreaux aux fenêtres. Le quartier était criblé de crimes, il y avait de la drogue de partout, et les décès par arme à feu et les overdoses survenaient presque quotidiennement. C'est peut-être la raison pour laquelle je ne vois pas New York de la même manière que toi. Tu y vois des points positifs, alors que j'y ai vu le pire.

- Je n'ai jamais été dans le Bronx, admis-je.

- Tout n'y est pas si terrible, mais de nombreux quartiers laissent à désirer. Les gens qui vivaient autour de nous n'avaient que très peu de biens matériels. C'était la norme. Ma famille ne possédait pas de voiture et nous ne pouvions pas nous payer d'abonnement au câble. Bien souvent, notre téléphone était hors service à cause de factures impayées. C'était difficile de joindre les deux bouts et ma mère avait appris très tôt à économiser chaque dollar juste pour que nous puissions avoir un repas décent.

- Mon père travaillait, mais jamais très longtemps au même endroit. Il avait toujours une excuse pour ses défauts en tant qu'employé, et quelqu'un d'autre était toujours à blâmer chaque fois qu'il était licencié. Quant à moi, j'ai commencé à apprécier l'importance de l'argent quand j'étais très jeune. Quand nous allions nous coucher, les histoires que l'on nous racontait n'étaient pas des contes de fées... juste la vie que ma mère voulait que nous menions une fois libérés de la misère qui nous entourait. Je ne me souviens pas quel âge j'avais, mais à un moment donné, j'ai décidé que j'allais devenir riche. Je ne savais pas comment j'allais y arriver, mais tout ce que je savais, c'était que je voulais la vie que ma mère nous avait façonnée dans ses histoires. Je n'ai jamais voulu me soucier d'avoir assez à manger ou de savoir si mes chaussures me convenaient.

- Eh bien, tu vois, tu y es arrivé ! dis-je sur un ton léger, en plaisantant presque pour essayer de comprendre ce que c'était que de vivre dans la misère, avec seulement le rêve de jours meilleurs.

Ma mère et moi, nous avions eu notre part de luttes, mais jamais dans la mesure qu'il décrivait. Il était difficile d'imaginer Alexander sans la richesse qui l'entourait.

- Mon père était tout le temps en colère pour une raison ou une autre, poursuivit-il. Il était le pire type d'homme que tu puisses imaginer. Il définissait le sens du mot misogyne, et c'est peu dire. Il était émotionnellement et physiquement violent envers ma mère. Et envers moi aussi, d'ailleurs. Mais pour une raison quelconque, seuls les coups qu'il adressait à ma mère sont ceux qui me viennent toujours à l'esprit : c'est elle qui a subi le pire.

Son ton était complètement détaché, comme s'il parlait de la vie de quelqu'un d'autre, et non de la sienne. Je remarquais qu'il avait à peine mangé. Si parler de cela le dérangeait, son manque d'appétit en était le seul signe. C'était soit ça, soit il n'aimait vraiment pas la salade de thon. Comme s'il avait remarqué que je regardais sa nourriture non mangée, il prit un cracker qu'il grignota. Puis il poursuivit.

- Son premier séjour à l'hôpital a eu lieu quand j'avais sept ans. Un jour, je suis rentré de l'école et je l'ai trouvée battue jusqu'à la moelle. Elle ne pouvait même pas se tenir debout. Je me souviens d'avoir été à moitié mort de peur, dit-il. Sa voix était pleine de mépris et il secoua la tête. Elle me supplia de ne pas appeler le 911. Alors, j'ai appelé mes grands-parents à la place.

- Les grands-parents avec qui tu vivais ?

Tout de suite, je voulus mettre ma main sur ma bouche.

Eh bien, je crois que je devrais être fière d'avoir tenu aussi longtemps sans poser de questions.

J'étais tellement absorbée par ce qu'il disait que je n'avais même pas pris le temps d'y réfléchir. Et pourtant, malgré le fait qu'il m'ait demandé de ne pas poser de questions, il prit celle-ci au sérieux.

- Oui. Les parents de ma mère. Je n'ai jamais connu mes grands-parents paternels - ils sont morts bien avant ma naissance. D'après ce qu'on m'a dit, mon grand-père paternel ressemblait beaucoup à mon père déclara-t-il d'une voix amère en fronçant les sourcils. La pomme ne tombe jamais loin de l'arbre.

- Alex... commençai-je.

Je voulais lui dire quelque chose de rassurant, mais son expression résolue m'ôtait les mots de la bouche. Il finit par se frotter les mains sur la figure comme s'il essayait de se recueillir. Puis il reprit la parole d'un ton à nouveau détaché.

- Mon grand-père l'a emmenée à l'hôpital. Ma grand-mère nous a ramenés chez eux, ma sœur et moi. Nous y sommes restés quelques jours, le temps que ma mère se remette. Nous avons profité de notre séjour là-bas, c'était en quelque sorte le seul répit qu'on pouvait avoir en-dehors du chaos de notre vie.

Il fit une pause et je décidai de tenter une autre question.

- Où était votre père pendant tout ce temps ?

- Probablement en train de se défoncer pour essayer de noyer sa culpabilité. Il n'était pas alcoolique, mais il se saoulait pendant des jours chaque fois qu'il battait ma mère, ajouta-t-il d'une voix révélant un léger ressentiment. Ma mère est sortie de l'hôpital quelques jours plus tard. Des points de suture. Un bras cassé. Je ne me souviens pas de l'étendue de ses blessures. Mais après ce jour, elle a changé. Elle est devenue plus calme, presque effacée. Elle ne riait plus, trop terrifiée à l'idée de commettre quelque chose pour le contrarier et pour qu'il recommence. Il fut un temps où elle essayait de l'empêcher de s'en prendre à moi, mais cela ne dura pas longtemps. C'était comme si elle était morte de l'intérieur.

- Alex, je suis vraiment désolée. Ça devait être horrible.

Il fronçait les sourcils.

- N'aie pas pitié de moi, Krystina.

- Non, c'est pas ça. Je suis juste...

- Si, c'est le cas. Mais je suppose que c'est la nature humaine. Ou bien, pour la plupart des gens, ça l'est, ajouta-t-il d'un ton sardonique.

Tout cela m'avait brisé le cœur. C'était surtout la résignation que j'avais entendue dans sa voix qui m'avait attristée. Je souffrais pour le pauvre petit garçon qui ne pouvait pas compter sur sa mère pour l'aider contre son tyran de père. J'avais vu la façon dont il avait essayé d'agir sans être affecté, mais ses yeux commençaient à le trahir. Je pouvais voir la douleur qu'ils contenaient. Je ne voulais pas qu'il ait à revivre tout cela juste pour apaiser mon besoin de réponses.

- Tu n'as pas à me raconter tous les détails de ce qui s'est passé, lui proposai-je sincèrement.

- J'apprécie le fait que tu comprennes, mais une grande partie de ce qui s'est passé pendant cette période n'a de toute façon aucun rapport avec l'histoire que je veux te raconter. Je te parle uniquement de quelques périodes de cette époque pour que tu puisses comprendre le cycle sans fin dans lequel nous vivions. Je vais passer rapidement à trois ans plus tard, juste après mon dixième anniversaire. Ce fut le grand tournant.

Il fit une nouvelle pause, assez longue pour que je puisse voir la colère monter dans ses yeux.

- Que s'est-il passé ?

- Mon père s'en est pris à Justine. Il ne l'avait jamais touchée auparavant. Je ne me souviens même pas de ce qu'elle avait fait pour le contrarier. Je me souviens seulement qu'elle était petite, à l'époque. Légère en termes de corpulence. Elle avait à peine plus de six ans. Elle était sans défense pour l'arrêter. Quant à moi, je suis resté là sans rien faire, parce que j'avais trop peur de faire autre chose que le regarder. Et je... je ne l'ai pas protégée comme j'aurais dû le faire.

Sa voix vacillait, montrant une véritable émotion pour la

première fois depuis qu'il avait commencé à parler de son passé. Cela me rappelait la façon dont je l'avais déjà entendu parler de sa sœur, et la manière dont je les avais vus s'embrasser de loin. Même si je ne l'avais jamais officiellement rencontrée, je savais qu'ils partageaient un lien particulier. Mais maintenant, je me rendais compte que leur lien provenait de leur besoin de survivre. Des secondes, voire des minutes, s'écoulaient alors qu'il restait à la dérive de ses souvenirs.

- Alex...

J'espérais que le ton de ma voix suffirait à l'empêcher d'aller plus loin. J'avais même envie de pleurer. Des larmes me piquaient le coin des yeux et je secouais la tête dans mon incrédulité. L'homme que je connaissais, si sûr de lui et si confiant, semblait soudain vulnérable. Le regardant droit dans les yeux, je voyais un garçon de dix ans qui me regardait en retour, qui était la version enfantine d'Alexander Stone, criblé de culpabilité parce qu'il n'avait pas su protéger sa petite sœur.

- Je sais ce que tu penses... mais c'était à moi de la protéger. J'étais la seule personne sur laquelle elle pouvait compter. J'aurais dû faire quelque chose pour l'aider.

- Alex, tu n'étais qu'un enfant.

Je tentais de le rassurer.

- Peut-être, me dit-il. Mais mon manque de réaction ce jour-là n'a peut-être pas changé l'issue des choses, et la violence envers Justine a permis de redonner un peu de vie à ma mère. Pour la première fois depuis des années, elle s'est défendue. Ça ne s'est pas bien terminé. Tout ce qu'elle a eu en retour, ce fut un autre séjour à l'hôpital. Un ou deux jours plus tard, elle en ressortit, et nous sommes rentrés chez nous. La maison était vide, et aucun de nous ne s'attendait à voir mon père pendant quelques jours. Mais même sans lui, l'ambiance était tendue. Nous redoutions tous le bruit de l'ouverture de la porte d'entrée.

- C'est une façon horrible de vivre. La peur constante.

Je stoppais net, incapable de trouver les bons mots pour le réconforter. Il n'avait pas besoin que je lui répète ce qu'il devait ressentir. Parce qu'il l'avait vécu.

- Je n'ai jamais entendu la porte d'entrée s'ouvrir, poursuivit Alexander. Cette fois, sa voix était plate et complètement dépourvue d'émotion. Il est revenu quand j'étais à l'école. Je l'ai retrouvé ce jour-là. Il était mort. Allongé dans une mare de sang. Son sang à lui.

8

Alexander

Je pouvais toujours le sentir même après tout ce temps - l'odeur métallique du sang mélangée à celle de l'urine. Je luttais contre le puits de bile qui était au fond de ma gorge.

- Oh mon Dieu ! s'exclama Krystina. Sa main s'accrochait à sa bouche et elle me lança un regard d'horreur totale. C'est toi qui l'as trouvé comme ça ?

Je fermais les yeux, espérant et priant pour que la vérité se présente - la vérité que j'avais cherchée depuis aussi longtemps que je me souvienne. Mais comme d'habitude, je ne trouvais rien. Je m'efforçais donc de trouver les mots justes pour expliquer les événements de ce jour-là.

- Il était allongé sur le tapis du salon. Il avait reçu une balle dans l'abdomen. Et tout ce sang, dis-je en le voyant comme si c'était hier. Il y en avait de partout. Justine était là. Cachée derrière le canapé. Elle n'était pas allée à l'école, ce jour-là. Elle était malade... juste un petit rhume, si je me souviens bien.

Mais elle n'a aucun souvenir de la façon dont on lui a tiré dessus.

Serrant les yeux, j'essayais de faire disparaître l'image de Justine assise sur le sol avec sa chemise rose en lambeaux éclaboussée de sang. Elle pleurait et tenait le Glock[1] de notre père dans la main.

Et merde. Qu'est-ce que j'aimerais pouvoir oublier tout ça.

Mais peu importe à quel point j'essayais, ces quelques moments de ma vie ne seraient jamais effacés de mon esprit.

- Justine ! Qu'est-ce qui s'est passé ?

- Je ne sais pas, dit-elle en sanglotant.

- Pourquoi tu as le pistolet de papa ?

- Maman va être tellement en colère. J'ai abîmé ma chemise !

M'approchant vers elle, je la secouais comme un prunier.

- Mais... comment... ? lui demandai-je à nouveau.

Son visage se vida et elle me regarda bizarrement à travers ses yeux, qui étaient vides.

- Alex, tu sais où est ma robe bleue ? La jolie à fleurs ? Maman aime bien quand je la mets.

- Justine... !

Je la secouai encore, mais c'était comme si elle ne m'entendait pas. Je la suivis dans la chambre que nous partagions. Je l'entendais fredonner alors qu'elle se changeait. Je lui criais dessus une fois de plus, mais elle ne me répondit pas. La peur se répandait dans mes veines. J'avais l'impression d'étouffer. Retournant dans le salon, je pris l'arme.

Une main chaude recouvrait la mienne, me ramenant au présent en m'arrachant à une époque sombre. Je regardais ces doigts effilés, ce bras levé, jusqu'à ce que ma vue se pose sur le visage d'un ange. Krystina me regardait avec des yeux pleins d'inquiétude.

- Alexander... c'était il y a longtemps, dit-elle doucement.

Ma gorge se bouchait dans mes émotions et je détachais mon regard du sien.

Putain, qu'est-ce que j'me sens mal.

Je me sentais instable et vulnérable, comme si toutes les barrières de protection que j'avais construites pour protéger le passé s'étaient violemment effondrées. Retirant ma main de la sienne, je regardais par la fenêtre de la cabine : le ciel était sombre et morne, ce qui correspondait parfaitement à mon humeur. Une partie de moi n'arrivait pas à croire que je parlais de mon passé à haute voix. Il a toujours été privé. Même Justine et moi n'en parlions pas. Il était préférable de l'enterrer. Mais maintenant que j'avais commencé, je savais que je devais aller jusqu'au bout. Il y avait encore tellement de choses à raconter.

- Mon ange, si tu as fini de manger, que dirais-tu de faire une pause et de monter sur le pont principal ? Je prendrais bien un bain dans le jacuzzi avec quelque chose à boire de frais.

- Eh bien, heu... pourquoi pas ?

Elle semblait hésiter, comme choquée par ce changement de cap.

- Hale a-t-il pensé à me préparer un maillot de bain ?

- Vu qu'il est extrêmement minutieux, je suis sûr qu'il y a pensé. Mais cette nuit, il fait assez sombre. Tu n'en auras pas besoin.

Elle me fit un sourire en coin.

- Hum... mais sans maillots d'bain, on risque de ne pas beaucoup discuter. J'dis juste ça comme ça.

Elle se mit doucement à rire et je compris qu'elle essayait de détendre l'atmosphère. Je lui rendais son sourire, même si j'étais toujours mal à l'aise. Je me levais pour aller au minibar afin de nous préparer deux cocktails Winston. Je savais qu'elle préférait le vin, mais les choix que j'avais à lui offrir sur le bateau étaient assez restreints. Je pris la décision de me faire un stock de blancs décent au printemps.

- J'arrive pas à croire que je vais te le dire, mais tu peux te détendre, la rassurai-je en mélangeant une pointe de Grand Marnier avec du cognac. Pour une fois, je n'ai pas envie de profiter de toi de cette manière... si tu vois c'que j'veux dire. Le fait de parler de tout ça, c'est un peu comme si ça tuait l'ambiance et mes envies sont coupées.

J'essayais d'être le plus nonchalant possible pour lui dire tout ça, mais elle ne semblait pas y croire une seconde. L'expression affichée sur son visage était toujours inquiète et elle restait silencieuse pendant un moment. Je détestais le fait que je sois la raison de son inquiétude. Une fois de plus, je me sentais faible.

- Si tu l'dis... j'te suis, finit-elle par accepter.

Laissant les restes de notre dîner improvisé sur la table de la salle à manger, je lui tendais un verre et la conduisait jusqu'à l'escalier en colimaçon menant au pont. Une fois dehors, je prenais une grande inspiration. L'air de la nuit me rafraîchissait les poumons ; cela me faisait du bien et m'aidait à me vider la tête. Je réalisais à quel point l'air était devenu étouffant lorsque nous étions dans la salle à manger. Je regardais autour de moi. Il ne semblait pas y avoir une âme qui vive. Il faisait sombre, malgré les rayons de lune s'échappant de temps en temps d'un nuage qui passait. Cependant, lune ou pas, l'emplacement du jacuzzi offrait suffisamment d'intimité. Krystina n'avait pas à s'inquiéter d'être vue par un passant quelconque, et j'étais certain que personne ne pouvait nous entendre. Après avoir actionné les boutons du spa, je vis l'eau bouillonner. Elle était claire comme du cristal et invitante. Me déshabillant rapidement, je me glissais dedans. Presque instantanément, une partie de mon anxiété et de mon malaise fut dissipée. Krystina me suivait et même si je lui avais dit que je n'étais pas d'humeur, je ne pouvais m'empêcher d'admirer sa chair nue alors qu'elle se glissait elle aussi face à moi dans l'eau chaude. Elle levait la main pour se faire un chignon improvisé sur le dessus du crâne. Ses bras levés faisaient ressortir ses seins imposants sous la lumière du clair de lune, dont les tétons sortaient pour se balancer juste au-dessus du niveau de l'eau. Dans d'autres conditions, j'aurais peut-être été excité. Elle se pencha en arrière pour glisser un peu plus sous l'eau. Elle capta mon regard et me fit un petit sourire. Et là, le temps d'un instant, je me perdais complètement en elle. Je lui rendais son sourire et tentais de vaincre en silence ce que j'avais fait pour mériter cet ange qui était entré dans ma vie. Nous sirotions tranquillement tous deux nos cocktails pendant un moment, dans le bouillonnement des jets et de la vapeur qui s'échappait, ce qui créait une atmosphère presque hypnotique. Krystina était calme, les yeux fermés. Cependant, elle avait le front plissé, et je pouvais presque voir la souris qui faisait tourner la roue dans sa tête.

- À quoi tu penses ? lui demandai-je.

Elle ouvrit un œil pour me regarder.

- Honnêtement, je me demande si c'est le bon moment de poser des questions.

- Vas-y, lui proposai-je avec une pointe d'appréhension.

- Où était votre mère le jour où votre père a été tué ?

- Ma mère, crachai-je amèrement. La seule mention de cette personne m'énerva et cela cassa instantanément l'ambiance tranquille dans laquelle nous étions. La dernière fois que je l'ai vue, c'était le matin, avant l'école. Elle m'avait préparé des flocons d'avoine pour le petit déjeuner, puis elle m'a embrassé sur la joue en me disant de passer une bonne journée. Je ne l'ai pas revue depuis.

Et je ne peux plus manger de flocons d'avoine depuis ce jour-là non plus.

Krystina restait assise, secouant la tête en signe d'incrédulité.

Et oui, mon ange. Crois-moi quand je te dis qu'elle nous a abandonnés.

- Alors du coup, comme ta mère était introuvable, qu'as-tu fait ?

Je savais qu'elle allait me poser cette question, mais j'hésitais malgré tout à lui répondre.

Crois en elle. Elle a le droit de savoir.

- Même si je n'avais que dix ans, j'en savais assez pour comprendre la gravité de la situation. Mon père avait été abattu et j'avais retrouvé ma sœur avec le pistolet en main. À ce moment-là, je ne pensais qu'à une chose. Je me sentais aussi encore coupable de ne pas l'avoir protégée des abus de mon père. Je me disais que peut-être, peut-être, c'était une façon fatale de me donner une seconde chance. J'avais réagi sans réfléchir.

- Et comment ?

- Justine agissait bizarrement. Avec le recul, je réalise maintenant que c'était la façon dont son esprit la protégeait d'une expérience traumatisante. Mais ça, je ne le savais pas, à l'époque. Je savais seulement que je devais l'aider. N'importe comment. Mais je devais l'aider. Alors, je suis retourné dans le salon. J'ai récupéré l'arme. Je l'ai mise dans mon cartable. Et j'ai quitté la maison, la laissant seule avec le cadavre de mon père. Je me suis dirigé vers la station de métro la plus proche. J'ai pris le premier métro qui est arrivé et y suis resté pendant un moment, en essayant de décider de ce que je devais faire. Au bout d'un moment, je me suis retrouvé au bord de la rivière Harlem.

Je fis une pause, de peur de raconter la suite à Krystina. Elle était toujours assise, les yeux écarquillés, avec son verre coincé en l'air devant ses lèvres, attendant que je continue.

- La rivière Harlem ? m'encouragea-t-elle.

- La police n'a jamais trouvé l'arme qui a tué mon père. Je l'ai jetée dans la rivière, effaçant ainsi toutes les preuves qui mèneraient à la vérité.

Son sourcil se plissait dans la confusion.

- Tu dis que tu ne sais toujours pas qui a tiré sur ton père ?

- Il y a des théories. Certaines par la police, d'autres par

Justine ou moi. La disparition de ma mère, bien sûr, fait qu'elle est le suspect le numéro un de la police. Mais ils ne la connaissent pas comme moi. Ma mère était terrifiée par les armes à feu, et je ne suis pas convaincu qu'elle aurait eu en elle la capacité d'appuyer sur la gâchette.

- Alors, qui ? Justine comme tu le pensais au départ ? Elle était tellement petite !

- Je ne sais pas. Elle dit qu'elle a toujours aucun souvenir de ce jour-là. Ni des jours suivants, d'ailleurs. Le stress posttraumatique, ajoutai-je en secouant la tête. C'est frustrant qu'elle ne puisse pas s'en souvenir. Elle ne sait que ce que je lui ai dit.

Krystina traversait le jacuzzi et s'asseyait à côté de moi. L'eau nous enveloppait alors que je l'entourais de mon bras tout en posant un baiser sur le haut de sa tête.

- Qu'as-tu fait après avoir jeté l'arme ? me demanda-t-elle doucement.

- Je suis rentré chez moi. Ma mère n'était pas là. Pour une raison quelconque, je savais qu'elle ne reviendrait pas, alors j'ai préparé des sandwiches pour le dîner. C'est drôle comme l'esprit fonctionne, rajoutai-je après coup. Pendant tout ce temps, je n'ai jamais pensé à appeler qui que ce soit au sujet du cadavre qui était dans le salon. Et ce n'est que par le plus pur des hasards que Hale est arrivé deux jours plus tard.

Krystina répliqua d'une expression reflétant l'incrédulité :

- Attends. Toi et ta sœur, vous avez vécu avec un cadavre pendant deux jours ?

Le souvenir du cadavre dégoûtant de mon père était gravé dans mon cerveau. Les dommages à long terme qu'il avait infligés à Justine provoquèrent en moi une culpabilité encore plus grande qui me déchira les tripes.

Je savais que j'aurais dû appeler quelqu'un.

- Ma grand-mère avait demandé à Hale de nous déposer un pain aux bananes qu'elle nous avait préparé. Le reste de la journée fut un véritable chaos et les détails restent flous, mais je me souviens avoir mangé du pain aux bananes, ajoutai-je sardoniquement.

- Alex, je sais que tu vas penser que c'est de la pitié, mais je suis vraiment désolée pour tout ce que tu as vécu. Et je suis désolée de t'avoir comparé à ton père. Je n'aurais jamais dit cela si j'avais été au courant de tout ça.

Mais tu avais raison. Je suis comme lui.

- Pourtant, c'est bien la vérité, mon ange, répliquai-je.

- Non. Tu n'es pas comme lui.

J'avais l'impression qu'elle avait lu dans mes pensées.

- Et pourtant, ne le suis-je pas ? Enfin, Krystina, lui dis-je amèrement. Ça m'éclate de frapper sur les femmes.

- Mais ça n'a rien à voir, insista-t-elle en secouant la tête avec véhémence. C'est différent et tu le sais très bien. Tu n'aimes pas frapper les femmes comme ton père le faisait.

- Bon. Qu'importe. Je suis comme je suis. Je ne fais que canaliser les choses, mais différemment. Le BDSM est mon exutoire, et c'est pourquoi je dis que je ne suis pas la personne qu'il te faut. Il m'arrive parfois de perdre le contrôle de mes émotions quand je suis avec toi. Tu devrais te méfier.

- Arrête de dire des conneries, Alex. Je le répète. Tu n'es pas comme lui.

Je voulais la croire. Mais elle ne savait pas tout, et elle ne me connaissait certainement pas comme elle le pensait. Même maintenant, ses yeux bruns tourbillonnaient d'émotions contradictoires alors qu'elle m'observait. J'étais sûr qu'elle remettait en question ce que j'étais en train de lui dire mais qu'en même temps, elle était prête à me croire.

- Alors comme ça, j'dis des conneries, hein ? Pourtant, tu n'en as pas l'air aussi sûre.

Elle restait silencieuse pendant un long moment. Lorsqu'elle prit finalement la parole, il était évident qu'elle choisissait ses mots avec soin.

- Je ne minimise pas ce que tu m'as dit. Tu as eu une enfance terrible. Je comprends pourquoi il est douloureux pour toi d'en parler. Mais j'ai du mal à voir pourquoi c'est un si grand secret. Je ne comprends pas pourquoi tu n'as pas pu me dire tout ça plus tôt.

- Comment ça ? Tu ne vois pas pourquoi c'est un secret ? Tout d'abord, je suis maintenant un homme aux moyens considérables. Je ne suis plus un enfant fauché vivant dans une HLM et dont tout l'monde se fout. La presse s'en donnerait à cœur joie avec cette histoire. Justine n'y survivrait pas. Je dois la protéger. Deuxièmement, je suis complice d'un meurtre. J'en ai jeté la preuve dans une rivière. La seule autre personne qui sait que j'ai fait ça, c'est Justine. Alors...

... mes rêves de ces derniers temps.

Je secouais la tête, incapable de finir la phrase. Mes rêves étaient mes secrets les plus intimes, quelque chose dont je n'avais jamais parlé à personne. Ils étaient l'une des raisons pour lesquelles j'étais si déterminé à comprendre l'esprit humain. Il y avait une méthode à ma folie quand j'avais choisi la psychologie comme matière principale à l'université. J'avais espéré que cela m'aiderait à comprendre suffisamment le syndrome de stress post-traumatique pour débloquer la mémoire de Justine et apprendre la vérité sur ce qui était arrivé à mon père. J'avais besoin de cette vérité pour discréditer la théorie sur la personne qui aurait pu le tuer - une théorie basée sur mes propres souvenirs, qui ne ferait que de refaire surface dans mes rêves. Je voulais étouffer les cauchemars qui hantaient mon enfance ; des visions qui me faisaient voir la possibilité d'une autre réalité que je ne voulais pas croire. Cependant, cette démarche ne m'avait mené nulle part et je n'avais toujours pas de réponses. Krystina prit mon visage dans ses mains. Ses yeux étaient doux et réconfortants.

Que penserait-elle si je lui parlais de mes rêves ?

J'écartais très vite cette idée. Si les rêves m'ébranlaient, ils la terrifieraient certainement - surtout après la façon dont je lui avais serré le cou tout à l'heure. Le souvenir honteux de mon comportement horrible me fit grimacer.

- Alex, je peux voir à quel point tu es en conflit à ce sujet. On n'a plus besoin d'en parler ce soir.

Reconnaissant qu'elle m'accorde un sursis, je la serrais contre moi et enfouissais mon visage dans ses cheveux. J'étais émotionnellement épuisé, mais je sentais aussi que je pouvais enfin respirer. Ce fut à ce moment que je réalisais à quel point mes journées étaient difficiles et combien il m'était usant de maintenir l'ordre dans tout ce qui m'entourait. Un peu comme si chaque jour, j'escaladais une montagne en remettant une corde sans fin à un sommet que je n'arrivais jamais à atteindre. Avec Krystina, il y avait des moments où je me sentais comme si j'étais en chute libre en plein gouffre. Mais il y avait aussi des moments où je sentais que je n'avais pas à m'inquiéter que la corde se casse ou que je touche le fond. Aussi déséquilibré que je me sentais parfois avec elle, elle avait en quelque sorte la capacité de me maintenir au sol.

J'emmerde toutes ces conneries psychologiques que j'ai lues. Je l'aime vraiment.

Un sentiment de mélancolie s'installait en moi : le fait d'aimer Krystina avait des conséquences, et je savais très bien que je ne pouvais pas lui dire mes plus profondes inquiétudes sur ce qui aurait pu se passer il y a tant d'années. Je ne pouvais que lui livrer la vérité telle que je la connaissais. Dans un monde parfait, nous pourrions nous compléter l'un et l'autre. Et alors que je la tenais près de moi, je souhaitais en silence que cela puisse être notre réalité. Tout ce qu'elle méritait, c'était la perfection, et tout ce que je pouvais lui offrir n'était rien, à côté.

9

Ce matin-là, je fus réveillée à l'aube, inondée par la lumière éclaboussante des rayons du soleil qui passait à travers les rideaux de la fenêtre de la cabine. Alexander était toujours allongé à côté de moi, ce qui changeait agréablement de son comportement de la soirée. Je bâillais silencieusement, épuisée de ne pas avoir assez dormi. Lorsque nous étions allés nous coucher, il était bien plus de minuit. Alexander était tombé dans les bras de Morphée au bout de quelques minutes. Quant à moi, j'étais restée éveillée pendant des heures, étudiant ce qu'il venait de me confier. Je m'étais assoupie vers trois heures du matin, puis Alexander m'avait réveillée parce qu'il se débattait dans son sommeil. Il était en train de faire un terrible rêve. Et moi, j'avais peur de le réveiller. Ce qu'il m'avait dit au sujet du stress post-traumatique de sa sœur avait résonné dans mon esprit, et je m'inquiétais de la possibilité qu'il puisse souffrir de la même chose. Cela expliquait certainement l'épisode du moment où il m'avait étouffée. Cependant, je n'en savais pas assez sur ce trouble pour faire ce diagnostic. J'avais seulement entendu parler des dangers qui pourraient survenir au réveil d'une personne qui pourrait potentiellement souffrir de ce genre de trouble. Je le regardais dormir en me concentrant sur les sons de sa respiration qui se faisait douce et régulière. Son visage était si paisible qu'il me fut difficile de croire à quel point il avait été agité quelques heures plus tôt. Je ne voulais rien de plus que de me blottir contre lui et de rester dans ses bras toute la journée. Malheureusement, un besoin naturel se fit ressentir. Déplaçant lentement mon poids vers le côté du lit, je pris soin de ne pas le réveiller. Sur la pointe des pieds et aussi silencieusement que possible, je me dirigeais vers la salle de bain. En voyant mon reflet dans le miroir, je grimaçais. Je portais un t-shirt d'Alexander et il s'affaissait au niveau de mes épaules ; mon visage était pâle, mes cernes ressortant tant qu'ils pouvaient ; mes cheveux étaient un vrai chaos. Je soupirais.

Quand est-ce que les matins seront un jour en accord avec moi-même ?

Je m'aspergeais le visage d'eau dans l'espoir que cela redonne un peu de vie à mon teint pâle. J'essayais de lisser mes boucles indisciplinées, mais elles refusaient que je les apprivoise. J'étais sûre qu'une bonne douche me ferait du bien. Il y avait heureusement une cabine de douche dans la salle de bains. Petite, certes, mais plus grande que celle que je m'attendais à voir sur un bateau comme celui-ci. J'ouvrais le robinet, réglais la température et retirais le t-shirt. Alors que je le faisais passer par-dessus ma tête, j'arrêtais mon mouvement pour en respirer l'odeur : c'était son odeur, cette odeur familière de bois de santal qui ne manquait jamais de me faire frémir de l'intérieur. Après m'être douchée rapidement, je m'enveloppais dans une serviette et retournais dans la chambre à la recherche de vêtements. Alexander était toujours allongé, mais au moins, il était réveillé. Adossé aux oreillers, il semblait absorbé par son téléphone. Il avait l'air détendu. S'il se souvenait d'avoir fait un mauvais rêve, en tout cas, il ne le montrait pas.

- Coucou, mon ange. Bien dormi ?

- Comme un bébé, mentis-je.

Je n'étais pas certaine de vouloir lui parler du fait qu'il ait été agité pendant la nuit. Nous avions partagé une soirée tellement tendue et stressante, et je ne voulais pas commencer la matinée du mauvais pied.

- Viens là, me dit-il en tapotant le matelas à côté de lui.

M'installant près de lui, j'essayais d'ignorer la façon dont le drap glissait autour de ses hanches pour révéler le début du « V » délicieux qui aurait fait pâlir n'importe quelle femme.

- Qu'est-ce qu'il y a ?

- Connais-tu la Fondation Stonework ? me demanda-t-il.

- C'est ton organisation caritative à but non lucratif, c'est ça ?

- Oui. Notre dernier projet est un refuge pour les femmes, dans le Queens. C'est Justine qui le dirige. La dernière collecte de fonds avant son ouverture est vendredi. C'est un gala de charité. J'aimerais que tu m'y accompagnes.

Un refuge pour les femmes ?

Je me souvenais vaguement d'avoir lu un article dans un journal sur l'ouverture d'un refuge pour femmes battues par Alexander. À l'époque, je me demandais à moitié quel serait son intérêt pour ce projet. Maintenant, tout cela avait beaucoup plus de sens. J'hésitais à lui répondre en me rappelant les nombreux communiqués de presse que j'avais lus sur lui. Certains concernaient des relations d'affaires, d'autres les femmes qui l'avaient accompagné. Je n'étais pas sûre d'être prête à ce que notre relation, aussi chancelante soit-elle, s'ouvre à la spéculation publique. La dernière chose dont nous avions besoin, c'était d'un examen minutieux de la part d'un bavard, alors que nous essayions d'arranger les choses.

- C'est une soirée mondaine ? demandai-je pour tenter d'évaluer l'ampleur de l'événement.

- En quelque sorte. Pense au Moulin Rouge, le cabaret français. Justine profite de la saison post-Halloween pour pimenter les choses. Elle espère ainsi se démarquer du gala de charité typique, qui peut être extrêmement ennuyeux. Elle a décidé d'opter pour le thème des costumes du tournant du siècle : smokings et hauts-de-forme, boas de plumes. Je dois dire que j'étais sceptique au début, mais son idée a très bien fonctionné. À mille dollars le ticket. Et tous ont été vendus !

Mille dollars le ticket !

Dans ce cas, plus aucun doute à ce sujet : cet événement était vraiment très important.

- Ça m'a l'air génial, mais je ne suis pas certaine que ma présence y soit indispensable.

- C'est complètement absurde. Pourquoi tu penses ça ?

Il passait une main dans ses cheveux tout en me regardant avec attention. Son sourcil se plissait dans la confusion. Secouant la tête, je soupirais.

- C'est la presse, Alex. Tu l'as dit toi-même ; tu es souvent dans le collimateur du public. Nous n'avons fait aucune apparition publique ensemble. Je ne sais pas si je suis prête à voir ma photo dans le journal du matin. Ni dans les tabloïds, d'ailleurs.

- Il n'y a aucune raison de t'inquiéter. Laisse-moi m'occuper des journalistes.

- Il n'y a pas que ça qui m'inquiète. C'est juste qu'on essaye au mieux d'apprendre à se comprendre, tu vois c'que j'veux dire ? Je ne sais pas encore si je veux que nous soyons aussi ouverts au public. Haussant les épaules comme si ce n'était rien, je commençais à bouger pour sortir du lit, mais il se retourna et me coinça sous lui. Tu fais quoi, là ? J'aimerais aller m'habiller.

Il m'ignora et m'embrassa sur le bout du nez.

- Mon ange, des journalistes seront là, de toute façon. Je fais généralement un bon travail pour les éviter, mais parfois on ne peut rien contre eux. Et ça, tu dois l'accepter.

- Oui, mais...

Je dus stopper en voyant ses yeux tomber sur ma poitrine. La serviette que j'avais enroulée autour de moi s'était ouverte, lui exposant un de mes seins. J'aurais bien bougé pour remédier à cela mais mes bras étaient coincés dans l'emprise de ses mains puissantes. Je retenais mon souffle et attendais de voir ce qu'il allait faire. Ses lèvres s'écartèrent légèrement et il se pencha vers moi. Ses yeux étaient un enfer violent de désir. Il prit le lobe de mon oreille entre ses dents avant d'en tracer le contour avec le bout de sa langue. Un frisson me traversa.

- Qu'est-ce que tu voulais me dire ? murmura-t-il.

Son souffle était chaud et il me grignotait le cou. Une bouffée de chaleur s'écrasait entre mes cuisses.

- Rien d'important.

Je sursautais, ma voix était à peine reconnaissable alors qu'un autre frisson courait le long de ma colonne vertébrale.

- T'en es sûre ?

D'une main, il plaçait mes bras au-dessus de ma tête et se frayait un chemin autour de ma clavicule.

- Certaine.

- Je pensais que tu allais peut-être commencer à te battre avec moi, me taquina-t-il. Sa main libre m'effleurait doucement le côté de la poitrine pour descendre jusqu'à mon ventre ; puis elle remonta pour me faire une pichenette. Mon souffle se coinçait dans ma gorge. Tu ne veux quand même pas qu'on se fâche pour une histoire de journaliste, hein ?

- Ah non, ça, surtout pas.

Ne portant rien d'autre que son caleçon, il continuait à me chatouiller en me maintenant en place. Il m'effleurait encore du bout des doigts, cette fois-ci sur le ventre. Je me tenais plus droite et me tendais contre lui, mais cela ne fit qu'envoyer une nouvelle bouffée de chaleur à la jonction de mes cuisses.

- T'avais un truc à faire, ce matin ?

Ah bon, tu crois ?

Cet homme avait la capacité de m'exciter en un rien de temps. Je ne pouvais plus contrôler mes envies. Je m'arrachais de son emprise et tirais sur la ceinture de son caleçon, désespérant soudainement qu'il n'y ait plus rien entre nous. Je tirais jusqu'à ce qu'il se déplace enfin pour que je puisse le lui enlever. J'essayais de le rapprocher de moi, mais il descendit du lit.

- Bouge pas, me dit-il.

- Attends. Quoi ?

Mais il va où, maintenant ?

- Sois patiente, mon ange. Je reviens tout de suite.

Il ne partit qu'une minute et revint avec une bouteille de champagne enfoncée dans un seau de glace et un verre de liquide rouge-rose. Je pensais qu'il s'agissait d'un jus de canneberge, car c'était l'une des rares choses que j'avais vues dans son frigo presque vide. Je m'asseyais.

- Du poinsettia[1] ? demandai-je incrédule. Tu m'as laissée en plan pour pouvoir préparer un putain de verre à six heures et d'mie du mat' ?

Il gloussa.

- On sait déjà que tu es une Soumise terrible, mais le moins que tu puisses faire est d'essayer quand même. Je t'ai pas déjà dit de n'pas bouger ?

Je le fixais d'un air renfrogné lorsqu'il posait le seau et le verre sur la table de nuit. À ma grande surprise, il se retourna et quitta la pièce.

Et maint'nant qu'est-ce qu'il fout encore ?

Complètement exaspérée, je m'impatientais. De manière hardie, je me jetais à nouveau sur le lit. Je l'attendais. Cette fois-ci, quand il fut de retour, il portait un foulard en soie noir, une serviette et une bougie effilée. Je voulus lui faire remarquer qu'une ambiance à la lumière des bougies fonctionnait généralement mieux le soir, mais la curiosité me poussa à me taire.

- Assieds-toi et ferme les yeux, mon ange, me dit-il. Ne les ouvre pas, sinon je pourrais avoir à te punir.

Fronçant les sourcils, je faisais ce qu'il me demandait.

Ça a intérêt à être bien.

Mes yeux avaient beau être fermés, je l'entendais bouger dans la pièce. Il nouait le foulard en soie noir, et je pus rapidement entrevoir ce qu'il était en train de faire. Juste une fraction de seconde.

Qu'est-ce qu'il fait avec tout ça ?

J'eus ma réponse un instant plus tard : il m'en couvrit les yeux. Une fois qu'il me l'eut fixée à l'arrière de ma tête, je fus complètement aveugle.

Faire l'amour les yeux bandés. Hummm... ça peut être intéressant.

Me prenant par les épaules, il m'allongeait lentement sur le lit. La sensation soyeuse et fraîche des draps contre mon dos disparut. À la place, je sentais une texture plus grossière de coton tissé. Alors, je me dis qu'il avait placé une serviette sur les draps pour m'y allonger dessus. Bizarre... je n'arrivais pas à comprendre pourquoi. J'attendais la suite des événements, mais comme tout se déroulait dans le calme le plus complet, je n'entendis même pas le bruit de ses pas dans la pièce. Rien que du silence. Juste au moment où je voulais lui parler, quelque chose de glacial glissa sur mon abdomen. Je sursautai et j'eus le souffle coupé dans ce choc glacé. Mais cela ne dura qu'un mini-instant, parce que cette sensation de glacée disparut quasiment instantanément.

- C'était super froid ! C'était quoi ?

Ressentant son souffle sur mon visage, je secouais la tête. Je n'avais pas réalisé qu'il s'était approché de moi.

- Peu importe, me murmura-t-il à l'oreille. Un frisson s'empara de ma colonne vertébrale. Ce qui compte, c'est la façon dont ton corps réagit sans pouvoir voir. C'est ça, la privation sensorielle, mon ange. Je vais baiser ton esprit et regarder ton corps s'effondrer d'excitation.

Putain d'merde!

Rien que ce qu'il venait de me dire eut l'effet d'un aphrodisiaque ultra efficace qui mit le feu à chaque centimètre carré de mon corps. La pulsation qui chauffait entre mes jambes se transforma en une douleur fervente. Je ne pensais pas qu'il était possible de le désirer plus que je ne le faisais à ce moment-là. Il se tut une fois de plus. Le seul son que l'on pouvait entendre était ma respiration laborieuse, alors que j'attendais la suite des événements. La chair de poule me donnait des frissons lorsque des gouttes froides d'un liquide inconnu frappèrent mes mamelons en érection.

De la glace fondue ? Ou bien du jus de fruits ?

Le liquide froid glissa sur les côtés de mes seins. Je frémissais encore, mais pas dans un mauvais sens. C'était une sorte de sensation très excitante.

- Ouvre la bouche, Krystina.

Je m'exécutais. Il suivait le contour de mes lèvres avec ses doigts et plongeait un doigt dans ma bouche. Le goût acidulé de la canneberge atteignit ma langue. Presque simultanément, quelque chose d'étonnamment froid et glacé atterrit entre mes jambes. J'inspirais longuement. Je voulais protester, mais en fus empêchée par son doigt qui s'attarda dans ma bouche. Tout objet gelé qu'il mettait entre mes cuisses était maintenu en place contre mon sexe jusqu'à ce que le froid me brûle presque. Des rivières glacées débordèrent de mon entrejambe alors qu'il remplissait encore ma bouche de jus de canneberge. Puis ce goût fut remplacé par quelque chose de frais et de pétillant.

Champagne.

Des doigts mouillés parcouraient mon ventre en

intensifiant la douleur de mon bassin. Ses dents s'accrochaient à l'un de mes mamelons ; sa bouche était à la fois froide et chaude lorsqu'il prit un morceau de glace avec sa langue. Je me cambrais contre lui alors que sa main se déplaçait plus au niveau de mon entrejambe.

- Oh, mon ange. Tu es tellement mouillée, commenta-t-il.

Il pinça mon clitoris glacé entre ses doigts avant de les plonger en moi. Instantanément, la chaleur s'écrasa sur mon corps. Je tendis mes hanches contre lui, mais fus déçue quand il se retira.

- Ah, gémis-je de frustration.

Ses doigts entraient dans ma bouche une fois de plus. Ils avaient une saveur de canneberge, mais là, c'était différent. Il me fallut un moment pour réaliser que c'était de la canneberge mélangée à mon propre fluide intime. Du coup, j'en profitais pour lui aspirer les doigts.

- C'est bien, tu es gentille, apprécia-t-il.

Il retira ses doigts de mes lèvres avides et la pièce se tut à nouveau. J'entendis un léger bruissement à ma droite, avant de reconnaître le bruit du frottement d'une allumette que l'on craquait. Je me demandais presque à quoi servait la bougie allumée, puisque je ne pouvais pas la voir, lorsque le souvenir de la liste que nous avions faite il n'y a pas si longtemps se mit à clignoter devant mes yeux.

De la cire.

Je me rappelais aussi ce qu'il avait écrit à ce propos dans la liste des limitations souples et dans la liste des limitations un peu plus strictes. Il avait même dit qu'il n'était pas fan de la cire, en général.

Il a dit qu'il n'y toucherait pas.

- Alex, commençai-je à protester.

Je m'asseyais.

- Chut. Allonge-toi, me gronda-t-il.

Très nerveuse à l'idée de ce qui allait arriver - ou pas - je m'allongeais sur le lit en essayant de me détendre. Je poussais un soupir de soulagement lorsque je sentis une matière douce et plumeuse tracer le contour de mon sternum avant de descendre plus bas sur mon corps. De la soie ? Du satin ? Ça, je ne pouvais le dire. J'étais simplement contente que ce ne soit pas quelque chose de brûlant. Puis un liquide glacé se frayait à nouveau un chemin jusqu'à mes seins tandis qu'Alexander continuait à caresser la longueur de mon torse avec le tissu doux. Jusqu'à la jonction de mes cuisses. Le froid ne fut pas pour moi un choc trop terrible cette fois-ci, car je commençais à m'adapter à cette sensation. Soudain, un jet de chaleur flamboyante me frappa la cage thoracique et je sifflais entre mes dents. Même si je savais que cela pouvait arriver, ce contraste fut pour moi comme une agression. La cire se plissa et durcit, adhérant à ma peau, tandis qu'Alexander continuait à tracer de douces lignes de haut en bas sur tout mon corps. Mes sens furent submergés par des touches de chaud et de froid, de doux et de rugueux. Il continuait à me torturer le corps. Finalement, je me retrouvais au-delà du point de toute forme de désir. Désespérée et complètement perdue dans un océan de sensations, je n'arrivais pas à réfléchir. Rien ne me semblait plus réel. Haletante, j'étais incapable de me concentrer sur autre chose que les sensations aveugles qu'il me faisait ressentir. Il glissait un doigt en moi. Puis deux.

Enfin ! Libérée !

Il encerclait mon entrejambe alors que son pouce appuyait sur mon clitoris. En quelques secondes, je pouvais sentir un orgasme à l'horizon alors qu'il plongeait ses doigts de plus en plus profondément dans mon corps. Il me tenait en haleine sans me permettre d'y arriver. Je me tordais involontairement, souhaitant vivement ce soulagement que j'étais si près d'obtenir.

Oh, s'teu plaît !

Je voulais crier ma frustration.

- Dis-moi ce que tu veux, Krystina.

- Toi ! Maint'nant ! Laisse-moi te sentir en moi !

Il m'attrapait les genoux et écartait mes jambes. Puis le poids de son érection s'installait juste à l'extérieur de mon point stratégique. Mon besoin fut assouvi lorsqu'il plongeait en moi, me remplissant au maximum de sa jolie longueur. Lui tirant les cheveux et lui griffant le dos, je ressentais le resserrement avide de mon ventre qui s'intensifiait à chaque poussée. Il émit un gémissement satisfait.

- Je ne cesserai jamais de te combler, mon ange. Je vais t'étirer et te plier de la façon la plus folle que tu puisses imaginer. Maintenant, à toi Krystina. À toi de jouir. Pour moi.

Instantanément, mes entrailles se resserraient et mon esprit s'embrouillait. Ses paroles me faisaient basculer, et j'éclatais sous lui dans un orgasme intense alors que ses hanches continuaient à avancer. Je balançais ma tête d'un côté à l'autre en poussant un cri de libération fantastique. J'avais à peine repris mon souffle que le bandeau se détachait soudainement. Je dus plisser les yeux devant la lumière crue qui assaillit ma vision, posant une main sur mes yeux pour les couvrir. Lorsque ma vision revint à la normale, mon regard se posa sur le visage d'Alexander. Il était juste au-dessus de moi ; sa peau brillait dans la sueur de son effort et son expression était imprimée d'un sombre désir charnel. Sans dire un mot, il s'emparait de mes hanches et me retournait sur le ventre. Il se penchait pour que son corps soit pressé contre mon dos.

- Alors maint'nant, je vais te donner une fessée. Ça va te faire mal. Tu te souviens de ton mot de passe ?

Brûlant d'un besoin inexplicable, j'étouffais ce mot.

- Saphir.

- Je veux pouvoir voir la trace de ma paume sur ton cul. Mets-toi à genoux.

Le rythme de mon cœur, qui était déjà rapide, se mit à accélérer, alimentant mes veines d'un désir encore plus fort pour lui. Je m'exécutais rapidement et me préparais à son assaut imminent. Plaçant ses mains sur mon dos, il s'enfonçait lentement en moi.

- Oh, mon Dieu, soupirai-je.

PAF !

Même si j'y étais préparée, je sursautais dans le choc de l'impact. Il continuait son assaut avec une autre claque rapide de l'autre côté, avant de se retirer et de me frapper encore. Je tombais en avant sur le ventre.

- Reste à genoux ! rugit-il.

Il me saisissait les hanches, me tirait en arrière et me donna une autre fessée. Je me bloquais les coudes en saisissant la tête de lit. Certaine de ne pas retomber en avant, je me laissais faire. C'était dur et violent, et pourtant tellement érotique. Il ramenait sa main vers le milieu de mon corps et une sensation d'extase se répandait en moi. Je me mettais à gémir, me délectant de cette sensation. Il me frappait encore et encore, jusqu'à ce que mes bras commencent à me faire mal. Au bord du gouffre, j'étais prête à jouir à nouveau, mais je savais que je ne pouvais pas le faire sans m'effondrer sous lui. Une autre fessée, et le resserrement de mon tronc s'intensifiait. Je n'avais presque plus d'énergie. Je ne tiendrai pas plus longtemps.

- Alex, commençai-je à plaider.

- Tiens bon, mon ange. J'y suis presque.

Je me resserrais autour de lui, provoquant sa libération, l'obligeant à céder. Rien que quelques secondes.

- Ah ! cria-t-il.

Dans un dernier plongeon, le corps d'Alexander se mit à bouger derrière moi et je plongeai dans l'abîme de la libération. Complètement épuisé, il s'effondra sur moi. Une bouffée d'air s'échappa de mes poumons, tandis que mon cœur martela pour reprendre un rythme normal.

- Bon sang, Krystina, me souffla-t-il à l'oreille. Tu ne sais pas quel effet tu me fais.

Il roula sur le côté et me prit dans ses bras. Avec un soupir satisfait, je me blottis plus près de lui.

- Quel effet je te fais, Alex ? ronronnai-je.

Il ne répondit pas tout de suite, mais appuya son visage sur le haut de ma tête et inspira profondément. Quand il se mit à parler, sa voix n'était plus qu'un murmure.

- Tu me répares totalement.

10

Alexander

Nous étions allongés l'un à côté de l'autre, détendus et repus. Le bras de Krystina était posé paresseusement sur ma poitrine, et je trouvais son poids réconfortant. Mon téléphone vibra sur la table de nuit. Je fronçais les sourcils devant cette intrusion. Il s'agissait très probablement d'un SMS concernant mon travail qui me rappela le peu de choses que j'avais accompli ces dernières semaines.

Ça peut attendre.

En choisissant de repousser le travail à plus tard, je rapprochais Krystina de moi. Elle m'envoûtait complètement. Rien n'était plus important que d'être avec elle à ce moment-là.

- Pourquoi as-tu nommé ton bateau *Lucy* ? me demanda-t-elle de but en blanc.

Tournant la tête pour la regarder, je vis que ses joues étaient d'un rose appétissant. Elle m'observait avec des yeux curieux. Je me brossais d'une main une mèche de cheveux qui était tombée sur son front.

- C'est une drôle de question à poser après avoir fait l'amour, lui répondis-je avec un petit rire.

- Eh bien, peut-être. J'étais juste en train de penser à ton bateau.

- Que voulais-tu savoir, mon ange ?

- Je me disais que c'était dommage que la saison navigable soit terminée, et qu'on ne puisse pas revenir ici avant un moment. J'aime bien être ici... loin du reste du monde. Aucune distraction, c'est agréable, de temps en temps.

- C'est vrai que c'est une belle escapade, commençai-je - et il est vrai que je partageais entièrement le ressenti de Krystina par rapport à ça. Mais pour répondre à ta question, Lucy était le prénom de ma grand-mère. Pourquoi ?

- Oh. Je pensais que peut-être... non... qu'importe !

Je m'assis, curieux devant son hésitation.

- Tu pensais à quoi, plus précisément ?

- C'est complét'ment débile, mais je pensais que c'était peut-être le nom d'une ancienne petite amie... murmura-t-elle.

Ses joues prirent une teinte plus rougeâtre. Pour une raison étrange, je trouvais le fait que Krystina soit jalouse et embarrassée en même temps très mignon. J'étais soudain rempli d'une sorte de mélange exaltant d'espièglerie et de plaisir. Je lui fis un sourire diabolique et la traîna sur le bord du lit.

- Je te l'ai déjà dit : je ne suis jamais sorti avec quelqu'un avant de te rencontrer. Maintenant, viens, lui dis-je en lui donnant une légère claque sur les fesses. Habille-toi pendant que je me douche. Il faut que j'aille travailler cet après-midi et je veux te montrer quelque chose avant de te ramener chez toi.

- Euh, moi aussi, j'aimerais me doucher, me dit-elle en regardant attentivement la couche de cire qui recouvrait son abdomen et ses seins.

Je me mis à rire.

- C'est de la cire de paraffine. Normalement, ça part tout seul. Mais si tu insistes pour prendre une autre douche, tu es la bienvenue.

Ma suggestion me valut un oreiller en pleine tête.

- Non mais quel obsédé ! dit-elle en plaisantant.

- C'est l'effet qu'tu m'fais, mon ange.

Elle jeta un autre oreiller dans ma direction, mais cette fois-ci, je fis tout pour l'éviter. Puis je me suis dirigé vers la salle de bain en riant. Avant d'y entrer, je regardais Krystina une dernière fois. Ses cheveux sauvages se recourbaient sur ses épaules. Ses yeux lumineux disaient quelque chose qui voulait dire « je viens de me faire baiser, et c'était vraiment bien ». Une part de moi me disait que je devais la garder ici rien que pour moi toute la journée.

Oh, Mademoiselle Cole... si vous saviez quelles choses j'aimerais vous faire... mais je n'ai pas les accessoires qu'il me faut, sur ce bateau.

Je souriais tout en fermant la porte de la salle de bains, en pensant à toutes les possibilités que nous pourrions explorer une fois qu'elle serait de retour à l'appartement. Après nous être habillés, nous rassemblâmes nos affaires. Puis je la guidais jusqu'au le salon - salle de jeux, et nous montâmes en haut de l'escalier en colimaçon. Les murs disparurent et l'espace de la terrasse nous entoura. Plissant des yeux sous les rayons du soleil, je sortis mes lunettes noires de ma poche. Inspirant profondément, je respirais l'air frais du matin tout en regardant autour de moi. Même à quai, la sérénité offerte par le *Lucy* était exquise. Quand je la sortis des confins du lac Montauk, loin de tout et loin de tous, le vent de l'Atlantique nous revigora lorsque j'ouvris les gaz.

Krystina a raison. Ça serait vraiment dommage de bloquer le Lucy en cale sèche.

Une vision des longues boucles brunes de Krystina soufflant dans une brise salée des Caraïbes me vint à l'esprit. Je l'imaginais sur la proue dans le soleil du matin derrière elle, avec un joli halo autour de son visage angélique.

Je peux faire en sorte pour que cela se produise.

Je sortis mon téléphone pour envoyer un e-mail à Laura pour qu'elle demande que le *Lucy* soit autorisé à aller au sud, plutôt que de le mettre en cale sèche. Je savais aussi que j'aurais du mal à trouver un équipage aussi tard dans l'année. Mais si une entreprise adéquate était disponible pour s'occuper de ce genre de travail, je savais que mon assistante serait capable de la trouver.

- Tout est si différent avec la lumière du soleil qui scintille sur l'eau, observa Krystina en regardant le rivage. C'est ce que tu voulais me montrer ?

Je levais un doigt pour lui signaler que je serais avec elle dans une minute. Je relus rapidement ce que je venais de taper. Satisfait, j'appuyais sur « Envoyer » et retournait vers elle.

- Je voulais te faire voir la vue depuis le pont supérieur, mais comme il faisait trop sombre hier soir, je n'ai pas pu le faire plus tôt.

Plaçant une main sur le bas de son dos, je la guidais sur le pont. Elle restait observatrice un long moment alors que je lui montrais les différents attributs du bateau. Lorsque nous arrivâmes au poste de pilotage, je lui expliquais comment je l'avais modifié pour créer un plan plus ouvert.

- La forme de l'ensemble du design, les fauteuils de pilotage et la console - qui est extra-large, comme tu peux le voir - ont tous été redessinés selon mes spécifications. Les mécanismes de secours...

Je stoppais net en voyant son regard vide.

- Désolée Alex. Je n'veux pas être impolie, s'excusa-t-elle en haussant les épaules. Je vois que tu es vraiment fier de tout ça. Parle-moi de voitures et je pourrai me défendre. Mais je ne connais rien aux bateaux.

Je levais un sourcil, amusé par son expression confuse. En enroulant mes bras autour de sa taille, je la serrais contre ma poitrine.

- Je vous ennuie, Mademoiselle Cole ? lui demandai-je à l'oreille.

- Oh, non ! J'ai juste...

Je lui mordis le lobe et elle respira de manière saccadée. En la soutenant lentement, je la plaquais contre la console principale.

- Comment ça, tu n'veux pas entendre parler du système de navigation dernier cri du *Lucy* ? me moquais-je.

Me frayant un chemin jusqu'à son cou, je passais ma langue sur sa peau délicieuse. Elle se penchait en arrière en appuyant son poids sur ses mains. Ses hanches se poussaient contre les miennes tandis qu'elle inclinait la tête en arrière. J'avais l'impression que tout le sang de mon corps allait directement irriguer mon aine. Je gémissais, voulant la reprendre. Elle se décala d'un millimètre et il y eut comme un petit « clic ». Je me figeais.

Qu'est-ce qu'elle aurait actionné par mégarde ?

Lorsque le pont s'emplit de musique, je poussais un long soupir de soulagement.

La musique.

En même temps, la baiser contre un équipement d'une valeur d'un demi-million de dollars n'était probablement pas l'idée la plus brillante, de toute façon.

- Rhôôôô nooon ! Désolée ! Comment on l'éteint ? demanda-t-elle d'un air complètement mortifié.

Je ris en la voyant s'activer à trouver l'interrupteur qu'elle avait accidentellement actionné.

- Ne t'inquiète pas, mon ange, la rassurai-je en tentant de baisser le volume à un niveau moins assourdissant. Je t'ai peut-être ennuyée à mourir avec les spécifications à propos du *Lucy*, mais tu peux quand même apprécier son système de sonorisation !

Ses yeux s'illuminèrent.

- En fait, le son est génial ! admit-elle en se mettant à fredonner. J'aime aussi cette chanson.

Je souriais à la manière dont elle se balançait sur place, ses hanches bougeant subtilement.

- Danse avec moi, lui proposai-je.

Je lui pris la main. Elle se mit à ronronner.

- C'est la suggestion la plus folle que tu n'aies jamais faite !

- Ah bon, tu crois ? lui dis-je en lui faisant un clin d'œil.

Plaçant un bras autour de sa taille, je la fis tourner sur elle-même.

- Alexander Stone ! Lâchez-moi tout de suite ! cria-t-elle.

Ses mains me faisaient de la résistance lorsqu'elle m'attrapa mes biceps, mais je tins bon.

- Non, ça, jamais, mon ange. J'ai l'intention de danser avec toi. En plus, c'est notre grande première, lui murmurai-je à l'oreille.

Elle cessa de gigoter et inclina la tête en arrière pour me regarder. Ses sourcils se levaient comme si elle était choquée par ce que je venais de lui dire. Quant à moi, j'étais même à moitié surpris de la vérité de ma déclaration. En fait, je voulais vraiment que Krystina danse dans mes bras, et ce, depuis longtemps. Je la serrai encore plus fort contre moi et nous parvînmes à trouver notre rythme. La sensation de son corps pressé contre le mien était apaisante. Je respirais le parfum de ses cheveux, séduisant et familier.

- Valse du matin avec le capitaine du navire. Est-ce ainsi que vous impressionnez toutes les dames ?

- Vous êtes la première.

- Oui, c'est ça, rigola-t-elle dans une incrédulité totale.

Je resserrais mes lèvres en une ligne droite. Le fait qu'elle ne m'ait pas pris au sérieux était agaçant.

- C'est la vérité, insistai-je. Je n'ai jamais amené de femme à bord du *Lucy* avant toi.

- Alors je suppose que c'est plus qu'une première danse, c'est ça ?

Oui, c'est ça, bébé.

- Ça fait beaucoup de premières, avec toi, murmurai-je plus à moi-même qu'à elle.

- Dis-moi, Alex. Je suis quoi, pour toi ?

Sa question me prit au dépourvu et je reculai de quelques pas pour pouvoir voir son visage.

Comment pouvait-elle ne pas le savoir ?

Après tout ce que nous avions vécu ensemble, elle devait bien en avoir une idée. Je l'avais poursuivie. Puis je l'avais suppliée de revenir. J'avais même mis mon âme à nu. Elle m'avait déconcerté par sa capacité à me déchirer et à me laisser entièrement intact en même temps. Aucune femme ne m'avait jamais affecté comme elle. Elle était le soleil dans l'obscurité. L'éclair de mon orage.

Et merde. Depuis quand étais-je devenu un putain d'poète ?

C'était peut-être la ballade déchirante de Dan Reynolds sur la fumée et les miroirs [1]. Ou peut-être était-ce parce que j'étais tombé amoureux de façon inattendue. Je me pinçais les lèvres en fronçant les sourcils.

Fais gaffe, Stone. Trouve le juste milieu.

Je devais ne pas perdre le nord. Au début, j'avais été très explicite avec Krystina en lui faisant connaître ma position de façon très claire en lui disant qu'il n'y avait aucune condition - et elle était tout à fait d'accord avec tout ça, d'ailleurs. Pourtant, les choses avaient changé, et aucun de nous ne s'y était attendu. Je n'étais pas sûr que Krystina était sur la même longueur d'onde que moi. Il se pouvait qu'elle n'en veuille pas plus.

- Tu es à moi. Aucun doute là-d'ssus, commençai-je prudemment. Mais je n'aime pas les termes « petit ami » au masculin et « petite amie » au féminin, trouvai-je bon de préciser. Cela semble trop enfantin à mes oreilles.

- Hum, ok... elle s'éloigna et fronça les sourcils à son tour, semblant déçue par ma réponse.

- Qu'est-ce qui n'va pas ?

- Heu... je me demande juste comment je vais être présentée aux autres à ce gala de charité. Si les journalistes y sont aussi, j'aimerais bien savoir à quoi m'attendre.

Je vois.

Je souriais intérieurement, heureux de constater qu'elle ait retrouvé ses esprits et qu'elle ait décidé de ne plus se battre avec moi au sujet de ce gala.

Bon. Je dois l'apprivoiser encore un peu plus.

- Disons que tu seras ma cavalière, mais j'aimerais quand même nuancer les choses pour dire que tu représentes plus que ça.

- Bon d'accord. Comme une personne plus spéciale ? suggéra-t-elle. Non, laisse tomber. C'est nul, ça.

- Peut-être que je pourrais te présenter comme ma nouvelle conquête ? Avec un trophée joli comme toi au bout du bras, ça pourrait marcher ?

Je lui fis un clin d'œil et la fis tourner sur elle-même. Elle se moquait de moi en me tapant le bras.

- Sérieusement ?

Je souris, alors que je venais à peine de commencer.

- D'accord, et ma « p'tite nana », alors ?

- Ta « p'tite nana » ? rit-elle encore. Et maint'nant, tu dis n'importe quoi !

- Mon amante ? Ma bien-aimée ?

- Ha ? ! Est-ce qu'on vient de se transporter dans un autre siècle ?

Elle rit fort alors que la chanson prenait fin ; le genre de rire qui vous donnait mal au ventre. Je pris son visage dans mes mains. Elle cessa de rire quand elle vit la gravité affichée sur mon visage. Puis, je l'embrassais doucement sur les lèvres, scellant ainsi la fin de notre première danse ensemble. Je m'attardais un moment avant de me retirer pour regarder dans ses yeux d'un brun profond.

- Mon ange, tant que tu sais que tu es à moi et que je suis à toi, on pourra être tout ce que tu voudras qu'on soit.

11

Krystina

Je montais le chemin menant à mon immeuble situé à Greenwich Village. Ces dernières vingt-quatre heures avaient été très intéressantes, mais hélas, l'évasion magique sur le bateau d'Alexander était terminée - et elle avait vraiment été magique ! Certes, la soirée avait été stressante, mais le soleil du matin avait tout balayé. C'était comme s'il n'y avait plus de problèmes entre nous, plus de barrières, ni d'inconvénients. Pendant un moment, nous avons pu être deux personnes seules dans notre propre petit monde. Malheureusement, c'était à présent le retour à la réalité. Je ne pouvais pas ignorer les nombreuses choses qu'il fallait régler. J'avais appris que notre passé nous définissait de nombreuses façons. Et surtout, j'avais enfin compris le besoin de contrôle d'Alexander. Il m'avait dit un jour qu'il ne voulait me contrôler que dans la chambre à coucher. Cependant, certaines de ses actions ont parfois montré le contraire et son histoire d'arrogance présumée a fait éclater mon tempérament plus de fois que je ne pourrai le compter. Mais après avoir entendu son histoire, je me suis rendu compte que son besoin de contrôler toutes les choses de sa vie n'était pas une préférence pour lui. Car il n'avait pas le tempérament d'un alpha. Ni d'un macho. C'était tout simplement pour lui une question de survie. En même temps, le contrôle de mon individualité était une chose que j'avais adoptée. C'était quelque chose auquel je devais m'accrocher, pour ne pas répéter les erreurs de mon passé. Même si je pouvais comprendre les deux extrémités de ce concept, je ne savais pas encore si je pouvais lâcher assez de lest pour qu'il soit satisfait. Je savais seulement qu'il fallait que j'essaie. Je franchissais le seuil du hall de mon immeuble.

- Bonjour, Phil, dis-je pour saluer le portier.

- Bonjour, Mademoiselle Cole, me répondit Philip. Un paquet est arrivé pour vous il y a environ dix minutes. Il est assez un gros. Voulez-vous que je vous aide à le monter dans les escaliers ?

Il pointait du doigt un grand paquet situé sous les longues rangées de boîtes aux lettres des locataires.

J'me d'mande bien c'que c'est...

Je le soulevais. S'il était de taille imposante et qu'il était bien encombrant, je pouvais le porter. Je notais qu'il avait été timbré à Manhattan. Ma mère avait dû demander une livraison dans un magasin lorsqu'elle était passée ici pour faire des courses, il y a quelques semaines.

- Merci. Je pense que je pourrai me débrouiller. Je vais prendre l'ascenseur plutôt que les escaliers.

- Très bien. Profitez bien du reste de votre journée.

- Merci, Phil.

Je transportais la boîte jusqu'à l'ascenseur, puis je la posais à mes pieds et appuyais sur le chiffre correspondant à mon étage. Mes pensées s'arrêtaient sur Alexander et sur tous les problèmes qu'il nous restait à résoudre. Je savais que ce serait une bataille difficile. Mais, pour la première fois depuis que je l'avais rencontré, j'étais prête.

Il y a aussi ces offres d'emploi... il faudra que je me décide rapidement.

Lorsque l'ascenseur s'arrêta, je me dirigeais vers mon appartement, au bout du couloir. En passant la porte, je vis Allyson assise dans la kitchenette qui buvait une tasse de café tout en lisant un magazine. Elle tapait du pied sur une chanson d'Elle King qui sortait d'un petit haut-parleur posé sur le comptoir. Une sensation de trahison me frappa. Dans toute cette folie avec Alexander, j'avais oublié la façon dont elle m'avait piégée. Ses intentions n'avaient pas d'importance. Même si tout s'était très bien passé avec Alexander, cela ne changeait rien au fait que j'avais été piégée.

- Hé, Krys, me dit-elle une fois qu'elle remarqua ma présence.

- Hé, toi-même, lui répondis-je un peu trop durement.

Puis je posais la boîte sur le sol, sans nécessité et avec beaucoup de force.

Elle levait les yeux de sa lecture en affichant une expression curieuse sur son visage.

- Y'a quoi, dans cette boîte ?

- Je n'sais pas, lâchai-je d'un ton sec.

Stop. Ne fait pas ta garce avec elle. Elle voulait bien faire.

- Eh bien... tu arrives juste à temps, déclara-t-elle en se levant et en ignorant totalement le fait que j'étais ennuyée. J'allais justement partir travailler.

- En fait, j'aimerais qu'on parle si tu as un moment.

Elle sembla me regarder pour la première fois.

- Qu'est-ce qui n'va pas ?

Et là, je craquai.

- Ne me demande pas ce qui n'va pas. Parce que tu le sais très bien !

Se rasseyant sur sa chaise, elle me sourit.

- Ne t'avise pas de me crier dessus, Krys. Tu as raison : je sais pourquoi tu es énervée. J'ai fait ce que je pensais être le mieux. Et comme tu n'es pas rentrée hier soir sans m'envoyer de SMS, je suppose que les choses se sont bien passées ?

J'éteignis la musique de l'Ipod. Ensuite, je me retournai et regardai mon amie droit dans les yeux.

- Que les choses se soient bien passées ou pas, ça n'a rien à voir. Tu m'as totalement piégée.

- Et alors ?

Elle levait le menton en signe de défi. Je fixais sa mâchoire têtue. Certes, il y avait une part de vérité dans ce qu'elle disait, même si je n'étais pas d'accord avec sa manière d'avoir géré les choses. Et pour être complètement honnête avec moi-même, je n'avais pas du tout envie de lui faire la morale. Ce que je voulais vraiment, c'était une amie à qui parler de tout. Je lui avais délibérément caché des choses et il était grand temps que nous ayons une vraie conversation à cœur ouvert.

Je pris une grande inspiration et me mis à soupirer.

- Bon, écoute, je ne suis pas enchantée de ce que tu as fait.

- C'est un bon gars, Krys. Je l'ai vu dans ses yeux.

- C'est un bon gars, oui. Mais il y a...

Je ne finis pas ma phrase, je ne sachant pas par où commencer. Avant notre départ pour New York, il m'avait rappelée qu'il comptait sur moi pour ne rien dire de ce qu'il m'avait révélé à personne, même pas à Allyson. Je devais faire attention à ce que j'allai lui dire pour ne pas trahir sa confiance.

- Qu'est-ce qu'il y a, Krys ? me demanda-t-elle.

- Il a un passé vraiment merdique.

- Toi aussi, ou du moins je pense que tu en as un, ajouta-t-elle sèchement.

- Oui, mais... je m'arrêtai net, car ce qu'elle venait de dire me frappa. C'est alors que je vis son expression blessée. Qu'est-ce tu veux dire par là ?

- Je sais que tu lui as parlé de Trevor.

- Je devais le faire ! tentai-je de me défendre.

- Mais à moi, tu ne m'en as jamais parlé ! me déclara-t-elle d'un ton catégorique. Tout comme tu ne m'as pas dit ce qui s'est passé ces deux dernières semaines.

Bon, certes, par rapport à ça, elle n'avait pas tort. Mais je choisis d'ignorer la dernière partie de sa phrase, parce que ces dernières semaines, c'était moi qui les avais gérées.

- Allyson, tu savais ce que Trevor m'avait fait. Il le fallait !

- He bien moi, j'en suis pas si sûre, déclara-t-elle en secouant la tête avec véhémence. J'ai seulement supposé ce qui s'était passé.

Fermant les yeux, je me pinçai l'arête du nez.

- Tu ne comprends pas. Je n'avais pas l'intention de te le cacher. C'est tout simplement, parce que j'avais honte de ce qui s'était passé, essayai-je de lui expliquer. Il y a eu des moments où c'était moi que je blâmais. Des moments pendant lesquels je pensais que personne ne me croirait si je révélais la vérité. Trevor venait d'une famille riche et son influence me faisait peur.

Ses yeux se radoucirent.

- Tu n'as pas à avoir honte ou à être gênée, poupée. C'est toi, la victime.

- Je sais, Ally. Mais il m'a fallu beaucoup de temps pour m'en rendre compte. Ne m'en veux pas de ne pas t'en avoir parlé. S'il te plaît. C'était juste bien trop douloureux. Je voulais oublier tout ce qui s'est passé.

- Alors pourquoi tu l'as dit à Alex ?

- Il fallait que je lui dise. Il y a des choses sur lui que tu ne sais pas non plus.

- En fait, j'en sais assez. Il m'a éclairé sur ses problèmes, ce à quoi tu n'as que brièvement fait allusion, me fit-elle remarquer en fronçant les sourcils. C'est vraiment effrayant, Krys. Tu es vraiment d'accord avec tout ça, toi ?

Mes pensées dérivèrent jusqu'à ce matin, lorsque j'étais avec lui. Une expérience révélatrice.

Et puis ensuite...

Je souriais intérieurement en me rappelant le bandeau. Et la cire. Cependant, Allyson avait eu raison d'attirer mon attention sur ce problème. Si j'avais été très réceptive à tout ce qu'il avait à m'offrir jusque-là, j'avais vraiment besoin de savoir quelles étaient mes limites personnelles. Les scènes du Club O ne sont jamais restées bien loin de mon esprit. Peut-être qu'il faudrait qu'on se penche sur les problèmes d'Alexander, un de ces jours. Et sur la manière dont il envisageait de prendre les choses en main.

- Je n'sais pas, répondis-je sincèrement. Jetant un regard sur l'heure qu'il était, je crus bon de rajouter : j'ai un tas de choses à te dire, mais je ne veux pas que tu sois en retard au travail.

- C'est bon, le travail peut attendre. En plus, c'est samedi. J'aurai qu'à leur dire qu'il y avait des bouchons. Non, je trouverai un imprévu à leur dire. T'en fais pas par rapport à ça.

Allyson prenait son travail très au sérieux, et elle n'avait pas pris cette décision sur un coup de tête. Je m'assis face à elle.

- Bon, très bien. Je vais faire vite. C'est juste une question de savoir par où commencer, dis-je.

- Alex m'a mise au courant de la plupart des choses. Il s'est arrêté le soir où il t'a amenée à ce spectacle monstrueux.

- Ally, ce n'était monstrueux... pas comme tu le penses, du moins.

- Si tu l'dis.

- Oublie ça. Ce n'est pas ce qu'il y a de plus important dans cette histoire. Pour Alex, par exemple, c'est juste une partie de qui il est. La question est de savoir si c'est son passé qui lui dicte son style de vie. C'est ça, que je ne sais pas.

- Parle-moi de son passé, dans ce cas. Je peux peut-être aider.

Je lui racontais donc ce que j'étais « autorisée » à dire, en prenant soin de ne pas divulguer les détails clés il m'avait fait jurer de ne pas dire. Et même si j'avais promis d'être rapide, il me fallut trente bonnes minutes pour arriver à la fin de l'histoire. Allyson m'étudiait attentivement pendant tout ce temps sans prononcer un seul mot.

- En fin de compte, il pense qu'il est comme son père, conclus-je. Et toi, t'en penses quoi ?

- Je pense que toute comparaison avec son père est ridicule. Son père était un batteur de femmes. Ce n'est pas ce qu'est Alex. Ecoute, Krys. Je pense que j'ai raison d'avoir quelques réserves sur le fait que vous soyez ensemble. Mais si ça vous plaît, qui suis-je pour juger ? Je n'aime peut-être pas ce genre de choses, mais ça ne veut pas dire qu'Alex est violent. Est-ce qu'il t'a fait du mal ? Enfin, tu vois c'que j'veux dire ? me dit-elle avec un petit haussement d'épaules. Je n'pense pas qu'il agisse de manière perverse.

Le souvenir des mains d'Alexander me serrant le cou me vinrent instantanément à l'esprit.

Alors ça, ne lui en parle pas. Elle ne comprendrait pas, parce qu'elle n'était pas là.

- Non, mentis-je en me sentant coupable.

Mon petit ange, qui avait été remarquablement absent ces dernières semaines, réapparut soudainement. Il fronçait les sourcils et secouait son doigt vers moi.

Rhôôôô non ! Pas toi !

Je luttais pour chasser ma culpabilité parce que je venais de mentir à Allyson.

- Si tu es d'accord avec toutes ces choses, qu'est-ce qui te préoccupe ? insista-t-elle.

- Je crains juste que l'histoire se répète. Regarde mon histoire et ce qui s'est passé avec Trevor. Combine tout ça avec le passé d'Alexander... je secouai la tête. Je veux vraiment tenter le coup avec lui, mais je peux penser à mille et une raison d'y mettre fin avant qu'elle ne prenne vraiment. Parfois, j'ai peur qu'il m'absorbe trop. Il est très possessif et dominateur. Tout comme Trevor, mais d'une manière différente. Je ne veux pas devenir une statistique, tu vois c'que j'veux dire ?

- Krys, je sais très bien ce que tu es en train de faire. Ne pense pas à tout ça. Je l'ai écouté parler de toi, hier. Il était complètement déchiré. Je dirai même qu'il est amoureux de toi.

- He ben voilà ! *C'est complèt'ment ridicule.* Alex n'est pas du genre à se dire qu'il a trouvé le bonheur, Ally. Et ça, je le sais depuis le début de notre relation.

- Arrête de dire ça, ma poupée. Tu pourrais avoir de bonnes surprises.

Je pensais à ce qu'Alexander m'avait dit quand on dansait sur le bateau. Sa mâchoire était droite et ferme, et ses yeux d'un bleu-saphir-intense étaient plongés dans les miens.

« *... on pourra être tout ce que tu voudras qu'on soit* ».

Je secouais la tête, ne voulant pas trop regarder dans une direction qui n'était pas vraiment réelle.

- Peut-être que c'est moi qui ne suis pas prête..., suggérai-je.

- Tu n'arrêtes pas de te dire ça. Mais moi, je serai là plus tard pour te rappeler que je t'avais prév'nue, ajouta-t-elle en me faisant un clin d'œil. En attendant, je dois partir travailler. L'excuse des bouchons ne me fera pas gagner plus de temps.

- C'est vrai. Je t'ai gardée assez longtemps, acceptai-je.

- Désolée. Je n'voulais te couper la chique.

- Pas d'problème. En plus, je devais appeler ma mère. Je me levais pour aller récupérer la boîte qui était toujours par terre pour la poser sur la table. Je suis sûre que cette boîte est liée à ses excursions de shopping.

- Alors, bonne chance ! me dit Allyson en rigolant. Et, au fait, quel est ton emploi du temps, cette semaine ? On se fait une soirée entre filles ? Comme ça, on pourra en parler plus longuement.

- Pourquoi pas ? répondis-je en ouvrant la boîte.

Je m'attendais à trouver des vêtements ou quelque chose de ce style, mais elle était pleine de dossiers. Une note manuscrite y était placée sur le dessus.

Krystina,
Tu trouveras ci-joint les dossiers des clients de Turning Stone
Advertising. J'ai pensé que tu pourrais les examiner avant lundi
matin, ton premier jour de travail !
Bien à toi, Alexander

Clignant des yeux, je relisais la fiche, complètement déconcertée par sa présomption. Je ne lui avais jamais donné de réponse par rapport à sa proposition d'emploi. Parcourant rapidement les dossiers, je vis que l'épicerie Wally's en faisait partie, ainsi que plusieurs autres noms importants, ce qui soulevait ma curiosité.

Quel malin !

Encore une fois, il supposait des choses. Je l'imaginais se tenant devant les baies vitrées de son empire, exerçant son autorité et donnant des ordres depuis son centre de commandement. Il serait toujours le maître de tout ce qui l'entourait. Dans mon agacement, je me pinçais les lèvres, sachant que ce n'était que son dernier jeu de pouvoir.

Certaines choses ne changeront jamais. Ça ne sert à rien de tout faire pour que cela change.

Je levais les yeux vers Allyson, qui était en train de récupérer ses clés et son sac à main qui étaient posés sur l'îlot de la cuisine.

- Dis-moi juste quel jour te conviendrait le mieux, me dit-elle en se dirigeant vers la porte.

- Hum... en fait, je ne suis pas sûre de mon emploi du temps de cette semaine. Apparemment, je vais commencer un nouveau travail, dis-je sèchement.

- Oh, c'est une bonne nouvelle ! Ton entretien s'est bien passé, alors ? Je n'avais pas réalisé que LD Marketing t'avait fait une offre.

- Ils m'en ont fait une, c'est vrai, mais ce n'est pas là que je vais travailler.

Elle s'arrêtait à la porte et un regard complice se répandait lentement sur ses traits.

- Vraiment ? dit-elle presque trop innocemment. Alors, tu vas travailler où ?

- Turning Stone, marmonnai-je.

M'adressant un sourire radieux, elle recoiffa ses cheveux blonds sur ses épaules.

- Eh bien, Krystina Cole ! Je pense que les choses vont mieux tourner que tu ne le penses.

12

Alexander

Ce jour-là, j'étais arrivé à mon bureau avec un grand sourire. J'étais d'abord allé voir les bureaux de Turning Stone se trouvant à un autre étage du bâtiment et j'étais vraiment satisfait du résultat. Kimberly et Josh avaient fait du bon travail pour la conception et l'élaboration des locaux. J'attendais avec impatience de voir la réaction de Krystina, lundi matin. Je vérifiais l'heure rapidement en regardant l'horloge fixée au mur.

Elle a dû recevoir les dossiers.

Je m'asseyais derrière mon bureau et sortais mon téléphone de ma poche pour lui envoyer un texto.

11:42, moi : *J'espère que Hale t'a ramenée chez toi sans problème.*

Sa réponse me parvint presque immédiatement.

11:44, Krystina : *En effet.*

Sa réponse me fit froncer les sourcils parce que je m'attendais à ce qu'elle dise quelque chose à propos des dossiers. De toute évidence, elle n'allait pas me faciliter la tâche. Cependant, il était toujours possible qu'elle n'ait pas encore reçu la livraison.

11:46, moi : Quels sont tes projets pour cette fin d'après-midi ?
11:49, Krystina : Je crois que je vais m'occuper de regarder un peu les dossiers des clients de Turning Stone.

Je souriais en voyant l'émoticône en colère qu'elle avait ajouté après son texte.

Ah ! C'est du Krystina tout craché, ça !
11:53, moi : Ah bon ?
11:54, Krystina : M'envoyer ce carton est assez culotté de ta part. T'es bien d'accord avec moi ?
11:57, moi : De toute manière, tu n'aurais jamais refusé le poste que je t'ai proposé. T'es bien d'accord avec moi ?

Je pouvais presque voir la fumée s'échapper de ses oreilles après l'avoir imaginée en train de lire mon message, qui reprenait exactement la même phrase que celle qu'elle avait employée à mon attention.

12:01, Krystina : Je n'ai rien à dire par rapport à ça.
12:03, moi : On dîne chez moi ce soir ?
12:04, Krystina : On verra.

On verra bien, Mademoiselle Cole.
Si elle avait été fâchée, elle aurait tout simplement refusé. Satisfait de constater qu'elle ne m'en voulait pas, je plaçais mon téléphone portable sur mon bureau et gloussais comme un idiot en allumant mon ordinateur. Puis, je m'occupais de gérer

quelques e-mails en répondant à ceux qui nécessitaient un suivi rapide. Tombant sur celui qui contenait en pièce jointe la vidéo du Club O, je le fis suivre à Hale en lui demandant de rassembler toutes les informations qu'il pourrait trouver au sujet de Trevor Hamilton. Je voulais une vérification complète de ses antécédents... ainsi que d'éventuels squelettes qu'il pourrait cacher dans son placard.

Apprends à connaître ton ennemi.

Je voulais juste m'assurer que ce connard n'embêterait plus jamais Krystina. Ensuite, je me replongeais dans les e-mails qui nécessitaient plus d'attention de ma part. J'avais plusieurs affaires en cours. Deux seraient bientôt terminées. Ma boîte de réception était inondée de schémas de plans d'étages et de contrats de propriétés de la part de mon avocat. Ils devaient être examinés et signés pour pouvoir être clôturés mardi. Je pris le temps de m'attarder sur la date et l'heure auxquelles ces e-mails m'avaient été envoyés : Stephen en avait envoyé pas mal après mon départ, le vendredi après-midi. Serrant les lèvres, j'étais agacé par le peu de temps qu'il m'avait laissé pour tout vérifier. Passer en revue tous les textes insérés en petits caractères me prendrait certainement la plus grande partie de la journée, et j'y passerai aussi toute ma journée de demain. Je devais faire appel à Laura. On avait encore beaucoup de travail avant mardi. Par réflexe, je posais la main sur le téléphone pour taper son numéro poste, mais je fis une pause en me rappelant qu'on était samedi.

Elle n'est pas au bureau.

Ce ne fut que lorsque je commençai à composer son numéro de téléphone portable que le souvenir de ce que Krystina m'avait dit m'empêcha de terminer l'appel.

"C'est pas parce que tu peux convoquer des gens au gré de tes caprices que tu dois le faire."

Laura était l'une de mes salariées. Tout comme Stephen et Bryan, d'ailleurs. Il nous était déjà arrivé de travailler le week-end pour respecter des délais. Cependant, Krystina m'avait demandé de reconsidérer ces décisions et je me mis à évaluer le temps que j'allais prendre à mes employés sur leur temps libre. C'est pour cela que j'ai préféré raccrocher.

Qu'est-ce qu'elle m'énerve !

Ennuyé par cette situation, je me reconcentrais sur mon ordinateur en cliquant sur un des e-mails de Stephen. J'en ouvris la pièce jointe.

Cent sept pages.

Résigné à faire une nuit blanche, je frappais sur l'icône demandant à l'ordinateur d'imprimer. Je profitais de ce moment pour taper un e-mail à Krystina.

À : Krystina Cole
DE : Alexander Stone
OBJET : Y a du changement

Mon cher ange,
Je suis dans un vrai dilemme. J'avais prévu de dîner avec toi ce soir, puis peut-être de poursuivre l'exploration de tes limites de ce matin. Cependant, je vais devoir reporter ces projets pour demain soir.
En effet, le travail a pris le dessus comme jamais jusqu'à maintenant de façon assez inattendue. En fait, j'aurais pu tout simplement faire appel à des renforts pour m'aider dans cette longue entreprise, mais tu m'as appris que je ne devais pas déranger les employés pendant leur jour de congé. Tu as bien joué ton rôle, mon ange. La leçon est bien mémorisée, tu vois.
Je pense que je regretterai ma décision d'ici demain soir, alors assure-toi de bien dormir cette nuit. Parce que peut-être que tu seras punie pour tout ça.

Bien à toi,
Alexander

Je cliquais sur le bouton permettant d'envoyer les messages, puis je me levais pour aller jusqu'à l'imprimante. Le premier contrat était encore en cours d'impression. Je me frottais les tempes. La nuit allait être longue.

Il me faut une boisson énergisante.

Je me dirigeais jusqu'au mini-bar de mon bureau et ouvrais le petit réfrigérateur. Fronçant les sourcils en voyant qu'il n'y avait que de l'eau en bouteille aromatisée ou nature, je mis un instant à me souvenir que c'était ce que Laura commandait pour en proposer aux clients qui venaient nous rendre visite. Il faudrait que je me souvienne de lui dire d'ajouter des boissons énergisantes. Une fois le contrat imprimé, je récupérais la pile de papiers pour la ramener à mon bureau. En même temps, j'avais reçu une notification m'indiquant que j'avais reçu un e-mail de la part de Krystina. Content de voir qu'elle m'avait répondu aussi rapidement, je l'ouvrais et commençais à le lire.

À : Alexander Stone
DE : Krystina Cole
OBJET : Contente que tu ne sois pas Vador

Alexander,
Heureuse de savoir que tu es passé du côté obscur. Tout bien pensé, toute punition que tu décideras de m'infliger en vaudra la peine si cela signifie que tu seras plus gentil avec ta Padawan pour aller de l'avant.
Ceci dit, je pense qu'il serait préférable pour nous deux de nous concentrer sur notre travail. Tu as évidemment beaucoup à faire, et je viens à peine de commencer (je ne te remercie pas pour ton colis de bienvenue). Je te verrai donc lundi matin de bonne heure.

Ta toute nouvelle Padawan, Krystina

Certes, le fait qu'elle me repoussait m'ennuyait un peu, mais sa terminologie me faisait bien rire. Je regardais encore la centaine de pages qui se trouvaient devant moi et me disais qu'en réalité, lundi serait une meilleure idée, même si je ne voulais pas attendre aussi longtemps pour la voir.

À : Krystina Cole
DE : Alexander Stone
OBJET : Une Padawan ?

À mon accro à Hollywood,
Je suis désolé, mais je ne connais pas ce terme. Puisque tu as fait référence à Vador dans ton dernier e-mail, je suppose que « Padawan » fait partie de Star Wars ?

Sincèrement,
Ton soupirant qui a besoin de regarder plus de films

P.S. Hale viendra te chercher lundi à 8 heures.

Je riais fort au moment où j'appuyais sur « Envoyer ». J'aurais dû me mettre au travail sur le contrat en cours, mais je n'arrivais pas à me concentrer, attendant sa réponse. Ma boîte de réception sonna enfin.

À : Alexander Stone
DE : Krystina Cole
OBJET : Prochain rendez-vous

Alexander,
Cet e-mail aurait dû s'intituler Jabba, car ta connaissance du cinéma est représentative de celle d'une limace surdimensionnée. Cependant, j'avais oublié que j'écrivais un e-

mail à un homme qui n'a jamais vu *Star Trek*. Je crois que je n'aurais pas dû penser que tu connaissais *Star Wars*.

Oublie donc tes galipettes. La prochaine fois qu'on se voit, on rattrapera ton retard en termes de films de science-fiction.

Ta princesse d'Aldérande, Krystina

P.S : Tu dois vraiment avoir beaucoup de travail. D'habitude, tu me laisses pas seule comme ça.

Je m'asseyais sur ma chaise en souriant, n'ayant aucune idée de ce qu'était Aldérande.

Alors elle, elle est vraiment différente.

Je me mettais à penser à ce qu'elle venait d'évoquer, en m'imaginant avec elle et ne faisant rien d'autre que de regarder des films. C'était un concept étrange, mais auquel je n'étais pas opposé. En fait, j'attendais avec impatience l'idée cliché du pop-corn et d'un film. Je fus même étonné de ma volonté de faire des choses normales en couple avec elle.

C'est l'amour qui te rend tout mollasson, Stone.

Peut-être, mais le fait était que je *voulais* être normal avec elle, dans tous les sens du terme. Néanmoins, la normalité n'avait jamais bien fonctionné pour moi. Même si elle m'avait changé, je ne pouvais pas baisser suffisamment ma garde pour *être* normal. Après la façon dont j'avais perdu mon sang-froid avec elle sur le bateau, c'était tout simplement un risque que je ne pouvais pas me permettre de prendre.

13

Comme Alexander me l'avait promis, Hale m'attendait à huit heures pile ce lundi matin. Je repensais à la rapidité avec laquelle le week-end avait passé, alors que je grimpais par la porte arrière du passager que ce dernier tenait ouverte pour moi.

- Merci, Hale.

- De rien, mademoiselle, me répondit-il de sa manière maussade.

Il refermait la porte derrière moi et se dirigeait du côté du conducteur de la Porsche noire SUV. En arrivant dans la circulation, je me passais en revue toutes les informations que j'avais lues dans les dossiers des clients de Turning Stone. Le moins qu'on pouvait dire, c'était qu'il y avait pas mal d'opportunités, et Alexander avait raison de dire que les employés de Turning Stone étaient « médiocres », pour les « meilleurs d'entre eux ».

Ou peut-être qu'ils ont besoin qu'on les épaule mieux.

Certes, la tâche qui m'attendait était ardue, mais j'étais

impatiente de relever le défi. Quand je pensais aux longues journées de travail qui m'attendaient, je me mettais à réétudier à quelle heure il me serait plus judicieux de commencer mes journées. Par exemple, arriver à 8 heures ne suffirait peut-être pas si je voulais avoir un minimum de temps libre le soir. Je me tournais vers Hale en me demandant si c'était lui qui me conduirait au travail tous les jours.

Parce que moi, je ne m'attends pas à ce qu'il me conduise au travail tous les jours.

- Est-ce qu'Alex vous a demandé de venir me chercher tous les matins ? lui demandai-je.

- Non, mademoiselle, fut tout ce qu'il me dit.

Après avoir entendu sa réponse, je me pinçais les lèvres tout en fronçant les sourcils.

Oui, mademoiselle. Non, mademoiselle. Décidément, vous n'êtes pas bavard...

Je n'aurais pas dû être surprise par des réponses courtes de sa part, car c'était bien son style. Je voulais juste avoir quelqu'un avec qui parler d'une façon qui me fasse réfléchir. J'étais pleine d'énergie, excitée par mon premier jour à Turning Stone. Je pensais que j'appréhenderais peut-être de travailler pour Alexander, mais après avoir passé toute la journée du samedi et du dimanche à parcourir les dossiers des clients, je ne pouvais réfréner mon enthousiasme qui bouillonnait déjà en moi. Cette opportunité était ce que j'attendais depuis longtemps. Pourtant, excitée ou non, je savais à quel point Alexander pouvait être difficile à vivre sur le plan personnel. Je me demandais à quel point il serait difficile de travailler pour lui.

- Est-ce que c'est difficile de travailler pour Alex ? J'avais posé la question à Hale à voix haute. Il se contenta de me sourire à travers le miroir du rétroviseur. Je poursuivis : enfin, Hale ! Vous avez mis mes sous-vêtements dans un sac de sport il y a quelques jours. Je pense qu'on peut laisser tomber les formalités.

Il renifla après avoir entendu ma déclaration, son visage montrant plus d'émotion que je n'avais jamais vu auparavant. Quand il parla, il y avait un soupçon d'humour dans sa voix.

- Non, mademoiselle. Ce n'est pas compliqué de travailler avec Monsieur Stone.

- C'est tout ce que vous pouvez me dire ? Vous pouvez pas me donner ne serait-ce qu'un tout petit aperçu ? le taquinai-je.

À ma grande déception, il resta silencieux pendant que nous poursuivions notre court trajet.

Je devrais être contente qu'il m'ait dit au moins ça.

Je regardais par la fenêtre les rues qui défilaient, en pensant à comment mon premier jour allait se passer. Lorsque nous nous arrêtions enfin devant la Cornerstone Tower, mon excitation s'était transformée en une boule de nerfs. Hale sortait du 4x4 en premier et s'approchait pour m'ouvrir la porte. Quand je posais un pied sur le trottoir, il me saisit le coude.

- Mademoiselle Cole, me surprit-il.

Je n'arrivais pas à croire qu'il me parlait vraiment sans que j'aie à lui poser de question.

- Oui, Hale, répondis-je, attendant patiemment d'entendre ce qu'il allait me dire.

- Monsieur Stone m'a demandé de vous dire qu'il vous retrouverait dans le hall. La réception est censée l'appeler pour le prévenir de votre arrivée.

- Oh, hum... merci.

Je pensais que ça serait tout, mais il ne relâchait pas mon bras.

- Encore une chose. Je vois que vous êtes nerveuse, me fit-il remarquer en regardant mes mains qui tremblaient sans que je m'en aperçoive. Ne vous inquiétez pas. Monsieur Stone peut sembler dur, mais il ne l'est pas autant que ce que vous pourriez le penser. Il a une bonne âme.

Puis il se retourna et remontait dans le véhicule. Quant à moi, je restais sur le trottoir, stupéfaite et sans voix, en le regardant s'éloigner.

Bon... d'accord.

Je levais les yeux sur le bâtiment qui se dressait devant moi : une structure impressionnante surmontée d'une flèche ornementale élancée. Un sentiment de déjà vu s'installait en moi. Les nerfs qui m'agitaient étaient très semblables à ceux qui m'avaient animée lorsque j'étais venue ici pour la première fois.

L'entretien d'embauche.

Je souriais intérieurement repensant à ce jour.

Si j'avais su à quel point ma vie allait changer...

Cette pensée me mettait étrangement à l'aise. Me sentant plus confiante, je poussais les portes du tourniquet. J'étais prête à commencer cette nouvelle journée. Tout comme cette nouvelle vie.

Alexander

Je sortais de l'ascenseur et traversais le hall pour me rendre là où Krystina m'attendait. Mes yeux parcouraient toute sa stature. Elle avait l'air très élégante dans sa veste de tailleur et sa jupe vert menthe, tout en étant très sexy malgré tout. Cette couleur allait parfaitement avec son teint crémeux et ses boucles marron. J'avais oublié à quel point elle était belle, dans ces tons verts. Et pourtant, je voulais lui arracher ses vêtements.

Elle est super sexy. Ça va être difficile de s'en tenir uniquement aux affaires pendant la journée.

- Mademoiselle Cole, dis-je tout en approchant d'elle.

- Bonjour, Monsieur.

Monsieur.

Ma queue frémit légèrement à ce petit mot tout simple, parce que je l'entendais rarement sortir de sa bouche.

Si ça continue, il va m'être presque impossible de ne pas la toucher si elle continue à s'adresser à moi comme ça.

- Restons-en à Monsieur Stone quand on est au travail, lui dis-je en lui faisant un clin d'œil et en lui murmurant : tu m'appelleras « Monsieur » plus tard.

Ses yeux s'élargirent et ses joues devinrent d'un rose plus que délectable.

- Alex, pas ici, me siffla-t-elle. On doit essayer de rester professionnels.

Je lui fis un sourire arrogant et lui saisis le coude.

- Pas de promesses, mon ange.

La conduisant à la cage à ascenseurs, j'appuyais sur le bouton qui nous mènerait à la publicité de Turning Stone.

- Tes bureaux sont situés au trente-septième étage, que j'ai récemment fait refaire. J'espère que tu le trouveras à ton goût.

- Je suis sûre que ça ira, dit-elle alors que l'ascenseur commençait à monter.

Je l'observais et voyais qu'elle se tordait les mains. Je me retournais pour la coincer contre le mur entre mes bras.

- Pourquoi es-tu si nerveuse ?

- Commencer un nouveau travail est toujours un peu éprouvant pour les nerfs, Alex.

Je me penchais vers elle, voulant la dévorer. Mais l'ascenseur émit un son pour signaler que nous étions arrêtés, et une voix électronique annonçait que nous étions au 19ème étage.

Pas pour nous.

Je m'éloignais vite ; juste le temps que les portes s'ouvrent. Un homme nous rejoignit dans la cabine de cinq mètres carrés. Cheveux noirs. La vingtaine, à mon avis.

Patrick-quelque-chose, ou un nom comme ça. Celui qui s'occupe du courrier.

La manière dont il regardait Krystina ne me plaisait pas du tout.

Fais bien gaffe à là où tu poses les yeux, mon pote.

Il leva les yeux et remarquait que je le regardais. Il détourna rapidement son attention dans un coin de l'ascenseur.

C'est bien. Elle est à moi.

Les portes s'ouvrirent à nouveau, et il sortit.

- La jalousie ne te va pas très bien, Alex, fit remarquer Krystina après la fermeture des portes.

- Quoi ?

- J'ai vu la façon dont tu as regardé ce pauvre gars. Je suis sûre que c'était innocent de sa part. Sérieusement, je suis la nouvelle ! Les gens vont fixer leur attention sur moi pendant un moment. Jusqu'à ce qu'ils me connaissent mieux. C'est normal !

Je la fixais, complètement impressionné du fait qu'elle soit belle, mais qu'elle ne s'en rende pas compte. L'ascenseur sonnait à nouveau, annonçant cette fois que nous avions atteint le trente-septième étage. Les portes s'ouvraient en glissant pour révéler un long couloir de bureaux. L'odeur de la moquette neuve et de la peinture fraîche nous assaillirent. Je me pinçais le nez tout en me demandant combien de temps ces odeurs allaient rester comme ça dans l'air ambiant.

- Nous y voilà, mon ange ! Turning Stone Advertising, annonçai-je.

- Tu n'devrais pas m'appeler comme ça quand on est ici, chuchota-t-elle.

- C'est bon pour l'instant. Il n'y a personne ici pour le moment. J'ai demandé au personnel de régler les derniers détails dans les anciens bureaux, ce matin. Ton équipe te rejoindra après le déjeuner. J'ai pensé que tu voudrais être seule ce matin pour t'acclimater.

Nous avancions dans le couloir principal et je lui indiquais les différents bureaux que les autres employés allaient utiliser. Je la conduisais dans une des grandes pièces pouvant être utilisée à la fois pour les réunions avec les clients et pour la planification stratégique.

- Waow, Alex ! Je ne pouvais pas demander de meilleure disposition de cet espace, déclara-t-elle en faisant le tour de la longue table de conférence ovale et en se dirigeant vers les grandes fenêtres du fond de la pièce. La lumière d'ici est tout simplement fan-tas-tique !

- Oui, c'est vrai. Mais mon architecte pense différemment. Elle dit que tu pourrais être gênée par le soleil en fin d'après-midi. Elle a donc fait installer un store automatique pour que la lumière n'interfère pas avec les écrans plats et le tableau blanc. Tu voudras peut-être explorer cette pièce de manière plus intensive plus tard. Il y a pas mal de matériel à ta disposition. Ses yeux étaient écarquillés lorsqu'elle pénétrait dans le reste de la pièce.

- En effet, c'est c'que je peux voir, murmura-t-elle alors que son regard se fixait sur la chaîne stéréo, le système audio et les systèmes d'enregistrement de pointe qu'elle pourra utiliser pour les publicités à la radio.

- Suis-moi par là. Il y a d'autres choses à voir, lui dis-je, anxieux de voir l'espace conçu spécialement pour elle.

Nous marchions jusqu'au bout du couloir, où les portes en verre double de la largeur du bureau principal de Krystina nous faisaient face. Le nom de Turning Stone Advertising avait été gravée sur du verre dépoli dans une grande police noire tourbillonnante, avec son nom imprimé juste en dessous.

Turning Stone Advertising
Krystina Cole
Directrice Générale

- J'aime bien, commenta-t-elle. Attends. C'est écrit « Directrice Générale ».

- Oui. C'est bien ça, couinai-je en poussant les portes vitrées. Bienvenue dans votre nouveau bureau, Mademoiselle Cole !

14

Krystina

J'essayais de comprendre pourquoi il voulait que je sois nommée Directrice Générale, mais j'avais le souffle coupé. Le bureau - mon bureau - correspondait à bien plus que je ne l'aurais imaginé. Dire qu'il était superbe n'était qu'un euphémisme. J'étais sans voix, incapable de prononcer un mot, alors que je m'installais dans cet espace magnifique. La pièce était large, s'étendant sur toute la longueur du bâtiment, avec ma propre pièce de rangement privée. Des fenêtres allant du sol au plafond faisaient office de murs côtés nord et sud. Des fauteuils cossus étaient disposés autour d'une table vitrée pour former un coin salon à ma droite. Un mini-bar, qui comprenait une machine à café élaborée, se trouvait à ma gauche. Le fait qu'il se soit souvenu de mon penchant pour la caféine me fit sourire. Un bureau en bois poli était posé au centre du mur du côté ouest, et cet espace était fait d'un mélange éclectique de bois durs antiques récupérés qui rendait tout simplement très bien. Cependant, malgré toute la beauté de cet environnement, je ne pouvais pas détacher mes yeux de l'œuvre d'art qui se trouvait derrière. C'était une peinture murale d'un lys blanc sur un fond noir et gris. Elle s'étendait sur toute la longueur du mur. Les couleurs tourbillonnaient ensemble en un motif descendant, créant un effet de cascade avec le lys comme élément principal. Au-dessus du lys, une citation était inscrite.

Il y a quelque chose qui nous pousse à montrer nos âmes intérieures. Plus nous sommes courageux, plus nous parvenons à expliquer ce que nous savons.
Maya Angelou

Cette citation était l'une de mes préférées.

- Tu aimes ? demanda Alexander.

Il avait l'air nerveux.

- Si j'aime ? Alex, je... je m'étais laissée distancer, incapable de trouver le mot juste pour décrire ce que je pensais. Tout est parfait.

- Avec toutes les citations encadrées que tu as dans ta chambre, je m'étais dit qu'une citation de Maya Angelou était une valeur sûre. J'ai choisi celle qui me semblait la plus appropriée.

Je le regardais un peu plus en réalisant que je ne lui avais pas accordé assez de crédit. L'attention qu'il avait porté à la façon dont le bureau était conçu - et tout le reste - pour refléter ma personnalité montraient à quel point il me connaissait. Soudain submergée par l'émotion, je me mis à cligner des yeux alors que des larmes brûlantes commençaient à se former.

- Je n'aurais pas pu choisir de meilleure citation moi-même. Vraiment, Alex. Tout est incomparable, lui dis-je sincèrement.

- Je voulais juste que tu sois heureuse et à l'aise ici, mon ange. Je sais que tu appréhendais de prendre ce travail.

- Eh bien, tu as fait un super bon travail, parce que tu m'as convaincue que c'était la bonne décision, admis-je en riant.

- Bon, tant mieux. Parce qu'il y a encore une chose. J'ai apporté quelques modifications au contrat que je t'avais présenté au départ. Je pense que tu trouveras ces ajustements en ta faveur. Je te l'ai laissé dans le tiroir du haut de ton bureau. Prends ton temps pour bien le lire, m'informa-t-il.

Puis il embrassa le dessus de ma tête et se dirigea vers la porte.

- Attends, t'en vas déjà ? Tu ne veux pas refaire le tour avec moi ?

- Je dois y aller. J'ai un rendez-vous. Si tu as besoin de quelque chose ou si tu as des questions à ce sujet, tu pourras me trouver dans mon bureau.

- Oh ! D'accord, dis-je distraitement en essayant encore de comprendre mon environnement.

Après son départ, j'étudiais mon bureau de plus près, voulant en absorber chaque détail. Je me souris à moi-même en voulant crier de joie. Je me dirigeais derrière mon nouveau bureau pour y prendre place. Alors que je sortais le contrat révisé, les mots d'Allyson résonnaient dans ma tête.

Tu avais bien raison, Ally.

Les choses se passent nettement mieux que ce que je pensais.

Alexander

JE M'ASSEYAIS à mon bureau pour étudier de plus près les factures de la prochaine collecte de fonds. Je me pinçais l'arête du nez tout en regardant l'heure. J'avais encore beaucoup de choses à préparer avant demain.

J'n'ai pas l'temps d'm'occuper d'tout ça maint'nant.

D'habitude, j'aurais confié ce genre de tâche à Bryan.

Cependant, Justine avait été catégorique : on passe tout en revue. Ensemble.

Je devrais être avec Krystina en ce moment.

J'étais impatient de voir comment elle allait réagir à ma nouvelle offre. Le contrat que je lui avais laissé n'était pas un contrat de travail, mais un transfert de propriété. Je ne voulais pas que sa stabilité financière pèse sur notre relation. Turning Stone lui appartiendrait dès qu'elle aura signé sur la ligne en pointillés. Le téléphone de mon bureau se mit à sonner.

- Monsieur Stone, Mme Andrews est ici ; elle souhaite vous voir, m'informa Laura par l'intermédiaire du speaker.

- Faites-la entrer, s'il vous plaît.

Comme d'habitude, Justine entra dans mon bureau comme un tourbillon.

- Alex, j'ai l'impression que ma tête tourne. La collecte de fonds est dans moins d'une semaine et je manque de temps. Je dois te voler Laura pendant quelques jours.

- Ça, Justine, c'est pas possible. J'ai un gros contrat à conclure demain avec Canterwell, et j'ai vraiment besoin d'elle en ce moment. Tu vas devoir t'occuper de ça toi-même, lui dis-je fermement.

Je savais que Justine en était parfaitement capable, mais elle manquait parfois de confiance en elle.

- Bien. On fait comme ça. Mais si quelque chose n'est pas bien fait, ne me blâmes pas, me déclara-t-elle avec pétulance.

- Je déteste quand tu fais la moue, lui dis-je en fronçant les sourcils.

- J'ai aussi peur que Charlie se pointe. Je ne sais pas pourquoi, mais je me suis mis ça en tête.

Inspirant profondément, j'essayais de ne pas perdre patience face à son obsession de voir son ex-mari se pointer à l'improviste. À mes yeux, elle était paranoïaque.

- Allez, détends-toi ! T'inquiète pas pour Charlie. Je me suis occupé de lui. Les choses vont s'arranger. Je viens de voir les factures. Tu as fait un travail fantastique. Ce sera la collecte de fonds la plus rentable que la Fondation Stoneworks n'ait jamais organisée !

- Les chiffres ne me dérangent pas, mais j'aurais aimé pouvoir réduire certains coûts. J'espère que la vente aux enchères compensera. C'est ce que je voulais que l'on voit ensemble. Je me disais que tu verrais peut-être une opportunité que j'ai manquée.

- Eh bien, il y a...

La porte de mon bureau s'ouvrit brutalement. Krystina avait le visage rouge et tenait le contrat que j'avais laissé dans son bureau.

- T'as perdu la tête ou quoi ?

Laura était dans son sillage.

- Monsieur Stone. Je suis vraiment désolée. Elle ne voulait pas m'écouter, bafouilla-t-elle.

Je n'avais jamais vu mon assistante aussi troublée. Je souris en mon for intérieur.

Bienvenue dans mon monde !

- C'est bon, Laura. Je vais m'en occuper, lui assurai-je avant de m'adresser à Krystina : Krystina, assieds-toi.

- Je ne m'assiérai pas, Alex ! Il faut que tu m'expliques ça ! cria-t-elle en agitant la poignée de papiers avec colère.

- Krystina, assieds-toi, lui répétai-je plus fermement. Je fis signe à Justine. J'aimerais te présenter ma sœur, Justine Andrews.

- Ta sœur ? Oh ! Le visage rouge de Krystina devint dix fois plus rouge quand elle remarqua que Justine était là. Elle secoua la tête en essayant de se ressaisir. Oh mon Dieu ! Je suis désolée. Tu dois penser que je suis folle. Je suis Krystina Cole. Ravie de te rencontrer.

Krystina s'approcha de Justine et lui tendit la main. Justine avait les yeux écarquillés mais elle accepta la poignée de main. Elle donnait l'impression d'avoir été assommée par le silence.

Elle était probablement choquée que j'ai laissé une telle scène se produire. Jusqu'à maintenant, personne n'était venu dans mon bureau sans prévenir, encore moins en criant et en hurlant. Justine le savait mieux que quiconque. En regardant ces deux femmes, je me disais qu'elles étaient parmi les personnes les plus exaspérantes que j'avais jamais rencontrées. Je réfléchissais à la façon dont je devais les traiter en étant dans la même pièce. Me penchant en avant, je posais mes coudes sur le bureau.

- Krystina prend la tête de la division Turning Stone de Stone Enterprise. Et aujourd'hui, c'est son premier jour, informai-je Justine. Elle ne connaît pas encore le protocole.

- Oui, à ce sujet, commença Krystina, mais je ne la laissais pas finir.

- Justine et moi étions en réunion. Nous avons passé en revue certains chiffres du gala de charité de ce vendredi. Puisque tu seras ma cavalière, tu aimerais peut-être participer à notre discussion.

- Ta cavalière ? s'étouffa Justine qui avait enfin retrouvé sa voix.

- Oui. J'ai parlé à Krystina de ton idée du Moulin Rouge. Elle pense qu'elle est très bonne.

- Vraiment ? demanda Krystina, visiblement abasourdie.

Je lui souriais innocemment.

- Oui, c'est vrai. Tu le penses. En fait, nous irons faire du shopping mercredi pour trouver une tenue adéquate. Tu nous suggères de porter quoi, Justine ? demandai-je en me tournant vers l'autre femme incorrigible de ma vie.

- Oh, euh... son regard se déplaçait entre Krystina et moi. Les femmes seront en robe de cabaret, les hommes en queue de pie et en haut de forme. Il y a un super magasin à la 25ème rue ouest. Ils ont une excellente sélection de vêtements de style vintage pour cette occasion.

- C'est réglé alors. C'est là qu'on ira, annonçai-je.

Les yeux de Krystina lançaient des poignards, et ils étaient dirigés droit sur moi. Elle était en ébullition, mais je pouvais dire qu'elle essayait de garder son calme devant Justine. Pour une raison étrange, je trouvais la situation extrêmement amusante.

- Ça m'a tout l'air parfait, dit Krystina, la voix chargée de sarcasme. Je vais donc y aller et vous laisser finir tous les deux. C'est bientôt l'heure du déjeuner, et je pense que ceux qui travaillent chez Turning Stone ne vont pas tarder, et j'aimerais être là pour les accueillir.

On aurait dit qu'elle voulait taper les pieds sur le sol. Je dus me mordre la joue pour contenir mon sourire alors que je la regardais sortir de la pièce en traînant. Une fois qu'elle fut partie, Justine se tourna face à moi.

- C'est quoi, son problème ?

- Oh ?! Rien du tout.

- Alex, je te connais trop bien. Et ça, c'n'était pas rien. Et elle non plus, elle n'était pas rien.

Je soupirais en me penchant sur ma chaise. Puis, déjà épuisé par la conversation, je me frottais les mains sur le visage. Ma relation avec Krystina était une affaire personnelle. Justine n'avait pas besoin d'en connaître les détails.

- C'est compliqué. Je préfère ne pas entrer dans les détails.

Justine me regardait suspicieusement pendant un moment, puis ses yeux devinrent aussi larges que des soucoupes.

- Oh mon Dieu ! Tu sors avec elle ? 'fin j'veux dire, tu sors *vraiment* avec elle ?

- Et si c'était l'cas ?

- Pour commencer, tu ne sors jamais avec personne. Deuxièmement, c'est une employée. Depuis quand tu mélanges le travail et le plaisir ?

- Ça, c'est pas ton problème, lui dis-je fermement sans prendre la peine de mentionner que le statut de Krystina en tant qu'employée changerait dès la signature de son nouveau contrat.

Techniquement, elle ne travaillera plus pour moi, mais pour elle-même. Justine croisa les jambes et me regardait d'un air pointu, mais ma détermination à préserver ma vie privée était inébranlable et je lui rendis son regard. Elle détourna les yeux et se mit à gratter une écaille dans le vernis à ongles d'un de ses doigts.

- Elle n'a pas l'air d'être ton type de fille, me dit-elle.

- Je n'avais pas réalisé que cette fille avait un certain type, lui répondis-je sèchement, mais elle ignora mon commentaire.

- Je n'pense pas que l'amener au gala soit une bonne idée, Alex. Il y aura Suzanne.

- Mais tu peux pas arrêter, avec ça ? !

Je jetais les mains en l'air, étant enfin parvenu à la source de ce que Justine voulait me dire. J'étais furieux qu'elle mette Suzanne au centre de cette histoire.

- Enfin, Alex ! Ne sois pas insensible ! Tu sais qu'elle va être terrassée de te voir avec quelqu'un d'autre !

Je secouais la tête et inspirais longuement.

- Moi, j'y peux rien. Et tu le sais aussi bien que moi. J'ai toujours considéré Suzanne comme une amie. Rien de plus. Dès que j'ai su qu'elle avait autre chose en tête, j'ai cessé de lui demander de m'accompagner lors de certaines occasions. Je sais que tu lui es fidèle, mais je n'ai jamais pu lui donner ce qu'elle voulait.

- C'est vrai. Et ça, tu me l'as déjà dit, commenta-t-elle en souriant. Tu lui aurais même dit quelque chose sur le fait de ne pas être du genre à sortir avec quelqu'un.

- C'est exact, lui dis-je prudemment.

- Suzanne en sait beaucoup sur notre passé, Alex.

J'étais sur le point de lui dire que j'avais déjà presque tout dit à Krystina, et que c'était surtout grâce à elle-même et à sa grande bouche que Krystina avait été alertée sur notre passé dans un premier temps. Je stoppais net en voyant l'expression d'inquiétude sur son visage : elle avait tout raconté à Suzanne. Je le savais.

Que savait Suzanne, plus précisément ?

- T'es en train de me dire quoi, là ?

- Je dis que tu joues avec le feu, Alex. Tu viendras pas m'dire que j't'ai pas prévenu.

15

Alexander

Qu'est-ce qu'il fait chaud, sous ce soleil. Il fera encore bien plus chaud, à l'intérieur de ma maison. Je n'veux pas entrer. Il se met en colère quand il a trop chaud.

Je regarde mon vélo couché dans l'herbe cramée par le soleil. Je devrais le ramasser, pour ne pas me faire crier dessus. Maman dit que c'est grand-mère qui m'avait acheté ce vélo et que je devrais mieux en prendre soin.

Mais là, je transpire bien trop. Je l'rangerai plus tard. Je rentre dans l'immeuble et me pince le nez. Ça sent toujours l'odeur des toilettes, dans ce couloir. Je dois retrouver ma porte, parce que je sais que ça ne sent pas trop une fois qu'on est à l'intérieur.

J'entends crier. C'est lui ?

Non. C'est la folle au bout du couloir.

Mon sac à dos est si lourd. J'ai hâte de le poser.

Mais pas sur le sol. Il va se fâcher s'il trébuche dessus.

Je regarde les numéros des portes que je passe. Dix. Onze. Douze. Trois. Il lui manque le « un ». Je pense qu'il est censé indiquer le chiffre treize.

J'y suis presque.

J'arrive à la porte sur laquelle il y a le chiffre quinze et je place ma main sur le bouton.

JE ME REDRESSAIS d'un coup au son du réveil résonnant dans mes oreilles. Je tendais la main vers la table de nuit pour le faire taire, puis me secouais la tête pour tenter de faire disparaître les images de la nuit. Et les odeurs, aussi.

C'est quoi, c'merdier ?

Mais au moins, j'étais content que l'alarme m'ait réveillé, évitant ainsi que le rêve n'aille plus loin.

La dernière chose dont j'ai besoin, c'est de commencer la journée en analysant cette merde.

J'avais le cerveau dans le brouillard. J'avais besoin de Krystina. Je m'asseyais dans mon lit et essayais de me souvenir de quel jour on était.

Mercredi.

Cela me rappelait que je n'avais pas parlé à Krystina depuis lundi. J'étais en partie responsable de cela, car l'accord Canterwell avait pris plus de subtilité que je ne l'avais prévu. Ce qui aurait dû se faire d'un simple geste s'était finalement transformé en un dîner et un verre avec George Canterwell à propos d'une autre vente éventuelle d'une propriété.

Et ce connard avide ne voulait toujours pas bouger sur le prix.

Tout en repensant à ces deux derniers jours, je me frottais les mains sur la barbe de mon visage. Malgré mon emploi du temps chargé, j'avais pourtant pu appeler et envoyer des SMS à Krystina à plusieurs reprises, mais soit je ne recevais qu'une brève réponse de sa part, soit j'étais ignoré. J'avais même essayé de m'arrêter à son étage, mais je l'y ai trouvée occupée à des réunions à huis clos avec les autres employés de Turning Stone. Je savais qu'elle me repoussait et je soupçonnais que c'était parce qu'elle était encore contrariée par ma proposition. Je pensais qu'elle accepterait, mais je ne m'attendais pas à ce qu'elle soit en colère comme elle l'était en ce moment. Lui transférer la propriété de Turning Stone était censé la mettre plus à l'aise. Je ne voulais pas que son statut d'employée nous domine et risque d'entraver notre relation. Je comprenais la signification de l'instabilité financière. Je ne voulais pas qu'elle s'inquiète d'avoir ce stress. Lui donner Turning Stone n'était qu'une goutte d'eau dans la mer, malgré les arguments de Stephen et de Bryan. C'était une partie de mes affaires pour laquelle j'avais peu de temps à consacrer, de toute façon. Je m'étais toujours concentré sur l'immobilier, et je le ferai toujours.

Bon maint'nant, ça suffit. Elle peut pas continuer comme ça.

Dans ma frustration, je balançais les couvertures et sortais du lit.

J'ai besoin d'un bon entraînement et d'une douche.

Après une bonne demi-heure de cardio, je pris une douche rapide et m'habillais pour la journée qui s'annonçait. En nouant ma cravate, mon regard se posait sur la rangée de vêtements que j'avais achetés pour Krystina. Ils occupaient un rayon entier de mon dressing, lumineux et colorés, contrastant vraiment avec mes costumes ordinaires que je portais tous les jours. Le placard était à elle autant qu'à moi.

Sa place est ici. Fréquemment.

Je jouais avec l'idée de la convaincre d'emménager avec moi alors que je récupérais mon portable dans la commode, et me dirigeais vers la cuisine.

Chaque chose en son temps, Stone.

J'ouvrais le réfrigérateur et étais heureux de voir que Viviane était récemment allée faire des courses. Des fruits frais avaient été coupés et placés dans des récipients hermétiques. Ma femme de ménage était une perle. Je m'asseyais sur un des tabourets du bar de la cuisine et commençais à parcourir les e-mails sur mon téléphone pendant que je mangeais un mélange de melon coupé et de fruits. En repérant un dé la part de Krystina, je l'ouvrais en premier.

À : Alexander Stone
DE : Krystina Cole
OBJET : Ton offre

Alexander,
Après mûre réflexion, j'ai décidé d'accepter ta proposition. Toutefois, quelques modifications devaient être apportées au plan que tu m'as présenté. Je t'ai joint une version modifiée du rachat. Si tu es d'accord, j'aimerais qu'on en discute officiellement cet après-midi. Fais-moi juste savoir à quelle heure cela te convient le mieux.

Krystina

Un rachat ?
Le contrat n'était pas un rachat. Je lui donnais tout simplement l'entreprise. Curieux, je cliquais sur la pièce jointe pour la lire. Son projet n'était plus un transfert de propriété, mais un rachat d'entreprise similaire à une location-vente. Elle avait fait des recherches sur la juste valeur marchande d'une entreprise de la taille de Turning Stone et avait renégocié son salaire pour qu'il soit considérablement inférieur. La différence de son salaire ainsi qu'une partie des bénéfices de Turning Stone seraient versés à Stone Enterprise sous forme de paiements mensuels avec une date d'échéance. Me rasseyant sur ma chaise, j'étais stupéfait de voir à quel point elle jouait bien son jeu. Son idée avait du sens, et je n'arrivais pas à croire que je n'y avais pas pensé moi-même. J'aurais dû savoir que Krystina n'accepterait pas une entreprise entière gratuitement, mais qu'elle s'efforcerait plutôt de l'obtenir par ses propres moyens.

Mademoiselle Cole, vous ne cesserez jamais de m'émerveiller.

Son plan révisé permettrait certainement d'empêcher Stephen et Bryan de se dérober à tant de choses. Je leur avais envoyé son e-mail et leur avais demandé de se rencontrer dans mon bureau pour discuter de la nouvelle proposition à trois heures. Puis je tapais ensuite une réponse rapide à Krystina pour lui faire savoir à quelle heure nous rencontrer et lui rappeler notre rendez-vous pour aller faire du shopping un peu plus tard, après notre journée de travail. Appuyant sur « Envoyer », je souriais intérieurement parce que je savais que j'allai passer une journée très intéressante.

***

Krystina

J'ÉTAIS ASSISE derrière mon ordinateur avec une tasse de café fumante. Je la sirotais lentement, en attendant de sentir la poussée de caféine dans mes veines pendant que je passais en revue mon calendrier de rendez-vous et ma liste de choses à faire pour la journée. Mes deux premiers jours de travail avaient été longs et fatigants. Je commençais à comprendre pourquoi Alexander voulait que quelqu'un prenne en charge la publicité de Turning Stone. Même si cette entreprise était rentable, il était évident qu'elle n'était pas sa principale activité. Entre le fait d'apprendre à connaître les employés quelque peu réticents à évoluer et le tri des opportunités de campagnes publicitaires existantes et à venir, j'avais rapidement compris que j'avais du pain sur la planche. Les employés, même s'ils étaient créatifs et compétents, avaient besoin d'être conseillés de manière plus formelle en termes d'évolution de carrière. Ce seul fait m'intimidait. Je savais que je pouvais gérer les aspects du travail, mais il y avait une grande différence entre être un patron et un leader. Et comme je n'avais jamais mis à l'épreuve mes compétences en matière de leadership, je ne pouvais qu'espérer être à la hauteur de ce défi. Je sortis de mon calendrier et ouvris ma boîte de réception. La première chose que vis était un e-mail d'Alexander en réponse à celui que j'avais envoyé le matin même.

Quelle rapidité !

Des papillons nerveux dansèrent dans mon estomac. Je ne savais pas comment il avait réagi à mon offre, mais sa réponse était arrivée remarquablement vite. Hésitant un instant, je finis par cliquer sur l'e-mail.

DE : Alexander Stone
À : Krystina Cole
OBJE T: Re : Ton offre

Heureux que tu aies enfin décidé de rompre le silence. Et moi qui pensais devoir passer te chercher à genoux… mais peut-être que c'est ce que je vais faire, car rien que le fait d'y penser me motive à le faire. Vous êtes restée loin de moi pendant trop longtemps, Mademoiselle Cole.
J'ai mis en place une réunion avec mon comptable et mon avocat. Passe dans mon bureau à 15 heures aujourd'hui pour que l'on puisse discuter un peu plus de ta proposition avec eux. Je ne pense pas que cela prendra beaucoup de temps. On devrait avoir largement le temps de mettre ce projet en œuvre, puis on partira acheter nos costumes pour ce soir.

Alexander Stone
Directeur Général, Stone Enterprise

La lecture de cet e-mail me fit froncer des sourcils : je ne parvenais pas à savoir qu'en penser. Il ne me disait pas clairement qu'il acceptait mon offre. De mon côté, j'avais longuement réfléchi à sa proposition, et c'était la raison pour laquelle je l'avais évité pendant deux jours. J'avais besoin de réfléchir par moi-même, sans l'interférence de ses yeux bleu saphir intensément déterminés. J'en avais finalement conclu que prendre Turning Stone de manière gratuite était tout simplement quelque chose que je ne pouvais pas faire. J'étais parfaitement d'accord pour gérer l'entreprise ou explorer les possibilités de partenariat dans le futur, mais je ne pouvais pas accepter un tel don dans la mesure où je ne le méritais pas. Il n'y avait aucune fierté à cela. J'accordais beaucoup trop d'importance aux récompenses qui découlaient d'un travail acharné. Je relisais son e-mail à la recherche d'une sorte d'indice sur la direction qu'il allait prendre. Il m'indiquait que nous allions rencontrer son comptable et son avocat, ce qui pourrait signifier qu'il envisageait de réviser l'accord. C'était bon signe. Cependant, je connaissais Alexander. Il était tout sauf prévisible. J'avais besoin d'être préparée. Je levais les yeux en entendant frapper à la porte de mon bureau.

- Entrez, dis-je.

Clive, le coordinateur marketing de Turning Stone, entra.

- Bonjour, Mademoiselle Cole.

Je secouais la tête face à la façon dont il s'était adressé à moi : une façon trop formelle, à mon goût. Lui et les autres employés de Turning Stone étaient habitués à la façon de faire d'Alexander. Je voulais qu'ils soient plus détendus avec moi, car je pensais que le totalitarisme qui les dominait ne ferait qu'étouffer leur créativité.

- Clive, je te l'ai déjà dit : tu n'as pas besoin d'être aussi formel avec moi. Krys me convient, tout comme le tutoiement, dis-je en affichant un grand sourire.

Il me fit un sourire penaud.

- Désolé, mes vieilles habitudes ont la vie dure. J'essaierai de m'en souvenir.

Je lui rendis son sourire, en espérant le mettre plus à l'aise.

- Ne t'en fais pas. Alors, qu'as-tu pour moi ? lui demandai-je, en regardant son attaché-case rempli de dossiers.

- Des dessins de panneaux publicitaires pour Wally's. Carol et moi venons de terminer la mise en page. Si tu as une minute, j'aimerais les revoir avec toi.

- Bien sûr. Voyons voir tout ça... dis-je en me levant pour me rendre à la petite table de réunion située dans le coin de mon bureau.

Clive faisait glisser six affiches différentes de l'étui et les étalait sur la table. Les dessins étaient élégants et raffinés, affichant clairement la diversité de la ville tout en utilisant des phrases accrocheuses soulignant les normes de qualité des produits de l'enseigne. Cependant, je ne pouvais m'empêcher de penser qu'il leur manquait l'essence de ce qu'était vraiment Wally's.

- Qu'en penses-tu ? me demanda-t-il.

- Dans l'ensemble, je pense que Carol et toi avez fait du très bon travail.

- Je sens un « mais » là-dedans, remarqua-t-il avec une pointe de découragement.

- En fait, j'ai une suggestion à faire. Wally's est une entreprise familiale et un élément de base dans de nombreuses communautés. Je pense que nous pourrions utiliser cela à notre avantage avec quelques changements, qui me semblent assez subtils.

Je faisais ensuite part à Clive de mes réflexions sur ce qu'il fallait faire, en partageant avec lui mes connaissances de première main sur l'entreprise. Au début, il semblait sceptique, mais il m'écoutait attentivement. Quant à moi, je l'observais tout en lui parlant, ne voulant pas qu'il pense que je mettais sa créativité de côté ; je voulais tout simplement explorer la possibilité de capter un public en plus. Quand son expression passa du doute à l'enthousiasme, je savais que j'avais réussi.

- Merci pour l'info ! Elle me sera bien utile, s'exclama-t-il. Je vais tout de suite en discuter avec Carol. Il faut sortir des sentiers battus sur c'coup-là !

Je souriais à tant d'enthousiasme au sujet de la campagne de Wally's. Ça devait être contagieux.

- Tout à fait ! Gardez bien à l'esprit que Wally's essaie de se rétablir après avoir connu des moments difficiles. Je suggère que nous nous en tenions à des activités à long terme, en leur faisant régulièrement de la publicité dans lesquelles on incorpore des idées nouvelles au fil du temps, afin de voir comment les choses évolueraient en suivant cette stratégie.

- Je pense qu'il faudrait que l'on fasse appel à chaque communauté, mais de manière séparée, enchaîna-t-il.

- Tout à fait d'accord. Les communautés sont les meilleures cibles à atteindre pour commencer. Penses-tu pouvoir obtenir de nouvelles affiches d'ici vendredi ? J'ai une réunion prévue avec Walter Roberts et j'aimerais lui montrer ce que Turning Stone a mis au point.

- Cela me paraît compliqué, parce que nous sommes un peu en retard, mais je peux remanier certaines choses pour que ce soit le cas.

Sa réponse ne me plut pas, car j'avais déjà pensé à la charge de travail du personnel le matin même de mon arrivée en taxi. J'étais surtout préoccupée par les clients qui attendaient encore des exemples d'affiches de notre part.

- Clive ? Penses-tu qu'on pourrait engager des intérimaires pour aider à rattraper ce retard ?

Je voyais le soulagement s'affaisser dans ses épaules à ma question.

- En effet, ça nous serait bien utile, Mademoiselle Cole.

Je levais les sourcils en le regardant.

- Mademoiselle Cole ?

- Désolé. Ça nous serait bien utile, en effet, Krys, rétorqua-t-il en souriant.

- Merci, dis-je en riant. Laisse-moi voir ce que je peux faire pour notre problème de personnel. Peut-être que Monsieur Stone travaille déjà avec une agence d'intérim. Quoi qu'il en soit, quand on commencera à examiner les candidatures, j'aimerais avoir ton avis sur celles que nous retiendrons.

Clive, qui avait commencé à ranger les dessins des affiches, stoppa net dans son élan et me regarda avec surprise.

- Tu voudras mon avis ? C'est ça ?

- Oui. En effet. Tu es le coordinateur marketing principal. Pourquoi je n'apprécierais pas ta contribution ?

- Eh bien... j'ai juste... il s'éloigna, et sembla chercher les bons mots. Quand nous avons appris que Monsieur Stone allait recruter quelqu'un pour reprendre Turning Stone, nous avons tous pensé que tu serais une je-sais-tout de New York. Ce sentiment s'est renforcé quand on a vu comment il a fait pour rénover tout l'étage. Mais je dois dire que je suis heureux de voir que tu viens de me prouver exactement le contraire. Je pense que je vais prendre plaisir à travailler pour toi.

- Je suis très heureuse d'être ici, lui avouai-je sincèrement.

En souriant, je sortais de la pièce relativement satisfaite de la façon dont se présentait ma troisième journée à Turning Stone. J'espérais que ma réunion avec Alexander se déroulerait aussi bien.

16

Alexander

Jetant un œil sur l'horloge fixée sur le mur de la pièce, je constatais qu'il était presque trois heures. Krystina allait arriver d'une minute à l'autre. Stephen et Bryan étaient assis dans mon bureau, tous deux en train de discuter de ce que je devrais et ne devrais pas faire au sujet de son offre.

- J'aime sa ténacité, Alex. Elle aurait pu prendre l'entreprise en toute liberté, mais elle a décidé de la mériter, à la place. Je pense que sa proposition est intelligente et bien pensée, déclara Stephen.

- C'est pourquoi tu es l'avocat, et moi le comptable, lui rappela Bryan en riant. Tu ne regardes pas les chiffres. Oui, elle offre une valeur marchande qui est juste, mais je regarde la perte de revenus potentiels à long terme.

Je secouais la tête en regardant Bryan.

- Bryan, je ne m'inquiète pas de la perte à long terme, répétai-je. Turning Stone est une entreprise conçue pour aider les entreprises qui ont des contrats de location avec moi, rien de plus. Ce n'est pas un plan pour s'enrichir. Je pense que tu as assez parlé de la perte.

- Et si elle manque à ses obligations de paiement ? insista Bryan.

- Elle ne le fera pas. Et si elle le fait, Stephen a inclus une clause de privilège juste pour t'apaiser, répliquai-je. Si les paiements ne sont pas effectués, l'entreprise se retrouvera en défaut de paiement envers Stone Enterprise. Cependant, je doute fortement qu'on en arrive là. J'ai confiance en ses capacités. En fait, je pense même qu'elle réussira à faire de Turning Stone une entreprise très lucrative.

- C'est une raison de plus pour ne pas la vendre, murmura Bryan.

Le téléphone de mon bureau sonna. C'était Laura.

- Monsieur Stone. Mademoiselle Cole est ici, annonça-t-elle d'un ton un peu crispé.

Je souris intérieurement en imaginant la scène qui aurait pu se passer en dehors de mon bureau. Après la façon dont Krystina avait fait irruption ici lundi dernier, j'étais presque certain que Laura envisageait de déplacer des meubles pour empêcher Krystina d'entrer sans autorisation. Je devais m'abstenir de rire à cette idée tout en me penchant en avant pour appuyer sur le bouton de l'appareil.

- Faites-la entrer, s'il vous plaît, dis-je dans le haut-parleur.

Quand Krystina entra, ses yeux brun brillant se fixèrent sur les miens. Elle avait l'air déterminée, mais méfiante alors qu'elle se déplaçait pour prendre place entre Bryan et Stephen.

- Bonjour. Je suis Krystina Cole, déclara-t-elle sur un ton poli.

Elle tendait la main à chacun d'entre eux et ils se présentèrent l'un après l'autre. Pendant ce temps, je ne pouvais m'empêcher d'admirer son apparence. Elle portait un tailleur bleu marine dont la veste soulignait la courbe de sa taille et de ses seins de la manière la plus délicieuse. D'ailleurs, c'était le même tailleur qu'elle portait lorsqu'elle était venue à mon bureau pour la première fois. Et quand je vis le collier du triskelion que je lui avais acheté, serré autour de son cou, ma bite s'anima instantanément.

Oui, en effet, Mademoiselle Cole. J'ai été loin de vous pendant bien trop longtemps.

Je regardais Bryan et Stephen. Ils l'évaluaient tous deux avec soin. Je m'attendais à ce qu'il en soit ainsi, mais j'avais prévu de les observer, pour l'instant. Ils avaient besoin d'une minute pour faire connaissance avec la femme à qui j'avais failli céder un morceau de mon entreprise.

- Nous discutions justement de votre projet de rachat de Turning Stone, lui indiqua Stephen. Il semblerait que vous ayez fait des recherches.

- Alexander a mis beaucoup sur la table. J'ai senti qu'il était important de savoir dans quoi je m'engageais, répondit-elle tout en me regardant d'une manière très subtile.

Je ne pouvais m'empêcher de penser qu'il y avait un double sens derrière ses paroles.

- Oui, et je ne pouvais pas être plus d'accord avec son idée, leur dis-je à tous les trois. C'est la meilleure solution pour toutes les parties concernées.

- Alors... tu es ouvert à cette idée ? demanda Krystina.

Ses yeux s'illuminèrent.

- Bien sûr que je le suis. J'admets que je n'y avais pas songé avant que tu la présentes, mais c'est parfaitement logique. Je comprends pourquoi tu n'as pas accepté la compagnie d'emblée.

- Je suis curieux, Krystina, interrogea Bryan. J'étais fortement opposé à l'offre initiale, mais elle vous est pourtant extrêmement bénéfique. Pourquoi avoir décidé de ne pas l'accepter ?

Le ton de Bryan était sarcastique, et contrastait fortement avec l'attitude cordiale de Stephen. Mais Bryan était différent de Stephen, surtout quand il s'agissait d'argent. Il la mettait à l'épreuve, et cela m'énervait. Cependant, juste au moment où j'allais le lui dire, Krystina prit la parole. Son ton était léger, mais ses yeux étaient d'une détermination farouche.

- Écoutez, messieurs. On ne se connaît pas, commença-t-elle en regardant entre eux. Je comprends vos hésitations et vos soupçons par rapport à moi.

- C'est notre travail, de protéger les aspects juridiques et financiers de Stone Enterprise, déclara Bryan sans ambages. C'est pour cela que nous sommes payés.

- Hé, Bryan. Détends-toi. Écoute-la, vieux radin, plaisanta Stephen.

Bryan s'assit sur sa chaise, plia les bras et regarda Krystina d'un air piquant.

- Désolé, mais je ne peux pas m'empêcher de penser que l'intérêt personnel d'Alex envers toi obscurcit son jugement.

- Je pense exactement la même chose, commenta Stephen avec désinvolture.

- Assez ! lâchai-je. Aucun de vous ne devrait s'intéresser à ma vie personnelle.

Mon tempérament mijotait sous la surface, attendant juste d'exploser. Amis ou non, ils étaient tous les deux sur le point d'être virés.

- C'est bon, Alex, intervint Krystina. Si j'étais eux, je penserais la même chose.

- Ce n'est pas une attaque contre ta vie personnelle, expliqua calmement Stephen - la voix de la raison, comme d'habitude. Stone Enterprise a connu un grand succès grâce à des décisions commerciales judicieuses que tu as prises, Alex. Bryan fait simplement le travail que tu lui as demandé de faire, et il en va de même pour moi. Si nous ne remettions pas cela en question, alors nous nous déroberions à nos responsabilités. Krystina, Alex vient de passer la dernière heure à exprimer sa confiance en tes capacités. Et, bien qu'il ne soit pas un homme stupide au sens propre du terme, je pense que je parle pour Bryan et moi quand je dis que nous aimerions entendre ton témoignage sur la question.

- Stephen, ne parle pas ça comme dans l'une de vos salles d'audience, préférai-je le prévenir. Peu importe de ce que dit Krystina, la décision de vendre Turning Stone me revient à moi, et à moi seul.

- Alexander le Dictateur, fit remarquer Krystina.

Stephen se mit à rire immédiatement.

- Bien vu ! lança-t-il.

Je regardais Bryan et voyais les coins de sa bouche s'agiter. Krystina, par contre, restait assise avec un petit sourire. Je secouais la tête, quelque peu étonné par l'effet que son esprit vif avait sur les gens. En trois mots seulement, même si elle se moquait de moi, elle avait réussi à désamorcer instantanément la tension dans la pièce. Lorsqu'elle se remit à parler, elle me regarda d'un air sévère.

- Mais je vais y arriver, Alexander. Je suis trop têtue pour laisser Turning Stone échouer. C'est plus que cela pour moi, c'est pourquoi j'ai refusé d'accepter ton offre initiale. Il y a quelque chose à dire sur la fierté et l'estime de soi. Je crois que le travail acharné et la diligence renforcent le caractère d'un individu : c'est ce qui permet de mieux apprécier ses propres réalisations. Faire l'aumône n'est pas mon style... même si tu me donnes cette entreprise avec la meilleure intention du monde. C'est peut-être une façon stupide de voir les choses, surtout si l'on considère le fait qu'on m'a offert une occasion en or. Mais pour moi, accepter ne me donnerait aucun sentiment d'accomplissement. J'aime savoir que je réussis à faire les choses par moi-même.

Je lui souriais, sachant qu'elle avait dit exactement ce que Stephen et Bryan avaient besoin d'entendre. La façon dont ils la regardaient, c'était presque comme s'ils la voyaient à nu pour la première fois. Et d'une certaine manière, c'était le cas.

Et oui, messieurs. C'est la femme qui a bouleversé mon monde.

- Eh bien ! Alors... dit Bryan en souriant. Il semblait plus à l'aise, et beaucoup moins méfiant que quelques instants auparavant. Il semblerait que nous ayons un contrat à revoir maintenant, n'est-ce pas ?

17

Krystina

Cinq heures passées. Je grimpais dans la Tesla d'Alexander. Après avoir bouclé ma ceinture, je m'appuyais la tête contre le siège en le regardant s'installer sur le siège du conducteur.

- Je n'arrive pas à croire que tu aies changé ce marché pour moi avec une telle facilité, lui dis-je.

- Je sais être raisonnable, Krystina. Tu aurais dû me donner une chance avant de décider de m'ignorer pendant un jour et demi. Ne recommence pas, m'avertit-il.

Je levais les mains en guise de reddition simulée.

- Désolée, mais je pensais que j'allais devoir me battre pour que tu acceptes. J'ai pris un certain temps à faire mes recherches et je voulais d'abord m'assurer que j'étais bien préparée.

- Honnêtement, j'aurais préféré que tu prennes cette société en toute liberté. Mais avec le recul, j'aurais dû savoir que tu ne l'aurais jamais acceptée. Je peux comprendre ton raisonnement… et l'apprécier, en même temps. En outre, ta façon de penser était bien meilleure avec Stephen et Bryan.

Je repensais à la réunion avec le comptable et l'avocat d'Alexander. Au début, ils semblaient plus qu'un peu hésitants. C'était comme s'ils évaluaient la femme à qui Alexander voulait céder une partie de sa société. Si j'avais été à leur place, j'aurais certainement réagi comme eux. Même si la réunion s'était terminée sur une note plus positive, j'avais encore quelques réserves.

- Tu penses qu'ils ont approuvé ?

- Peu importe. C'est pas pour ça que je les paie. C'est un accord entre nous deux. Ils étaient juste là pour régler les chiffres et les termes légaux.

Alexander pensait que je parlais de l'accord, mais j'étais plus préoccupée par le fait qu'ils *m'approuvent* ou non. Après avoir observé les trois hommes ensemble, il était évident qu'ils étaient plus que de simples associés. Leurs plaisanteries étaient parfois plus qu'amicales. Et, pour une raison étrange, s'ils étaient vraiment ses amis, leur approbation signifiait beaucoup plus pour moi.

En quoi cela me préoccupait autant ?

Je restais silencieuse, choisissant de ne pas clarifier ce que je voulais dire sans exprimer mes préoccupations. Alexander allumait l'autoradio et reculait pour sortir de la place de parking. La dernière chanson de Green Day passait dans les haut-parleurs alors que nous nous rendions au magasin de déguisements de Chelsea. Je commençais à me demander quel genre de déguisement je devrais acheter. N'ayant jamais assisté à un bal costumé comme celui-ci, je ne savais pas du tout comment seraient habillés les gens.

- À quoi tu penses ? me demanda Alexander au bout d'un moment.

- Je pensais juste à la façon dont les gens seraient habillés ce soir. Je ne veux pas avoir l'air stupide.

Alexander se mit à rire.

- Mon ange, tu n'auras jamais l'air stupide.

- C'est discutable, dis-je sèchement.

L'appréhension se glissait dans mes veines. Je ne savais toujours pas si j'étais prête à cette extravagance. Lorsque nous nous arrêtâmes devant le magasin, je regardais par la fenêtre. Un auvent rouge sur lequel apparaissait le nom *25th Street Vintage* était suspendu au-dessus de l'entrée. Les mannequins des vitrines portaient des robes longues et fluides des années 20 qui affichaient un kaléidoscope de couleurs. Les tons de leurs bijoux étaient vraiment à couper le souffle. Alexander s'approchait de mon côté de la voiture et m'ouvrait la porte. Il me prenait la main alors que je sortais de la voiture.

- Prête à t'amuser un moment ? me demanda-t-il les yeux pleins de malice.

Mes yeux étaient encore rivés sur les mannequins des vitrines. Chacune d'elles semblait peser des kilos.

- Prête comme jamais. Allons-y.

Nous entrâmes dans la boutique et une clochette se mit à sonner. Presque aussitôt, nous nous retrouvions face à face avec une jeune fille au visage joyeux, qui semblait ne pas avoir l'air d'avoir plus de dix-sept ans.

- Bonjour et bienvenue ! Je suis Danielle. Que puis-je faire pour vous aujourd'hui ?

- Merci. Nous sommes à la recherche de... commença Alexander.

Il fut coupé par une femme qui sortait d'une pièce fermée par un rideau.

- Vous devez être Alexander Stone, annonça-t-elle.

Je me tournais vers Alexander et constata qu'elle semblait l'avoir pris par surprise.

- Oui, c'est bien moi. Pourquoi ? Et vous êtes... ?

- Je suis Lila, se présenta-t-elle avec un accent que je n'arrivais pas à situer. En s'approchant de nous, elle se mit à rire. Je comprends votre surprise. Mais je ne suis pas voyante. C'est votre sœur qui m'a téléphoné pour m'informer de votre venue.

- Ah, Justine ! J'imagine ce qu'elle a dû vous dire... enchaîna Alexander sur un ton léger.

- Oh, ne vous inquiétez pas, monsieur[1] ! Elle m'a simplement dit de m'attendre à voir arriver un grand brun aux cheveux foncés qui serait certainement vêtu d'un tailleur. Par contre, elle a omis de me dire que vous étiez aussi beau, ajouta-t-elle en lui faisant un clin d'œil.

Alexander lui adressa un petit sourire. J'étais peut-être un peu jalouse, mais les épaisses mèches grises qui glissaient dans ses longs cheveux noirs me disaient qu'elle avait facilement vingt ou trente ans de plus que lui. Avec, en plus, de jolis bijoux surdimensionnés, elle me faisait penser à une gitane de carnaval.

- Lila, voici Krystina Cole. Nous avons tous les deux besoin d'une tenue pour un événement auquel nous allons assister ensemble. Justine vous a-t-elle expliqué pourquoi nous sommes ici ? demanda Alexander.

- Oui, bien sûr. Elle m'a même donné tous les détails. J'ai l'impression qu'il s'agit là d'une belle soirée.

- Oui, en effet, répondit-il.

- J'aimerais rajouter que je suis plutôt envieuse... et bien désolée de ne pas m'y rendre. Je peux imaginer le décor, les costumes, et l'ambiance d'un cabaret français prendre vie, poursuivit Lila avec nostalgie.

Alexander s'éclaircit la gorge avec une certaine pointe d'impatience.

- Justement... à propos des costumes, commença-t-il.

- Oui, bien sûr. Je parle trop. Votre sœur m'a dit que votre temps vous était précieux. Venez avec moi et nous commencerons à passer en revue tout ce dont vous aurez besoin. Vous êtes au bon endroit !

Tournant les talons, elle s'éloignait de nous. Je regardais Alexander, qui se contentait de secouer la tête et me faire signe de suivre cette femme excentrique. Elle nous fit passer devant de longues rangées de vêtements d'époques révolues. Tout semblait être organisé en fonction des décennies, en commençant par les tendances Gucci des années 90 jusqu'aux trésors du début du siècle. Je m'attendais à ce que notre shopping ait lieu dans cette zone du magasin, mais la femme nous fit signe de la suivre en montant un escalier en bois.

- Par ici, s'il vous plaît. Deuxième étage.

Lorsque nous atteignîmes le haut de l'escalier, je me retrouvais scotchée devant la collection qui s'offrait à mes yeux : un vrai musée vivant de la mode burlesque, avec des froufrous et des volants, des robes aux corsets perlés évoquant les courtisanes d'antan... la collection de Lila était d'une authenticité étonnante.

- Celui-là, dit-elle en passant sa main le long des rangées de dentelle d'une robe de couleur ivoire, on dit qu'elle a été portée par Mistinguett au Moulin Rouge. Cependant, je n'ai pas pu vérifier la véracité de cette rumeur, car de nombreuses photographies et documents ont été perdus après la Seconde Guerre mondiale.

Mes yeux se s'élargirent de surprise.

- Vous voulez dire que ces vêtements sont authentiques ? Pas seulement des répliques de costumes ? m'enquis-je.

- Tout à fait. Mon magasin ne s'appelle pas *25th Street Vintage* pour rien, déclara-t-elle fièrement. Maintenant, je vais vous laisser regarder par vous-mêmes. Quand vous serez prêts à essayer quelque chose, faites le moi savoir.

Je me promenais dans les rayons en marchant lentement jusqu'à ce que je découvre une robe en soie de couleur rose. C'était une belle robe, mais pas aussi ornée que les autres. Mon regard passait rapidement sur l'étiquette du prix. Quatre chiffres. Pas étonnant du tout. Puis j'étudiais une autre robe d'un vert émeraude époustouflant ornée de dentelle noire. Des boutons en strass en fixaient le devant du corsage, tandis que des liens entrecroisés se nouaient dans le dos. Je caressais le tissu satiné avec mes doigts et mes yeux se déplaçaient le long de la longue traîne et sur les détails perlés. La robe était exquise, et je pouvais même m'imaginer dedans. Mais elle avait un prix à cinq chiffres.

Je confirme que je n'ai pas les moyens d'acheter quoi que ce soit dans cette boutique.

Je me tournais vers Alexander.

- Cette robe verte t'irait à ravir, remarqua-t-il.

- Elle est un peu hors de ma gamme de prix.

- Qui t'as dit que tu payerais ?

- Ces vêtements sont à un prix scandaleux. Tu serais complèt'ment idiot d'payer autant pour quelque chose que je ne porterai probablement qu'une fois. Je suis sûre qu'on pourrait trouver un endroit moins cher.

- Ce n'est que d'l'argent, Krystina. Et j'en ai plein.

- Eh bien, c'est de l'arrogance... pour moi, dis-je sarcastiquement.

Il fronçait les sourcils.

- Ce n'est pas une question d'argent. Il s'agit de toi, et c'est toi qui m'accompagnes ce soir. Et c'est pour ça qu'il faut que tu t'habilles correctement pour l'occasion.

- C'est stupide. Je veux dire, ces costumes sont magnifiques, mais je doute fort que les autres femmes présentes soient habillées de façon aussi extravagante.

Il ignorait mon commentaire et se dirigeait vers l'escalier.

- Lila, appela-t-il. Mademoiselle Cole voudrait essayer la robe verte qui est là.

- Alex ! Je n'veux pas ! sifflai-je.

- Mais si, tu en meurs d'envie. Je l'ai vu à la façon dont tu la regardais. Maint'nant, tais-toi. Lila est en train d'arriver. Je ne veux pas me disputer avec toi devant elle.

Je voulais à moitié me taper le pied comme un enfant, mais je me retins quand Lila arrivait en haut des escaliers.

- Très bon choix, déclara-t-elle en commençant à prendre la robe en mains. Nous faisons des retouches sur place, mais vous n'en aurez peut-être pas besoin. Cela semble être à peu près votre taille.

Elle laissa la robe s'étendre contre moi.

- Cette couleur lui va bien, commenta Alexander.

Je le regardais d'un air renfrogné.

- Oui, oui, parfait'ment, s'exclama Lila. Les cabines d'essayage sont de ce côté. Une fois que vous l'aurez sur vous, je vous aiderai à l'attacher dans le dos.

À contrecœur, je me rendis derrière le rideau qu'elle m'avait ouvert et je lui pris la robe des mains. Je m'attendais à ce qu'elle soit lourde, mais pas du tout. En me déshabillant, j'entendais Lila et Alexander parler. Elle était en train de lui expliquer les différents vêtements qu'il pourrait porter en lui indiquant lequel irait le mieux avec ma robe.

Ma robe.

Me moquant de moi-même en entrant dans ladite robe, j'y fis glisser mes bras, puis j'arrangeais les manches pour les rendre plus confortables. Il n'y avait pas de miroir dans ma cabine dont le rideau se fermait par un cordon, et je ne savais pas si je l'avais mise correctement. J'appelais Lila pour la prévenir qu'elle pouvait me lacer le dos. Elle arriva derrière le rideau, me fit tourner et commença à attacher les liens. Je me rendais compte que plus elle montait de la base de ma colonne vertébrale jusqu'au milieu de mon dos, plus elle serrait. Et moi, j'imaginais la scène d'*Autant en emporte le vent* dans laquelle Scarlett O'Hara criait à Mammy de la serrer plus fort.

Les femmes de l'époque étaient complèt'ment tarées ! Si elle tire plus fort, je ne pourrais plus respirer !

Quand elle eut fini, elle me fit tourner sur moi-même.

- Allez, venez par-là, que je puisse vous voir de plus près.

Je la suivais hors de la cabine d'essayage jusqu'à l'endroit où Alexander regardait un rayon où se trouvaient des costumes avec des vestes à queue de pie. Lila s'avançait devant moi et m'observait lentement.

- Oh, monsieur[2] ! Elle est magnifique. Vraiment époustouflante.

Alexander se retourna alors et me vit. Ses yeux s'illuminèrent.

- Est-ce qu'elle me va ? lui demandai-je. Il n'y avait pas de miroir dans la cabine d'essayage et je n'ai pas pu me voir.

- Oh, que je suis bête ! s'exclama Lila en pointant un doigt vers son côté gauche. Le miroir est juste là.

Je m'approchais du miroir et tournais lentement sur moi-même. Le devant de la robe était plus court que le dos et l'arrière frôlait à peine le sol quand je me retournais. Des perles noires étaient tissées dans la dentelle, scintillant au fur et à mesure qu'elles captaient la lumière. Des paillettes placées à des endroits stratégiques accentuaient mon buste et ma taille, donnant à la robe un attrait lumineux. J'aimais vraiment tout, en elle. Non seulement elle me paraissait étonnamment élégante, mais elle me donnait également un sentiment mystérieux, comme si je pouvais être qui je voulais en la portant. Cependant, je m'inquiétais encore en silence du prix extravagant qu'Alexander devrait payer pour que je puisse la porter.

- Elle me va bien. C'est parfait ! dis-je avec hésitation en me passant les mains sur le corsage.

Alexander s'avançait derrière moi et me plaçait une coiffe de strass ornée de plumes vertes et noires sur la tête. Il fit courir ses mains le long de mes bras.

- Krystina, c'est plus que parfait ! Lila, nous allons prendre la robe !

18

Krystina

- Je maintiens toujours que cet achat était ridicule, vu son prix, insistai-je alors que nous entrions dans la cuisine de l'appartement d'Alexander.

Laissant tomber mon sac à main sur le bar du petit-déjeuner, je me penchais en avant pour enlever mes chaussures. Je m'assis sur un des tabourets du bar et commençais à me frotter la plante des pieds. Après une journée de travail de dix heures et quatre heures de shopping, mes pieds me faisaient mal. Mais j'étais malgré tout résignée à ce que les chaussures et moi gardions cette relation d'amour et de haine mélangées.

- Oublie ! Tu seras belle comme tout, et c'est tout c'qui compte, insista-t-il pour ce qui aurait pu être la quatre-vingt-dix-neuvième fois.

- Tu es sûr que ça ne sera pas « too much » ?

- Krystina, me dit-il sur un ton d'avertissement. Je croyais qu'on avait réglé ça dans la voiture.

- D'accord, d'accord ! Je laisse tomber, concédai-je, même si je pensais toujours que cette dépense restait plus que conséquente.

Il s'approchait de mon siège et posait ses mains sur mes épaules.

- Je veux t'acheter des choses. J'aime dépenser de l'argent pour toi. Pourquoi tu n'arrives pas à l'accepter ?

- Je n'sais pas. J'ai juste...

Je m'étais laissée distancer, incapable de trouver un argument valable. Il pouvait dépenser de l'argent pour n'importe quoi et pour n'importe qui, de toute manière. Je devrais être reconnaissant qu'il ait choisi de le dépenser pour moi. Cependant, mon côté indépendant résistait toujours.

- On en a déjà parlé. Je t'ai expliqué ce que cela signifiait pour moi, en tant que Dominant, même si tu te bats pour chaque petit détail. S'il te plaît, laisse-moi au moins faire ça, dit-il en posant un doux baiser sur mes lèvres.

- Tiens, justement, lui murmurai-je.

- Qu'est-ce qu'il y a ? demanda-t-il en se décalant pour me regarder.

Je réfléchis à la manière dont je devais aborder le sujet sans avoir l'air de m'attarder sur nos problèmes. Plongeant dans ses yeux bleu saphir, je n'arrivais pas à réfléchir parce qu'il me regardait tellement intensément que je pensais qu'il me traversait du regard. Je préférais me lever pour aller préparer le repas.

- Je repensais à cette nuit au Club O, du moins à toute la partie du début... avant que tout ne tourne mal.

- Oui ? s'enquit-il prudemment.

- J'ai réfléchi à la façon dont tu aimerais aller plus loin. Je ne veux aucun malentendu entre nous : tout est vraiment génial entre nous. Vraiment. Notre relation est même parfaite. Mais j'ai l'impression qu'il y a quelque chose que nous n'avons pas eu le temps de terminer.

Ses yeux bleus clignaient tout en se concentrant sur moi.

J'arrêtais de faire les cent pas tout en essayant de lire dans ses pensées. Mais il ne me laissa pas le temps m'expliquer davantage : son torse galbé me coinçait contre le mur en s'appuyant contre le mien.

- Tu es vraiment im-po-ssi-ble. Tu le sais ? grogna-t-il.

- Je ne veux pas...

- Stop. Maint'nant, m'ordonna-t-il.

- C'est important pour moi, Alex. Je ne peux pas laisser tomber. Tu as fait des choses avec d'autres femmes, beaucoup de choses que je ne peux même pas imaginer. Je ne suis pas très douée pour ce genre de choses et je ne sais qu'en penser. Je ne sais même pas quelles sont mes limites.

- Kristina, écoute-moi. Oui, j'ai fait des choses que beaucoup considèrent comme tabou. Je me suis retrouvé avec tout un tas de femmes et j'ai repoussé leurs limites. Je leur ai infligé de la douleur et leur ai donné du plaisir, mais jamais je n'ai regretté tout ça. Maintenant, il ne s'agit plus que de toi. Je ne veux que ce que tu pourras me donner, et rien de plus. On a passé la majorité de notre temps ensemble à parler de ce qui pouvait être possible ou pas, mais ces discours, c'est fini. Maintenant, contentons-nous de vivre l'instant présent.

- Je ne voulais pas parler de ça, mais il y a...

- Est-ce que tu apprécies ce que nous faisons ensemble ? Depuis le début de notre relation, j'entends ?

- Oui, bien sûr, lui répondis-je, surprise qu'il puisse penser le contraire.

- Te sens-tu suffisamment en sécurité pour utiliser ton mot de passe s'il le fallait ?

- Oui, Alex. Mais, encore une fois, il y a...

- Fin de la discussion, dit-il en me coupant la parole pour la troisième fois.

- Tu n'es pas raisonnable, lui fis-je remarquer.

- Meuh non ! Je suis une personne to-ta-le-ment-sen-sée, déclara-t-il, sa voix baissant sensiblement d'une octave. Il me saisit les cheveux, qui étaient coiffés dans une queue de cheval, et les tirait doucement. Fais-moi confiance. J'ai déjà sacrifié et abandonné une grande partie de ce que je suis pour toi, Krystina. Je ne te laisserai pas me prendre le reste. Je ferai de ton corps ce que je voudrai. Il m'appartient et ça, tu ne peux rien faire contre.

Le ton impérieux de sa voix envoya un délicat frisson de plaisir dans mon dos. Je le regardais droit dans ses yeux, qui tourbillonnaient avec un sombre besoin primaire. Mais il y avait aussi un défi en eux, un peu comme s'il me défiait de le repousser, un peu comme un test.

Il veut que je lui appartienne. Et ça, je ne suis pas autorisée à le contester. Vraiment ?

Il resserrait sa prise sur mes cheveux et les tirait un peu plus fort, puis il plaçait sa bouche sur le pavillon de mon oreille et ses dents en effleuraient la peau délicate. Je frissonnais de plus belle en sentant qu'il s'était mis à bander sous son pantalon. Un picotement familier commençait à se former dans mon ventre, s'intensifiant rapidement jusqu'à ce que je me retrouve étonnamment excitée.

- Dis le moi, Krystina. Dis-moi que tu te soumettras entièrement à moi. Dis-moi les mots que je veux entendre, me dit-il d'un ton bourru en resserrant son étreinte.

Sa voix avait un côté aphrodisiaque à mes oreilles. Je me rendais compte que je ne voulais pas le défier sur ce point : je voulais qu'il prenne le contrôle entier de mon corps. Je voulais me sentir comme cette femme sur la scène du Club O et lâcher mes inhibitions. Elle faisait confiance à son Dominant et l'avait laissé prendre le contrôle total de son corps. Son Dominant était son univers, et rien d'autre n'importait pour elle. Je voulais m'abandonner à Alexander, et pas seulement au sens physique du terme : j'en étais arrivée au point où je lui faisais suffisamment confiance pour aussi lui donner mon abandon émotionnel. Il n'attendait que mon consentement. Regardant profondément dans ses yeux, je voyais un désir que je ne pouvais plus lui refuser. C'était ce dont il avait besoin.

- Je suis à toi, lui affirmai-je.

Un sourire lent et satisfait se répandait sur son visage, puis il se transforma en quelque chose de plus sombre et plein de promesses.

- Je vais être plus dur avec toi, mon ange, et tu seras complètement à ma merci. Tu n'as plus à te soucier de mes limites. Ce soir, il s'agira de savoir quelles sont les tiennes. Je ne m'arrêterai pas si tu n'utilises pas ton mot de passe.

Fermant les yeux, je laissais ses paroles me submerger.

Vais-je apprécier ce qu'il me fera ? Ou bien me poussera-t-il trop loin ?

- Qu'est-ce qui se passera si j'utilise mon mot de passe ? demandai-je avec hésitation.

- Là, tu me donnes l'impression que c'est quelque chose dont tu as honte. Il ne le faut pas : tu as un safeword pour une bonne raison, et *j'arrêterai* tout si tu l'utilises. Répète-le, pour que je sache que tu l'utiliseras si besoin.

- Saphir.

- Parfait, apprécia-t-il. Sans ce mot, aucun de nous ne saura jusqu'où il peut aller. Tu dois te laisser aller et te faire confiance. À toi, mais à moi, aussi. Et ça, c'est le plus important. Maint'nant, va dans la chambre et déshabille-toi. Je veux que tu t'agenouilles par terre en position de soumission.

Il lâchait son emprise sur mes cheveux et faisait un pas en arrière. Sans hésiter, je me précipitais dans la chambre, mon pouls surchauffé se frayant un chemin dans mes veines. J'étais sauvagement excitée, presque au point de ressentir une sensation de vertige. Maintenant que j'avais ouvertement accepté, l'idée d'explorer était étonnamment exaltante. Mon petit ami le diable était de retour, et il se balançait sur mon épaule sur « Erotica », de Madonna. Je voulais le faire plus que tout. En me déshabillant rapidement, je commençais à m'interroger sur les limites dans lesquelles il me pousserait. J'avais une légère appréhension car je ne voulais pas me dégonfler. Ni le décevoir. Et pourtant, je pus très facilement me débarrasser de cette inquiétude. Il m'avait déjà montré tant de choses auxquelles je n'aurais jamais pensé être ouverte. J'étais persuadée qu'il était le maître de la douleur et du plaisir. Je ne savais peut-être pas quelles étaient mes limites, mais je savais qu'il saurait trouver mon équilibre. J'avais déjà adopté la position de soumission lorsqu'il entrait dans la pièce. Il était torse nu et portait deux verres de vin. Il levait les yeux vers moi et je voyais le désir dans ces verres, qui étaient brûlants. Il s'approchait de moi et posait un verre sur mes lèvres.

- Bois, m'ordonna-t-il.

J'écartais les lèvres pour qu'il puisse verser un peu de vin blanc frais dans ma bouche. Puis, lorsqu'il retira le verre, une petite quantité de liquide s'écoula du coin de ma bouche. Je passai ma langue sur les lèvres pour m'en débarrasser. Il posa les verres sur la commode, puis se retourna pour me saisir le menton et inclina mon visage vers le sien.

- Refais ça, m'intima-t-il.

- Refaire quoi ?

- Ta langue. Passe-la sur tes lèvres et regarde-moi dans les yeux en même temps.

Je me sentais un peu idiote, mais je le fis quand même. Mes yeux se fixaient aux siens. Le besoin charnel que j'y voyais envoyait une bouffée de chaleur entre mes jambes, alors que je glissais lentement ma langue sur ma lèvre inférieure. Il gémissait et me tirait les pieds.

- Rhôôôô, putain... l'effet qu'tu m'fais, grogna-t-il en écrasant sa bouche sur la mienne.

Je gémissais contre sa bouche, mon corps se déplaçant contre le sien alors que le baiser s'intensifiait. D'une main, il me prenait la nuque et me serrait fermement en pressant son corps contre le mien. Ma main courait sur sa poitrine en lui triturant les muscles à la recherche du bout de ses mamelons. Il donna une claque à mon derrière nu.

- Doucement, mon ange. Tu es trop gourmande.

Il abandonnait mes lèvres, laissant une traînée de feu dans mon cou. J'inclinais la tête en bas et lui pinçais l'oreille. La satisfaction m'envahissait lorsque je sentis un frisson lui parcourir le corps une fois que mes dents lui eurent creusé le lobe. Il faisait courir ses mains de haut en bas le long de mes côtes, puis juste devant mes seins, mais sans les toucher pour de vrai, faisant exprès pour me torturer. J'émissais un gémissement de frustration. Pressant mon corps contre le sien, je me frottais les tétons tendus contre sa poitrine. J'avais besoin de sentir sa peau chaude contre la mienne. Je m'accrochais, essayant de le faire accélérer, mais il ne voulait rien savoir.

- Enlève mon pantalon, Krystina. Tout doucement.

En me remettant à genoux, je me plaçais devant lui. Je pouvais voir son érection saillante sous son pantalon. D'un coup de tête, je me penchais en avant et appuyais mon visage contre le renflement du tissu. Il siffla de surprise et je souriais de satisfaction.

Il a dit "tout doucement". On peut y jouer tous les deux, à son jeu.

Je le mordais délibérément afin d'exercer une pression suffisante pour le faire trembler. Il siffla à nouveau et s'éloigna.

- Je t'ai demandé d'enlever mon pantalon ! C'est tout. Contente-toi de suivre mes instructions.

- Désolée, mentis-je.

Je ne l'étais pas du tout. Je réprimais un sourire en sachant que je serais probablement punie à nouveau pour lui avoir désobéi. Levant le regard sur lui, je ne trouvais que des yeux étroits et suspects.

- Tu mens très mal. Allez, lève-toi.

- Je pensais que tu voulais que je...

- Lève-toi !

Je m'exécutais, puis il me prit le bras et me conduisit dans un coin de la chambre. Il attrapa le bord du canapé et le fit tourner.

Et merde. Le banc de fessée.

Avant même que je puisse comprendre ce qui allait se passer, je me retrouvais penchée dessus en le regardant me mettre des menottes en cuir aux poignets. Sûr de m'avoir ainsi bloquée sur le banc, il se levait et me caressait légèrement le menton. Il disparut de mon champ de vision et je sentis des lanières de cuir faire le tour de mes chevilles. Il m'écartait les jambes et les fixait à l'encadrement du banc. Étendue sur le banc, les fesses en l'air, j'étais vulnérable. Tirant légèrement les sangles, je constatais qu'il n'y avait pas du tout de mou : j'étais donc immobile et impuissante face à son caprice. Je l'entendais bouger dans la pièce sans pouvoir voir ce qu'il faisait. Je percevais le bruit d'un tintement de clés, puis un bruit de porte que l'on ouvrait et que l'on refermait.

Sa cachette secrète. Là où il range ses jouets.

De la musique m'emplit soudain les oreilles. Si au début, le volume était plutôt discret, Alexander l'augmentait pour qu'il soit limite trop fort à mon goût. Les pulsations électriques de la musique, mélangées aux paroles du chanteur, me faisaient perdre la tête et je sursautais dans mon désir. Cela me faisait désespérer en attendant ce qu'il avait l'intention de me faire. Puis une douce caresse de cuir s'élança jusqu'au milieu de mon dos. Je la reconnus immédiatement comme étant celle du fouet. Un frisson courut le long de ma colonne vertébrale dans l'attente de sentir la sensation du feu du cuir contre ma peau. Alexander se pencha et me murmura à l'oreille :

- Je vais te marquer la peau. Et je vais vraiment le faire, tu peux me croire. Rien ne se passera comme la dernière fois. Je vais te faire des marques que tu sentiras encore demain et je te rappellerai comment elles sont arrivées, me dit-il d'une voix rauque. Tu comprends ?

- Tout à fait, lui répondis-je en faisant un signe de tête pour donner mon accord.

Pour une raison étrange, je n'étais pas très inquiète. Une partie de moi savait qu'il n'avait besoin que de moi pour reconnaître l'intensité de ce qui allait se passer. Sa main glissait sur mon dos, puis elle me massa les joues avant de glisser entre mes jambes. Je soupirais quand il entra en contact avec mon ouverture. Il glissait ses doigts autour de son rebord pour en répartir l'humidité jusqu'à mon clitoris picotant.

- Oh, mon ange. Ce que j'aime vraiment, c'est que tu sois toujours prête pour ce genre de choses.

Il le pinçait et le gardait entre ses doigts le temps d'un instant. Je frémissais de désir, alors que la douleur progressait en moi, jusqu'à ce que je sois désespérée de pouvoir me libérer. Je tentais de lutter contre cette sensation, me trouvant déjà si proche du seuil de l'incroyable félicité que j'attendais. Puis il retira sa main.

- Ah ! criai-je dans ma frustration.

- Pas encore. Je veux que tu sois sur les nerfs pendant que je te fouette. Je vais te torturer. Tout ton cul sera brûlant. Tu me supplieras de te soulager ; tu seras désespérée pour que je te libère. Mais même à ce moment-là, je ne te laisserai pas jouir, dit-il. Sa main glissait sur mon derrière et se poussait contre son trou fripé. Je ne te laisserai pas jouir tant que je ne t'aurai pas emmenée là où aucun autre homme ne l'a fait jusqu'à maintenant.

Je ne pouvais former de réponse cohérente. Ses mots étaient comme de la soie dans mes oreilles, obscurcissant la réalité qui m'entourait. Sa déclaration porta mon excitation à une nouvelle hauteur, l'obscurité de sa promesse étant un aphrodisiaque comme aucun autre. J'inspirais fortement. En même temps, il faisait claquer le fouet en l'air. Le claquement du cuir me ramena immédiatement à la réalité. Ce geste me faisait savoir que le premier coup était à venir. Je me préparais donc pour le premier coup de feu.

CLAC !

La douleur me souffla sur la peau comme un brasier précipité et me fit bondir, incapable de réfréner ma réaction face à ce premier coup. En attendant le suivant, je me disais que la douleur finirait par atteindre une hauteur incroyable, voire même agréable. Le deuxième coup arriva, mais pas au même endroit que le précédent. Je respirais à travers la brûlure jusqu'à ce qu'elle disparaisse. Au troisième coup, un autre type de brûlure commençait à m'envahir, une brûlure pulsante qui me lançait dans le cœur. Il continuait à me fouetter le derrière en enchaînant les coups les uns après les autres. Ensuite, tous les deux coups, il stoppait pour me masser en me brûlant le clitoris jusqu'à ce que je devienne folle de désespoir. J'avais envie d'atteindre l'orgasme qui était si proche, et je ne pensais pas pouvoir supporter davantage le tourment qu'Alexander m'infligeait.

- Alex, j't'en prie ! suppliai-je sans vergogne.

Il ne cédait pas mais restait implacable dans son agression.

- Tu ne jouiras pas tant que je ne te laisserai pas faire, me rappela-t-il.

Il prenait de la vitesse, chaque coup étant plus proche et plus fort que le précédent. Puis tout commençait à devenir flou et un sentiment d'euphorie s'installait en moi. C'était comme si le temps avait cessé d'exister, et la seule chose qui comptait était de conserver le plaisir dans la douleur. Et subitement, il stoppa net. Ses paumes glissaient doucement sur la courbure de mon arrière-train, venant donner un contrecoup aigu aux sensations précédentes.

- Ton cul est super rouge, à cause de toutes ces marques. Il est vraiment superbe, putain, murmura-t-il.

Sa voix était épaisse et lourde de désir. Je fermais les yeux et essayais d'imaginer ce qu'il voyait. Il me pressa un baiser sur une fesse, puis sur l'autre, rendant cette action tendre presque adorable alors qu'il les écartait l'une de l'autre. J'entendis comme une sorte de déclic lointain, puis je fus surprise par une sensation froide me glissant dans l'interstice fessier. Lorsqu'il se mit à l'étaler tout autour de mon anus, je fus tout de suite arrachée à mon état euphorique, comme ramenée à la réalité par à-coups.

De la vaseline.

Quand il avait dit qu'il m'avait parlé de m'emmener là où aucun homme ne l'avait fait jusqu'à maintenant, je pensais vraiment qu'il parlait de manière imagée, mais je ne savais pas qu'il le ferait pour de bon.

- Alex, attends...

- Chuuuuuut. Fais-toi confiance, Krystina. Tu vas y arriver.

Mais bien sûr. T'as raison. Pourquoi stresser ?

Je roulais des yeux en pensant que j'étais certainement en train de perdre la raison. Ce soir, j'étais censée voir quelles étaient mes limites, et j'avais du mal à imaginer autre chose pour les trouver. J'étais bloquée là, presque sans défense, en proie à une grande confusion quant à savoir si je devais ou non utiliser mon safeword. La musique changea : un air plus rythmé, cette fois-ci, avec une voix de chanteuse froide et crue. Alexander continuait à me lubrifier le derrière. De temps en temps, il passait à travers mes tendres plis pour me masser le clitoris gonflé. Je gémissais à chaque fois qu'il le faisait car je mourais toujours d'envie de retrouver la liberté dont j'étais privée pendant ce qui me semblait être une éternité. Ses doigts agiles se déplaçaient de partout en étirant plus ou moins les chairs afin de me préparer à son invasion. Lorsque je sentis son érection se presser contre moi, je tendis tout mon corps.

- Détends-toi. Sinon, ça va te faire mal. Et je ne veux pas te faire mal, mon ange.

C'est le moment de vérité, Cole. Safeword ou pas ?

Il passait ses doigts sous mon ventre et bougeait ses doigts sur mon clitoris palpitant, exerçant juste assez de pression pour me rapprocher du gouffre dans lequel je voulais désespérément tomber. Profitant de ma distraction, il se poussa en avant. Mon corps protesta contre cette légère pénétration, mais il persistait. Je sursautais lorsqu'il finit par carrément me pénétrer, et l'intrusion douloureuse l'emportait sur toute magie qui opérait sur mon clitoris.

- Respire par le clitoris, me dit-il. Ne retiens pas ton souffle. La douleur passera si tu détends ton corps. Laisse-toi couler dans cette sensation.

Je faisais ce qu'il me disait de faire en respirant profondément. Il ne bougeait pas, mais il faisait courir ses mains le long de mon dos pour m'aider à me détendre davantage. Finalement, la tension commençait à se dissiper, et il fit un dernier va-et-vient, se frayant un chemin en m'étirant sur une largeur imposante. Et là, je comprenais qu'il ne pouvait aller plus loin. Je criais et tentais de m'éloigner de manière instinctive, mais les liens me tenaient fermement en place. Alexander se calma et attendit que je m'adapte à cette position tout en me caressant le clitoris avec ses doigts.

- Je vais bouger maintenant, mon ange. Es-tu prête ?

J'avais l'impression de respirer par saccades et d'avoir en même temps le souffle coupé en tentant d'absorber une sensation qui m'était étrangère... et qui était douloureuse et agréable à la fois. C'était un sentiment étrange et je ne savais pas laquelle était plus forte que l'autre.

- Je suis prête, murmurai-je en essayant de garder mon corps détendu.

Il se retira légèrement et je fus choquée de découvrir que je voulais qu'il reste là où il était. C'était comme si son mouvement de recul laissait une place vide que je devais combler. Au moment où j'allais le lui dire, il s'y replaçait.

- P'tain, Krystina, dit-il d'un ton râpeux. Tu m'aspires comme un trou noir.

Une sensation sombre et tendue se glissait dans mes veines, me propulsant à nouveau dans l'état d'euphorie dans lequel je me trouvais avant, alors qu'il continuait à avancer. Profondément et durement, il se jetait sauvagement en moi. Il m'avait dit qu'il serait plus dur avec moi et que je serai complètement à sa merci. Il m'avait promis qu'il me pousserait à bout, et c'était exactement ce qu'il faisait. Il était en train de me montrer ce que signifiait vraiment « être dominée ». C'était une démonstration de sa puissance - puissante et digne d'un alpha. J'étais impuissante face à ses moindres désirs, et pourtant, je savourais l'état de vulnérabilité dans lequel il m'avait placée. Il me donnait un avant-goût de sa domination totale, qui était un peu comme une drogue pour moi. Je voulais être comblée par son pouvoir et ses contrôles. Un peu comme une drogue qui appelait les parties les plus profondes et les plus sombres de mon âme. J'étais proche de mon point de rupture ; mon orgasme était vraiment proche. La pièce commençait à se brouiller autour de moi. Je ne pourrai pas tenir plus longtemps.

- Alex, j'en peux plus ! criai-je.

Il ralentit son rythme et se pencha jusqu'à ce que son torse soit pressé contre mon dos. Il me lissa les cheveux tombés sur mon visage.

- Tu peux jouir, mon ange. Tu l'as mérité.

Puis il se releva enfin et me frappa encore. Il ramenait sa main sur mon clitoris en en faisant rouler le nœud sensible entre ses doigts. Et puis, il se mit à faire des allers et venues avec ses hanches, en avant, puis en arrière, et la puissance de son emprise était écrasante. Mais au moment où je pensais que c'en était trop, le plaisir m'envahit, toujours un peu plus, puis il explosa comme un feu d'artifice. Je tremblais de façon incontrôlable, bourdonnant à une hauteur que je n'avais jamais atteinte auparavant.

19

Alexander

Je lui laissais un moment pour descendre de son nuage avant de me retirer. Elle était encore en état de choc lorsque je m'éloignais d'elle.

Bien compris, bébé. La prochaine fois, je ferai ça toute la nuit.

Je m'accroupissais pour lui enlever les liens de ses chevilles, puis je me déplaçais en avant pour lui détacher les menottes de ses poignets. Elle ne bougeait pas mais restait encore allongée, détendue et repue. Je l'incitais à se lever, mais elle était aussi flasque qu'une fleur fanée.

- Viens, mon ange. J'en n'ai pas encore fini avec toi, lui dis-je en la prenant dans mes bras.

Puis, je la portais sur le lit et l'allongeais sur le drap en satin noir.

- Je vais juste me laver un peu. Je reviens tout de suite.

Elle marmonnait quelque chose d'incompréhensible et je gloussais tout en me dirigeant vers la salle de bain. Pour la première fois, Krystina m'avait vraiment donné sa soumission.

Et c'était une bonne chose : parce ce qu'une soumission donnée pleinement et de manière irrévocable était une soumission qu'il fallait chérir. Kristina méritait d'être vénérée pour le reste de la nuit. De retour dans la chambre, je vis qu'elle était recroquevillée d'un côté, la tête reposant sur ses mains. Je m'installais près d'elle sur le lit et ses yeux s'ouvrirent en battant des ailes.

- Deuxième round ? me demanda-t-elle paresseusement.

- Oh, mon ange. Nous n'en sommes encore qu'au premier, lui dis-je en lui faisant un clin d'œil. Roule sur le ventre.

Elle me regarda d'un air soupçonneux pendant un instant mais fit ce que je demandais sans poser de questions. Je souriais intérieurement.

J'adore quand elle m'obéit.

J'ouvrais le bouchon de Biafine que j'avais ramené de la salle de bain et en versais dans ma paume. Je prenais mon temps pour lui masser les marques qui lui couvraient ses fesses avec le gel.

- Ça fait du bien, murmura-t-elle.

Je frottais mes mains autour de ses seins, sur ses hanches et le long de ses jambes, m'émerveillant de la perfection de son corps.

Elle est vraiment exquise.

Une fois que je vis qu'elle était apaisée, je la retournais sur le côté droit, parce que je savais qu'elle ne serait pas à l'aise pour s'allonger sur le dos et ce, pendant un bon moment.

- Maint'nant, écarte les jambes, mon ange. Je meurs d'envie de te dévorer. J'aimerais que tu jouisses sur ma langue.

Presque immédiatement, j'entendais sa respiration s'accentuer. Sa réponse fut comme un choc électrique au niveau de mon aine. Cette nuit, j'avais prévu de goûter à chaque centimètre de sa peau délicieuse. Aucune partie de son corps ne resterait inexplorée. Plaçant ma tête entre ses jambes, je pris un moment pour apprécier l'éclat humide qui scintillait sur les délicats plis de son entrejambe. Incapable de résister, je levais un doigt pour effleurer son clitoris avant de tracer une ligne jusqu'à sa petite ouverture. Mouillée et humide, elle dégoulinait de désir. Elle était prête et j'aurais pu la prendre tout de suite, mais je voulais aussi prendre mon temps. Elle avait été si généreuse et si désireuse de repousser ses limites : elle méritait plus qu'une minute ou deux de préliminaires. Je continuais donc à la caresser jusqu'à ce qu'elle se mette à trembler.

- Alex...

Son plaidoyer semblait désespéré alors que son corps commençait à se resserrer. Je souriais en effleurant l'intérieur de ses cuisses avec mes dents, avant d'inspirer profondément pour capter son odeur. J'écartais ses lèvres et soufflais doucement sur son clitoris. Puis je passais ma langue dessus, satisfait par sa respiration immédiate. Lui saisissant les hanches, je poussais ma langue encore plus fort. Encouragé par sa réaction, je l'enfonçais dans son puits de saveur mouillée, ne voulant pas gaspiller une seule goutte de son désir. Elle se poussait contre ma bouche et me tirait les cheveux. Je la dévorais comme un homme affamé. En tout cas pour elle, je l'étais. Et ne serai jamais rassasié. Un gémissement m'échappa, car je ne voulais rien d'autre que m'enterrer dans sa chaleur.

- Alex, attends. Arrête ! s'écria-t-elle.

Son cri frénétique m'interrompit.

- Qu'est-ce qui n'va pas ? lui demandai-je, alarmé par le ton désespéré de sa voix.

- Ce qu'on a fait, dit-elle. J'ai adoré, mais j'ai besoin de te sentir tout le temps. J'aimerais que tu sois en moi au moment où je jouirai.

Je poussai un soupir de soulagement.

- Ça, mon ange, c'est pas trop compliqué pour moi.

J'aimais qu'elle ne garde pas ses désirs juste pour elle. Mais elle ne retenait rien, de toute façon. Parce ce qu'elle était comme ça. Je réalisais alors combien il lui avait fallu de force pour me lâcher tout le contrôle et me faire confiance de façon si implicite : je l'avais dominée de la manière la plus intime, et elle avait à peine protesté. Elle s'était donnée à moi, tout simplement. Je me devais de lui rendre la pareille, mais pas seulement physiquement. Je pourrais l'amener à de nouveaux sommets toute la nuit, mais cela ne suffirait pas pour lui rendre ce qu'elle m'avait donné ce soir. M'approchant d'elle, je la serrais contre moi. D'un geste rapide, je me tournai sur le dos en l'entraînant sur ma poitrine. Ses cheveux tombèrent sur les côtés, recouvrant nos visages qui étaient à quelques centimètres l'un de l'autre.

- Assieds-toi sur moi, Krystina. Prends le contrôle.

Ses yeux s'élargirent de façon surprenante. Le regard choqué de son visage me fit sourire.

- Tu veux que... commença-t-elle.

- Oui, mon ange. Mais ne t'y habitue pas, plaisantai-je.

Son expression stupéfaite s'assombrissait, et ses yeux brûlaient d'un besoin que je ne pouvais décrire. Ses pupilles se dilataient avec une lueur provocante et sensuelle, alors qu'elle glissait ses mains le long de mon ventre et qu'elle enroulait ses doigts fins autour de la base de ma queue. Positionnant son corps au-dessus du mien, elle s'abaissait lentement. Profond et guttural, un gémissement passait entre mes lèvres. Je la sentais se resserrer autour de moi, m'encerclant dans une pure extase. Elle était comme la plus douce des soies, m'enveloppant de sa chaleur. J'aurais pu passer le reste de ma vie en elle et mourir en homme heureux. Quand elle se mit à bouger, je ne pus m'empêcher de la regarder entièrement : ses yeux étaient fermés, et sa tête projetée en arrière dans un bonheur sans limite, ses seins rebondissant à chaque mouvement. Alors qu'elle me chevauchait, elle était comme une déesse dont l'allure était destinée à me pousser à bout. Je m'approchais de l'orgasme. Mais je ne voulais pas me lâcher. Pas sans elle. Je voulais d'abord que ce soit elle qui jouisse. C'était censé être comme ça, après tout, parce qu'il ne s'agissait plus de repousser ses limites, mais de ses plaisirs à elle. De ses besoins. J'avais pris ce qu'elle m'avait donné, mais maintenant, c'était à moi de lui donner autant que ce que je venais de prendre grâce à elle.

- J'y suis presque, Alex, respira-t-elle.

Ses yeux semblaient vitreux, presque léthargiques, comme si elle était dans un autre monde.

- Je t'attends, mon ange, lui promis-je.

Ma bite palpitait, prête à exploser. Le plaisir était comme de l'or liquide coulant dans mes veines.

- Maint'nant, me dit-elle.

Son désespoir me fit presque perdre la raison et je faillis perdre le contrôle. Cette belle déesse qui était au-dessus de moi serait ma perte.

Je m'abandonne à elle. Dans tout ça. Dans ce moment.

Je me collais à elle, suivais ses mouvements, puis nos regards se croisèrent et je la sentais se resserrer autour de moi. Puis elle cria mon nom.

- Alex !

- Vas-y. Vas-y maint'nant, Krystina ! lâchai-je d'une voix qui semblait râpeuse même à mes propres oreilles.

Puis elle explosa comme une bombe et son cri de plaisir me libéra. Instantanément, mon corps se tendit, tellement que je crus que j'allais éclater pour de vrai. Il y eut un éclair, puis tout devint blanc. Elle continuait à me broyer, ne s'arrêtant pas dans son orgasme, me libérant dans les profondeurs de son corps. Puis elle s'effondra sur moi. Je sentais son cœur battre dans sa poitrine, au même rythme que mon propre pouls. Je traçais de petits cercles le long de la ligne de sa colonne vertébrale, alors qu'un sentiment de contentement chaleureux s'installait en moi.

J'aime vraiment cette femme.

J'avais les mots au bout de ma langue. Je voulais tellement

le lui dire, mais je savais que ce n'était pas le moment. Une partie de moi se demandait quand ce serait ce moment, d'ailleurs, car Krystina ne m'avait jamais donné l'impression qu'elle partageait mes sentiments.

Non, c'est encore trop tôt. Je n'peux pas le lui dire maintenant.

Finalement, sa respiration revenait à un rythme plus régulier. Je me retournais pour la déplacer sur le côté. Puis je me rendis compte qu'elle avait à peine bougé parce qu'elle s'était déjà endormie.

J'devrais p't'être la réveiller. Il faut qu'elle s'hydrate. Qu'elle boive un verre d'eau.

Je savais qu'elle avait atteint le subspace quand elle était sur le banc de fessée. Je m'en étais rendu compte parce qu'elle était dans un état de légèreté, ce qui arrivait fréquemment dans un contexte comme celui dans lequel nous étions. Je n'oubliais jamais de m'occuper de Krystina dans ce genre de situation, parce qu'aucun de nous deux ne savait à quel point elle pourrait retomber. Mais alors qu'elle était allongée là, ses seins montant et descendant à chaque respiration, je n'eus pas le cœur à la réveiller. Je fis de mon mieux pour reprendre le drap et la couette qui étaient placés n'importe comment sur le lit, afin de les placer sur elle et sur moi. M'allongeant à côté d'elle, je lui balayais une boucle du front. Puis, je l'observais pendant un long moment en me demandant ce que j'avais fait pour mériter quelqu'un comme elle. Elle était fougueuse et courageuse… mais aussi tout ce que je n'aurais jamais voulu, finalement. Pourtant, elle était exactement tout ce dont j'avais besoin. Puis je fermais les yeux pour enfin m'installer dans sa chaleur. Au bout de quelques minutes, je tombais dans les bras de Morphée.

20

Alexander

Dix. Onze. Douze. Trois. Il manque le « un ».

Je pense qu'il est censé indiquer le chiffre treize.

J'y suis presque.

J'arrive à la porte sur laquelle il y a le chiffre quinze et je place ma main sur le bouton. Il est tout collant. Justine a dû oublier de se laver les mains après avoir mangé la sucette de grand-mère.

Je tourne la poignée de la porte et je rentre à l'intérieur. Tout est calme.

Tant mieux. Le silence est toujours mieux que les cris.

J'entends un bruit. On dirait Justine qui pleure. Je déteste quand elle pleure. J'ai besoin de savoir pourquoi elle est bouleversée.

Je vais dans la cuisine. Elle n'y est pas. Elle est peut-être dans le salon. D'ailleurs, je vois ses petits pieds qui sortent de derrière le canapé. Elle se cache.

Il déteste ça.

- Justine, dis-je en chuchotant. On n'est pas censés jouer à cache-cache dans la maison.

Je vais la chercher derrière le canapé. Son visage est tout griffé et taché. Il y a des taches rouges de partout sur ses vêtements.

- Justine ! Qu'est-ce qui s'est passé ?

- Je n'sais pas, me dit-elle.

Elle prend sa poupée et la presse contre elle. Je vois quelque chose qui brille.

- Pourquoi tu as le pistolet de papa ?

- Maman va être tellement en colère. J'ai abîmé ma chemise !

Je la secoue et sa poupée tombe de ses mains. J'insiste :

- Mais qu'est-ce qui s'est passé ?

- Alex, tu sais où est ma robe bleue ? La jolie avec les fleurs ? Maman aime quand je la mets.

Elle est bizarre. Mais qu'est-ce qu'elle a ?

- Justine !

Je la secoue à nouveau, mais elle ne fait pas attention. Il lui a fait quelque chose pour qu'elle soit comme ça. Je le sais.

C'est sa faute. Je dois le trouver.

J'entends Justine fredonner la chanson préférée de maman.

Il faut que je l'aide. Mais d'abord, j'ai besoin de l'arme. Comme ça, si c'est moi qui l'ai, il ne pourra pas me faire de mal.

La voilà. Je la prends.

Je le vois allongé sur le sol. Ce sale fainéant doit dormir.

C'est ce que dit grand-père. Il dit que c'est un sale fainéant.

Je décide de le réveiller en criant :

- Hé !

Il ne répond pas. Je passe de l'autre côté. Je dois le réveiller. J'ai besoin de lui dire de ne plus faire de mal à Justine.

Mais il est réveillé. Ses yeux sont ouverts.

- Hé ! lui dis-je encore.

Mais il ne me répond pas. Je suis en colère. Tellement en colère. Je le déteste.

Les gens qui font de mauvaises choses doivent être punis. Il a fait quelque chose de mal à Justine. Il fait de mauvaises choses à maman.

Comme la fois où il a cogné sa tête contre le sol et où le sang a coulé de partout.

Il a besoin d'une bonne leçon.

Je pointe le pistolet sur lui.

- ALEX ! entendis-je. Alex, réveille-toi ! C'n'est qu'un mauvais rêve !

Krystina.

J'étais assis droit comme un « i »et la pièce s'inclinait dans tous les sens. Mon cœur battait à cent à l'heure, alimenté par une rage abracadabrante. Je baissais les yeux sur mes mains.

Elles sont grandes. Ce sont bien les miennes. Pas celles d'un enfant.

Mais ce qui importait aussi, c'était le fait que j'avais les mains vides. Je soupirais de soulagement.

Pas de pistolet.

Je secouais la tête pour chasser les images appartenant à un garçon de dix ans. Quand ma vi-sion se clarifia enfin, je vis Krystina assise à côté de moi dans le lit. Je pouvais voir son expression grâce aux rayons de la lune entrant par les fenêtres : elle avait l'air très inquiète.

- Désolé. Je ne voulais pas te réveiller, marmonnai-je en secouant encore la tête.

- Alex, c'était quoi, tout ça ? Tu criais le nom de ta sœur et tu disais que tu le détestais. Tu détestes qui ?

Me passant une main sur le visage et dans mes cheveux, je tentais de me débarrasser de ces rêves dérangeants qui me hantaient.

- C'était rien, tentai-je

Mais comme d'habitude, Krystina insistait.

- Ton père ?

Et merde.

Balançant les couvertures, je sortis du lit.

- J'ai dit que ce n'était rien. Laisse tomber, lui dis-je d'un ton dur. Rendors-toi.

- Tu vas où ?

- Au salon. Je dois travailler sur mon discours de vendredi soir.

- Ton discours ? Alex, il est à peine quatre heures du matin, me fit-elle remarquer avec scepticisme.

Je me sentais nerveux. Déséquilibré. Mon tempérament était prêt à s'enflammer à tout moment. Il fallait que je m'éloigne d'elle, que je m'éloigne de ce besoin brûlant de m'en prendre à quelqu'un. Comme n'importe qui, par exemple.

Garde ton contrôle, Stone.

Je pris une grande respiration et allais de son côté du lit pour l'embrasser doucement sur le front et tenter d'adopter un ton plus patient.

- Je sais très bien quelle heure il est. Maintenant, rendors-toi, s'il te plaît.

Je n'attendis pas sa réponse, et la laissait pour me rendre au petit salon où se trouvait mon bureau. Je m'asseyais derrière l'espace « ordinateur » et me penchais en arrière sur la chaise.

Putain ! D'habitude, je me réveille avant que le rêve n'aille aussi loin. Et Krystina était là...

Un frisson s'emparait de ma colonne vertébrale. Je trouvais le fait que Krystina m'ait entendu parler dans mon sommeil assez troublant. Mais ce qui m'avait encore plus énervé, c'était la colère que j'avais ressentie en me réveillant au beau milieu de ce rêve. Une sorte de haine de la pire espèce m'avait envahi, et j'avais ce besoin inexplicable de blesser physiquement quelque chose ou quelqu'un. Cela me rappelait une fois de plus pourquoi je n'étais pas bon pour Krystina. Je me sentais comme une bombe à retardement qui attendait d'exploser à tout moment. J'étais une menace pour sa sécurité.

Il faut que je me ressaisisse.

Si ce cauchemar ne m'était pas inconnu, j'étais préoccupé

par sa fréquence, ces derniers temps : ce rêve, qui revenait presque tous les jours quand j'étais enfant, avait fini par se dissiper lorsque j'étais devenu adulte. Je voulais trouver la raison pour laquelle ils devenaient plus réguliers après tout ce temps. Mon regard se posait sur l'étagère qui se trouvait contre le mur à ma droite. Elle était pleine de vieux manuels universitaires, et d'études en psychologie moderne sur les façons complexes dont l'esprit humain fonctionne. J'avais passé des heures à parcourir ces livres en quête de réponses. Mes doigts me démangeaient pour en trouver une autre. J'étais cependant trop excité pour me lancer dans une recherche à ce moment-là. Je savais que ce rêve était trop frais pour que je puisse prendre une position impartiale sur le sujet. Une distraction s'imposait jusqu'à ce que j'ai le bon état d'esprit pour rechercher ce qui pourrait être l'élément déclencheur. J'avais besoin de me libérer de mon passé, de mes cauchemars et de toutes les façons dont cela pouvait affecter ma relation avec Krystina. J'étendais le bras derrière moi et allumais la radio. Linkin Park passait dans les haut-parleurs. Je changeais rapidement de fréquence : de la musique classique aurait un meilleur effet sur moi.

Mozart. La symphonie 41, connue sous le nom de "Jupiter". Parfait. Ça me permettra de me détendre.

Je me retournais sur le bureau et allumais mon ordinateur portable. Puis, j'ouvris une page vierge : mon discours pour le gala de charité devait encore être écrit, et je ne pouvais pas penser à un meilleur moment pour le faire.

- Alexander.

Levant le regard, je vis Krystina dans l'embrasure de la porte. Elle portait un de mes t-shirts, ses cheveux tombant en boucles lâches sur ses épaules. Elle était magnifique, debout, parfaite en tout point. J'étais époustouflé devant sa beauté.

Je ne mérite pas d'être avec elle. Elle n'est pas en sécurité avec moi.

Mettant de côté mon inquiétude de pouvoir la blesser un jour de manière involontaire, je me concentrais sur ce que je lui avais dit quelques temps auparavant.

Profiter du présent.

Je lui fis un petit sourire et pris soin de garder un ton léger.

- J'ai toujours préféré la soie et le satin, mais tu es vraiment super sexy quand tu portes mes t-shirts. Est-ce que je te l'ai déjà dit ?

- Arrête de tourner autour du pot, dit-elle doucement en secouant la tête. S'approchant de moi, elle s'asseyait sur mes genoux et me passait une main dans les cheveux. Dis-moi tout.

La prenant dans mes bras, je la serrais fort. Elle semblait détendue. Douce et chaleureuse. Rien à voir avec ce que j'avais ressenti quelques minutes auparavant. Au bout d'un moment, je me décalais et la regardais droit dans les yeux. Ils étaient pleins de patience alors qu'elle attendait que je parle.

- Mon ange, ce n'était qu'un cauchemar. Tout l'monde en fait.

- Pas de cette manière, Alex. Ce n'était pas normal.

- Tu as raison. Les gens normaux ne font pas de cauchemars comme les miens. Mais on est déjà passés par là. Et tu sais que déjà que je ne suis pas normal, d'ailleurs, rétorquai-je amèrement.

- Alex... elle recula un peu. Tu as vécu une enfance horrible. Tout bien considéré, je pense que le fait que ça te dérange encore est une chose très normale.

P'tain ! Y'a rien d'normal, dans tout ça.

Fermant les yeux, je pris une grande inspiration. Je savais que je devais lui parler de ces rêves. Elle devait connaître toute la vérité et avait le droit de savoir dans quoi elle s'embarquait.

- Krystina... je t'ai parlé de mon passé, mais je ne t'ai pas tout dit.

Elle prenait encore du recul et son front s'allongeait en un V. Je luttais contre l'envie de lui lisser les rides. Je préférais nettement quand elle souriait. Si ça ne tenait qu'à moi, elle ne froncerait plus jamais les sourcils.

- Qu'est-ce que tu ne m'as pas dit ?

- Je t'ai parlé de ce dont je me souviens, commençais-je. Cela peut paraître étrange, mais je pense que mes souvenirs sont brouillés par mes rêves. Le rêve que j'ai fait cette nuit est un rêve récurrent. Je le fais depuis que je suis tout petit.

Le bruit du coup de feu résonnait dans mon esprit ; l'odeur de la poudre à canon prévalait dans l'air. Je me taisais et tentais de faire disparaître tout ça.

- C'est quoi, ce rêve ?

Je me pinçais l'arête du nez et luttais pour trouver les mots justes afin de lui expliquer. Maintenant que j'y étais, je me devais de tout lui dire. Malgré tout, je ne pouvais m'empêcher de penser que j'allai m'étouffer avec ces mots, que je n'avais jamais prononcés à haute voix auparavant.

- En fait, ce rêve est très semblable à mes souvenirs. Sauf que, dans le rêve, je ne suis pas rentré à la maison pour trouver mon père déjà mort, parce que c'est moi qui lui ai tiré dessus, m'étouffai-je.

Et voilà. Ça, c'est dit. Enfin !

- Mais, Alex. C'n'est qu'un rêve, dit-elle doucement. Tu as dit toi-même que la police n'avait jamais trouvé qui lui avait tiré dessus, et Justine n'en a aucun souvenir.

Je la regardais en état de choc, stupéfait par son innocence.

- Krystina, tu ne comprends pas ce que je dis ? Je pense qu'il y a une chance tout à fait réelle pour que ce soit moi qui ai appuyé sur la gâchette. Pas ma mère. Pas Justine. Pas un criminel lambda. Moi.

Elle se leva et commençait à faire les cent pas devant mon bureau.

- Raconte-moi les détails de ce rêve.

- Mon ange, je préfère ne pas t'en mêler. Du moins, pas ce soir. Un autre jour peut-être.

- Très bien. On va donc regarder les choses sous un autre angle. Il y a bien eu une enquête ?

- Oui, lui dis-je sans savoir où elle voulait en venir avec son interrogatoire.

- Est-ce que quelque chose est ressorti par rapport aux allées et venues de ta mère ?

- Non. C'était comme si elle avait disparu. Sa photo était de partout dans les journaux ; la police avait interrogé tous ceux que nous connaissions. Mais elle n'a rien trouvé.

Des souvenirs de cette période m'emplirent l'esprit, me replongeant dans cette époque difficile pour Justine et moi. L'école avait été informée et les enseignants interrogés. Très rapidement, nos camarades de classe furent au courant et bien souvent, Justine rentrait à la maison en pleurant.

Les enfants sont vraiment cruels.

Moi, par contre, je m'étais mis à sécher les cours, devenant du jour au lendemain un enfant problématique pour mes grands-parents, qui essayaient juste de faire de leur mieux. Amer et rancunier, je n'étais qu'un reclus pendant mon adolescence. Après avoir découvert mon désir de frapper les femmes, à l'âge de seize ans, je savais que je n'étais qu'un danger pour les autres, ne faisant confiance à personne, y compris à moi-même. Si je n'avais pas rencontré Sasha, la fille qui m'avait fait découvrir le monde du BDSM, je n'aurais peut-être jamais réussi à contrôler ma vie. À dix-huit ans, elle était devenue mon seul exutoire pour des années de colère refoulée et m'avait permis de reprendre le contrôle de mes émotions. À vingt ans, j'avais déjà appris l'art de concilier patience et maîtrise de soi avec pouvoir et contrôle. C'était devenu mon identité et mon mode de vie.

Jusqu'à aujourd'hui.

Depuis ma rencontre avec Krystina, tout me semblait déséquilibré et mes instincts soigneusement aiguisés étaient malsains.

- Pourtant, à tous les coups, les enquêteurs ont dû passer à côté de quelque chose, d'un petit indice donnant une idée de l'endroit où ta mère est allée, dit Krystina en m'arrachant de mes sombres pensées.

Elle arrêta de tourner dans la pièce et vint se placer devant moi. Je pouvais voir la façon dont ça moulinait dans sa tête, comme si elle essayait d'assembler un puzzle auquel il manquait des pièces.

- Ça ne sert à rien d'essayer de comprendre. J'ai déjà essayé. J'aimerais avoir les réponses, mais je ne les ai pas. Elle est peut-être morte, ou peut-être même qu'elle se trouve quelque part... mais je n'en sais rien.

Krystina penchait sa tête sur le côté et me regardait avec curiosité.

- C'est pour ça que tu as décidé d'ouvrir un refuge pour les femmes, chuchota-t-elle.

Sa remarque me surprit ; je trouvais cela bizarre qu'elle en soit arrivée à cette conclusion.

- Qu'est-ce qui te fait penser ça ?

- Eh bien, je ne sais pas, dit-elle en haussant les épaules. J'ai d'abord pensé que tu l'ouvrais parce que tu souhaitais sympathiser avec des femmes qui vivaient des situations difficiles. Mais maintenant, je me dis que peut-être, il y avait autre chose, derrière tout ça. Par exemple, je pensais que tu te disais peut-être que ta mère pourrait s'y pointer.

- Dans un monde parfait, mon ange, lui dis-je en secouant la tête.

- Tu voudrais pas qu'on la retrouve ?

Je ne savais que lui répondre ; je m'étais déjà posé cette question tellement de fois. Une partie de moi détestait ma mère et ne voulait plus jamais la revoir, mais une autre partie de moi avait du mal à croire qu'elle nous avait quittés aussi facilement. J'étais sûr que Hale était fatigué de s'occuper de chaque inconnue qui se présentait au commissariat, même s'il ne disait jamais rien de mon obsession de découvrir la vérité. Justine ne comprenait pas non plus mon besoin de trouver les réponses. Elle était certaine que je cherchais un fantôme.

- Allez, viens là, lui dis-je en guise de réponse tout en l'attirant sur mes genoux. Ça ne nous servira à rien d'être fatigués tous les deux, demain. Tu peux retourner te coucher, moi, je reste là pour travailler sur ce discours.

- Honnêtement, je ne suis pas fatiguée. Je peux t'aider, peut-être ? me suggéra-t-elle.

- Ce n'est pas la peine, lui dis-je en riant, pour tenter d'alléger mon humeur sombre. C'est assez ennuyeux, je l'avoue, et pas marrant du tout. J'ai à peu près une idée de ce que je vais écrire... je vais aussi ajouter un peu de piment ou sinon, c'est Justine qui va se payer ma tête : elle dit que je suis sans cœur et que j'ai besoin de plus exprimer mes sentiments.

D'un geste, je la faisais se lever puis la guidais vers la chambre. Elle s'installa dans le lit et je tirais les draps sur elle. Quand je me penchais pour l'embrasser, elle posa ses paumes de chaque côté de mon visage.

- J'ai une idée, Alex : et si tu disais la vérité dans ton discours ? Je ne peux pas penser à autre chose de plus sincère qu'une histoire vraie.

Plongeant mes yeux dans les siens, je l'embrassais sur le nez et me relevais.

- Ça n'arrivera jamais, mon ange.

- Tu devrais y penser. Tu finiras peut-être par te sentir mieux par rapport à ce qui s'est passé en le faisant.

Je ne lui répondais pas et sortais simplement de la pièce en baissant l'intensité de la lumière. Peut-être que je me sentirais mieux si je racontais mon histoire... peut-être que non. Mais ça, c'était quelque chose que je ne saurai jamais : rendre mon histoire publique n'était pas une option, de toute manière, parce que je refusais de faire l'objet de spéculations. Justine et moi avions déjà vécu cela, et l'enfer gèlerait avant que j'accepte que cela se reproduise.

Krystina

UNE FOIS qu'Alexander avait quitté la chambre, je tendais la main pour prendre mon téléphone posé sur la table de nuit. S'il pensait que je serais capable de dormir après notre conversation, il se trompait lourdement. Il cherchait manifestement des réponses. J'étais sûre qu'il avait fait des recherches approfondies sur le meurtre de son père, mais il avait peut-être raté quelque chose. Me glissant dans le lit, je cachais le téléphone sous les draps. Je ne voulais pas qu'Alexander remarque la lumière de l'écran. Il valait mieux qu'il pense que je me rendorme plutôt qu'il découvre que je faisais des recherches pour lui. Je savais à quel point il tenait à sa vie privée. Je ne voulais pas qu'il s'énerve en apprenant ce que je faisais, même si j'étais de son côté dans cette histoire. J'ouvrais l'application du navigateur et réfléchissais à la manière dont je devrais commencer mes recherches.

Il me faut une ligne de temps. Une date.

Je me mis à soustraire l'âge d'Alexander de l'année en cours pour trouver le bon calendrier. Après avoir fait rapidement le calcul, je tapais son nom et l'année où il aurait eu dix ans. Voyant que ma recherche n'avait rien donné de pertinent, je fronçais des sourcils : tout ce que j'avais trouvé était soit les articles d'un tabloïd, soit un article orienté sur son business des dix dernières années. Changeant de stratégie en termes de recherche, je décidais d'inclure le Bronx dans mon champ de recherche, parce que c'était là où il avait grandi. Un article sur une transaction immobilière se présentait, mais rien ne mentionnait sa mère, ni une affaire de meurtre non résolue. Ma recherche n'ayant guère abouti, je tentais le nom de Justine. Mais en vain. Je me frottais mes yeux brûlants, pour tenter de combattre le sommeil qui voulait m'envahir.

Le nom de ses grands-parents, peut-être ? Ou bien, le nom de sa mère ?

Et là, je réalisais que je ne connaissais même pas le nom de sa mère. Je savais que sa grand-mère s'appelait Lucy, mais je ne me rappelais pas s'il avait déjà mentionné le nom de son grand-père.

Je ne suis pas du tout sur la bonne voie.

Frustrée, je reposais le téléphone sur la table de nuit. J'aurais aimé trouver un tout petit indice, n'importe quoi, histoire de commencer mon cheminement. Il devait certainement y avoir quelque chose qui m'amènerait à donner plus de réponses à Alexander. Je pensais qu'il accordait beaucoup trop d'importance à un rêve, mais je savais qu'il avait besoin de la vérité pour aller de l'avant. Si je pouvais l'aider à la trouver, peut-être qu'il arrêterait de s'en vouloir autant.

Je reviendrai là-dessus demain, après le travail.

Me promettant de poursuivre mes recherches, je me positionnais d'un côté et regardais par la fenêtre. Le soleil était sur le point d'atteindre le seuil de l'horizon, donnant au ciel une lueur rouge lumineuse.

Ciel rouge le matin avertit le marin.

Je fermais les yeux en me disant que le fait de connaître les prévisions météorologiques de cette journée était ma dernière pensée éphémère avant de m'endormir.

21

Krystina

J'étais étonné de la rapidité avec laquelle mes journées de travail se déroulaient à Turning Stone. Le jeudi passa en coup de vent, et pourtant, j'y étais restée pendant douze heures, ce jour-là. Et ce vendredi matin, j'avais déjà presque effectué ma première semaine de travail. Mes journées étaient surbookées, mais j'en adorais chaque minute. Et là, j'étais en train d'appeler ma secrétaire - et d'ailleurs, je commençais tout juste à m'habituer à en avoir une rien que pour moi.

- Regina !

- Oui, madame ? dit-elle en me lançant un regard.

Je n'étais pas non plus habituée au fait que l'on m'appelle « madame », surtout par une personne ayant facilement vingt ans de plus que moi.

- J'ai rendez-vous avec Walter Roberts ce matin pour étudier la stratégie publicitaire de Wally's. C'est très compliqué pour lui de sortir de son magasin. Je vais donc le rencontrer à son bureau. Je devrais être de retour au plus tard à deux heures. Pouvez-vous transférer tous les appels sur mon portable ?

- C'est noté. Autre chose ?

- En fait, oui. Avez-vous pu lire le mail que je vous ai envoyé à propos des Cuisines Sheppard ?

- Je l'ai lu. D'ailleurs, j'étais même en train de travailler sur votre demande.

- Super. Avez-vous pu trouver des infos sur les marchés concurrents ?

- Oh, une tonne ! J'en ai déjà envoyé beaucoup à Clive, me dit-elle en faisant référence au coordinateur marketing de Turning Stone. J'aimerais rajouter que je me souviens de cette époque, où cette tâche m'aurait demandé des jours de travail. Je sais que j'ai l'air âgée en parlant de ça, mais je suis quand même bien contente qu'Internet soit à notre disposition de nos jours : ça facilite vraiment les recherches !

Je ris et étais sur le point de la remercier, mais je m'arrêtai net car ce qu'elle venait de me dire me rappelait tous les problèmes que j'avais eus lors de ma tentative de recherche en ligne au sujet du meurtre du père d'Alexander.

Mais c'est ça ! C'est Internet, mon problème !

Internet venait de débarquer dans nos vies, il y a vingt-cinq ans, à peu près. C'était peut-être pour cela qu'il n'y avait pas les infos que je recherchais. Je pensais au temps que j'avais perdu la nuit dernière... et puis, Alexander m'avait demandé si je pouvais dormir chez lui ce soir, mais j'ai prétexté que j'étais trop fatiguée par ma longue journée de travail...

Mais qu'est-ce que je suis bête ! J'arrive pas à croire que j'ai même pas pensé à ça !

C'était à la bibliothèque que je trouverai ce que je recherche. Pas sur Internet.

- Euh, merci, Regina. Encore une chose, lui dis-je distraitement. Je ne serai peut-être pas de retour aussi tôt que je le pensais. Je viens tout juste de me rappeler qu'il faut que je m'arrête ailleurs sur le retour.

- Prenez votre temps. On tiendra l'coup, dit-elle en plaisantant avant de retourner à son bureau.

Je pris mon sac à main et me dirigeais vers l'ascenseur. J'avais hâte de voir Monsieur Roberts et de travailler avec lui, et j'espérais secrètement qu'il ne serait pas d'humeur à discuter avec moi, parce que j'avais une question plus urgente à régler. Si je parvenais à gérer mon temps avec lui de manière efficace, je pourrais peut-être me libérer une petite heure à la bibliothèque avant d'aller me préparer pour le gala de charité. Les portes de l'ascenseur s'ouvrirent et, dans mon élan, je percutais Hale.

- Oh ! Hale, dis-je, embarrassée de ne pas avoir fait attention. Désolée. Je ne regardais pas où j'allais.

- Tout va bien, mademoiselle. En fait, je venais justement vous voir : Monsieur Stone m'a demandé de vous donner ça.

Il me tendait un trousseau de clés.

- C'est pour quoi faire ? m'enquis-je avec confusion tout en prenant le trousseau.

- Une voiture vous attend dans le parking. Elle est garée sur la place D36. Comme je ne suis pas toujours disponible pour vous, Monsieur Stone préfère que vous l'utilisiez, à l'avenir. Il n'aime pas trop que vous preniez le métro. Ni un taxi.

- Ce genre de choses lui ressemble, dis-je en fronçant les sourcils. Quelque chose ne collait pas, pourtant. Mais, Hale, s'agit-il d'un prêt jusqu'à ce que ma voiture soit réparée ?

- Je n'en sais rien, Mademoiselle. Nous n'en avons pas discuté. On m'a seulement dit de récupérer la Porsche Boxster dans son entrepôt et de vous apporter les clés.

Une Porsche. Quel salopard de vicieux !

Il ne s'agissait donc pas d'un prêt de véhicule : Alexander connaissait l'amour secret que j'avais pour ce constructeur allemand. Je me rappelais aussi qu'il m'avait dit un jour que collectionner des voitures était l'un de ses passe-temps. J'étais curieuse de connaître l'étendue de sa collection, et de savoir si la Porsche en faisait partie. Cependant, peu importe à quel point j'étais tentée de le savoir : une voiture était un cadeau que je ne pouvais tout simplement pas accepter.

- Hale, dites à Monsieur Stone que je le remercie, mais je préfère le taxi. En plus, si j'y vais en taxi, je n'aurais pas de problème à trouver une place de parking.

- Mademoiselle Cole...

- Hale, dis-je en lui prenant la main et en lui remettant les clés. Je vais prendre un taxi.

- Il ne sera pas très content.

- En effet. Je suis même certaine qu'il sera furieux. Mais je m'occuperai de ça avec lui plus tard, ajoutai-je avec un clin d'œil.

J'appuyais sur le bouton pour appeler l'ascenseur une fois de plus. Les coins de la bouche de Hale se relevèrent de manière subtile : ce n'était pas vraiment un sourire, mais il y avait un soupçon d'humour dans ses yeux qui le trahissait.

- Passez une bonne journée, Mademoiselle.

- Merci. Vous aussi, dis-je en entrant dans l'ascenseur.

Avant même que l'ascenseur n'atteigne le rez-de-chaussée, mon portable me notifia que j'avais reçu un texto. En traversant le hall, je sortais mon portable de mon sac. Sans surprise, je vis que le texte était d'Alexander.

9:51, Alexander : *Pourquoi chaque chose simple doit être compliquée, avec toi ?*

Je souriais intérieurement. Plutôt que de mener une bataille de volontés, je lui répondais juste avec un émoticône envoyant un bisou et remettais le téléphone dans mon sac. Et là, soit il était en train de rire, soit il était en colère en voyant ma réponse. De toute manière, ma journée était bien remplie et je n'avais pas envie de me battre pour une voiture. Je sortis par la porte principale et fus heureuse de voir qu'un taxi était déjà garé sur le trottoir. J'en profitais donc pour sauter dedans.

- Je vais au Wally's de la 57ème rue, s'il vous plaît, annonçai-je au chauffeur.

Je m'installais sur la banquette arrière et eus une pensée pour Walter Roberts. Je n'avais pas vu mon ancien patron depuis des semaines. J'avais hâte de retravailler avec lui, même si le contexte était différent de celui d'avant. Mon téléphone portable se mit à sonner. Je gémissais en pensant que c'était Alexander qui m'appelait au sujet de la Porsche. Cependant, lorsque je regardais l'écran, je vis que c'était ma mère. Une partie de moi aurait souhaité que ce soit Alexander, car la conversation aurait été plus facile pour moi. Je n'avais pas parlé à ma mère depuis son départ lors de sa dernière visite, et les choses avaient été particulièrement tendues à ce moment-là.

- Salut, maman, la saluai-je timidement.

- Bonjour, mon cœur. Comment vas-tu ? Je n'ai pas eu de tes nouvelles depuis un moment.

- Oui, désolée, les choses ont été un peu mouvementées. J'ai commencé un nouveau travail, lui expliquai-je en espérant qu'elle serait heureuse d'entendre la nouvelle. Je suis bien mieux payée qu'avant. Tu peux dire à Frank que je m'occuperai du loyer, à partir de maintenant.

- C'est bien pour toi. Je lui dirai. Autre chose de nouveau et d'excitant à m'annoncer ?

C'est tout ?

Elle m'avait harcelée pendant des mois au sujet du fait qu'il fallait que je change de travail. Du coup, le fait qu'elle ne me demande pas plus de détails me choquait. Le chauffeur prit un virage serré à droite, et je me cognai contre la porte du passager.

Alexander a p't'être raison, quand il dit qu'il n'aime pas trop que je prenne un taxi.

- Hum... pas vraiment. Rien d'neuf.

Je ne savais pas trop quoi dire de plus. Ma mère avait l'habitude de me faire la morale, et j'arrivais rarement à placer un mot.

- Est-ce que tu vois toujours Alexander ?

Ah... c'est là qu'elle voulait en venir.

- He bien, oui, pour tout te dire. Pourquoi cette question ? m'enquis-je un petit peu mal à l'aise.

- En fait, je pensais à Thanksgiving. D'habitude, tu viens nous rendre visite à cette période de l'année, et je pensais que tu pourrais l'inviter à se joindre à nous.

Mais-qu-est-ce-qui-lui-arrive ?

C'était comme si elle m'encourageait à avoir une relation. Elle, qui était toujours très pessimiste dès qu'il était question du sexe opposé... je me demandais ce qui avait provoqué cette réaction.

- Je lui demanderai. Je n'sais pas s'il a déjà des projets, répondis-je distraitement en regardant la route.

J'agrippais la poignée de la porte pour sauver ma vie lorsque le taxi s'arrêta brusquement.

- Parfait. Tu m'tiens au courant ? Je sais que tu es bien occupée, alors je te laisse.

D'accord, alors là, on a atteint le point de la bizarreté.

J'avais du mal à croire que je parlais à Elizabeth Long, la femme amère qui prétendait que tous les hommes étaient mauvais et que je devais les éviter. J'éloignais le téléphone de mon oreille pour m'assurer que c'était bien son nom qui s'affichait.

- Maman, tout va bien ? lui demandai-je avant qu'elle ne raccroche.

- Oui, ma chérie. Pourquoi ça n'irait pas ?

- Je n'sais pas. Tu agis bizarrement, c'est tout, lui dis-je, totalement déconcertée. La ligne devint silencieuse. Maman, t'es toujours là ?

Je l'entendais soupirer.

- Je suis là. Je suis désolée si tu penses que j'agis bizarrement. Mais en même temps, c'est peut-être seulement parce que j'essaie de te laisser vivre. J'ai pensé à pas mal de choses, après ma dernière visite.

- Maman...

- Écoute-moi juste une minute. J'étais vraiment bouleversée et j'ai eu une longue discussion avec Frank sur le chemin du retour. Puis, au cours de ces dernières semaines, il a fini par me faire voir les choses un peu différemment. Je n'avais pas réalisé à quel point j'avais été dure avec toi. Tu sais que je t'aime, hein ?

- Oui, je le sais, maman. Et moi aussi, je t'aime.

- Je ne veux vraiment que ce qu'il y a de mieux pour toi, mais je sais que je dois prendre du recul. Tu es une adulte et je ne peux pas continuer à te dire ce que tu dois faire. Il est grand temps que je *te* laisse décider de ce qui est le mieux pour toi.

- Euh... je suppose qu'il faut que je te remercie ? demandai-je avec un petit rire, ne sachant pas quoi dire d'autre.

Cela ne lui ressemblait pas du tout, et je ne savais pas trop quoi penser.

- Tu m'appelles quand tu as une réponse à propos de Thanksgiving ?

- Oui, bien sûr. Pas de problème.

- Très bien, ma chérie. Alors à très bientôt. Au revoir !

- Au revoir, maman.

Mettant fin à la conversation en appuyant sur le bouton rouge, je fixais l'écran de mon téléphone. Les véhicules circulaient et les klaxons hurlaient, mais je ne voyais et n'entendais rien de tout cela. J'étais heureuse que ma mère lâche enfin un peu les rênes. Après tout, j'ai cessé d'être un enfant depuis longtemps. Mais même ainsi, c'était peut-être la conversation la plus bizarre que j'aie jamais eue avec elle.

Alexander

Il était presque trois heures et je terminais mon récapitulatif hebdomadaire avec Laura afin d'établir les priorités pour la semaine à venir.

- Avez-vous pu trouver une équipe pour le *Lucy* ?

- Oui, j'en ai trouvé une, Monsieur, m'indiqua-t-elle. Le prestataire a de bonnes références et l'assurance est comprise. Ils ont suggéré de l'amarrer dans les Florida Keys plutôt que dans les Caraïbes pour des raisons de sécurité par rapport à des questions de criminalité. Si vous souhaitez en discuter plus en détail, j'ai déjà prévu une réunion avec eux la semaine prochaine, le mardi.

- Très bien. Où en est-on avec les permis de construire ? m'enquis-je en passant au sujet suivant. J'aimerais savoir à qui je dois graisser la patte pour que les choses avancent.

Elle faisait tourner les onglets du classeur qu'elle tenait sur ses genoux et posa un doigt sur une page.

- Tous les permis relatifs au vieux bâtiment Rushmore ont été délivrés par l'administration de la ville, Monsieur Stone. J'attends juste votre feu vert pour donner l'autorisation aux entrepreneurs de commencer le travail, m'informa Laura.

- He bien ! Il était temps ! lâchai-je sur un ton agacé. J'ai acheté ce bâtiment il y a presque deux ans.

Elle soupira.

- Je comprends vos frustrations, mais il n'y avait aucun moyen pour vous de connaître les problèmes de structure de ce bâtiment, Monsieur, déclara-t-elle. Rien de tout cela n'a été divulgué, et aucun inspecteur ne s'en souciait.

- Qu'importe, dans tous les cas, un tel retard est toujours fâcheux, surtout qu'il ne faut pas oublier que tout ça m'a coûté. Est-ce que Stephen en a étudié l'aspect légal ?

- Tout ce que je sais, c'est qu'il s'est heurté à pas mal de murs en essayant d'obtenir une compensation de la part de Rushmore Industries. Leur faillite met des bâtons dans les roues de tout ce que Stephen essaie d'entreprendre.

- Bon, d'accord. Je verrai ça avec lui plus tard. Avez-vous d'autres choses à me dire ?

- Les demandes de permis de construire pour le toit de l'épicerie de chez Wally's ont été établies, et je ne pense pas qu'il y ait du retard à ce niveau-là. L'intérêt du maire pour cette affaire a vraiment aidé à faire avancer les choses.

- Parfait. Je vais faire un pas de plus. Appelez son bureau et essayez de nous organiser un repas d'affaires pour la semaine prochaine, pour le déjeuner. Je veux m'assurer que son intérêt reste inébranlable.

- Je m'en charge. Autre chose ?

- Oui. Je vous ai envoyé par mail une liste de propriétés situées dans le sud de Manhattan. J'aurai besoin de toutes les informations de base qui s'y rapportent, en oubliant tout ce qui ressemble à un casse-tête, puis envoyez-moi une liste actualisée de tout ce qui semble prometteur. C'est moi qui ferai les visites avec Hale, courant de la semaine prochaine.

- J'aurai les informations d'ici lundi matin...

Un coup à la porte de mon bureau l'interrompit.

- Entrez ! aboyai-je, agacé par cette interruption.

Krystina devait bientôt être de retour, et je voulais terminer les affaires de la semaine. Je voulais travailler sur une période de sept jours, et avais hâte de prendre un jour ou deux de congé. L'image de Krystina ligotée et nue était pour moi comme une carotte qui me pendait devant le visage.

- Monsieur Stone, dit Hale en entrant dans le bureau.

- Oh, Hale. Bon. Je suis content que vous soyez là. Je voulais vous parler avant ce soir. Laura, dis-je en me tournant vers elle. Je pense que nous avons terminé... à moins que vous ayez quelque chose de plus urgent à traiter avec moi ?

- Non, monsieur. Tout est bon pour moi, affirma-t-elle.

Après le départ de Laura, je faisais signe à Hale de s'asseoir face à moi.

- Tout est prêt pour ce soir ? l'interrogeai-je.

- Oui, monsieur. Justine aimerait que vous entriez devant, afin d'accéder à l'intérieur par les portes principales. Je ne lui ai pas donné de réponse positive, pensant qu'il était prudent de penser que vous voudriez d'abord vérifier la présence d'éventuels journalistes. Il y a une porte arrière, si nécessaire.

- Très bonne réponse par rapport à ça. Krystina a pas mal de réserves par rapport aux médias. Une autre entrée pourrait être nécessaire, réfléchissai-je. Et pour la Bugatti ?

- Je suis allé chez le garagiste et ai fait préparer la voiture comme vous me l'avez demandé.

Je me mis à rire.

- Cela a dû vous prendre un bon moment ?

- Oh... pas tant que ça, dit Hale en m'accordant un rare sourire.

- Parlez-moi de votre conversation avec Krystina. Est-ce qu'elle était en colère à propos de la Porsche ?

- Elle ne semblait pas contrariée, mais en même temps, il m'était difficile de cerner son point de vue. Et on n'a pas parlé longtemps, me répondit-il en fronçant les sourcils.

Je m'asseyais sur ma chaise en écoutant Hale récapituler brièvement le refus de Krystina de prendre la Porsche.

- Je me doutais qu'elle serait résistante, mais je pensais qu'elle serait plus apte à accepter les clés si elles venaient de votre part, et non de la mienne. Je m'occuperai de tout ça plus tard, lui dis-je. Et avec la sécurité, on en est où ?

- Elle est en place. J'ai parlé à Justine et elle m'a fait part de certaines préoccupations, pour lesquelles j'ai pris des dispositions. Je serai là pendant toute la soirée pour garder un œil sur tout. Si Charlie fait une apparition, on sera tous là.

- Je ne pense pas qu'il vienne, déclarai-je.

- Eh bien, si c'est le cas, on sera là pour le virer, m'assura Hale. Avez-vous reçu mon e-mail au sujet de Trevor Hamilton ?

- Oui, mais je n'ai pas encore eu le temps de le lire. Avez-vous trouvé quelque chose ?

- Oui, en effet. C'est même assez troublant, d'ailleurs. C'est pourquoi je vous ai demandé si vous l'aviez reçu. J'ai du mal à imaginer que quelqu'un comme Mademoiselle Cole puisse être avec un homme comme lui.

Je serrais les lèvres et fronçais les sourcils. Je me fichais de savoir ce qu'il avait trouvé dans le passé d'Hamilton, parce que je n'aimais pas imaginer Krystina avec un autre homme que moi. Mon téléphone sonna et j'en regardais l'écran : c'était un message de Krystina et mon humeur s'éclaircit instantanément.

3:07, Krystina : Monsieur Roberts m'a retenue plus longtemps que prévu. Je suis sur le chemin du retour.

Hamilton n'avait plus qu'à se faire tout petit. Krystina était à moi, maintenant.

3:08, moi : À très vite.

Spontanément, je rajoutais le même émoticône qu'elle m'avait envoyé un peu plus tôt. Je souriais en pensant au fait qu'elle avait la capacité de faire ressortir un côté ludique inhabituel de chez moi. Je me retournais vers Hale pour constater qu'il arborait une expression assez particulière sur son visage. J'effaçais rapidement mon sourire.

- C'était Krystina, lui dis-je sur un ton sérieux. Elle ne devrait pas tarder. On a prévu de nous préparer pour chez moi le gala. Ensuite, vous passerez nous y prendre à dix-huit heures.

- Très bien, Monsieur, répondit-il en me regardant d'un air entendu.

- Quoi ?

- Rien, monsieur. Rien du tout.

J'étrécis mon regard, pleinement conscient de ce qu'il était en train de penser.

Et oui, Hale. Je suis complètement sous le charme d'un ange.

Je me fichais complètement de ce qu'il pensait. En fait, je me fichais complètement de ce que tout le monde pensait. J'étais amoureux d'une femme, même si elle ne le savait pas encore. Si les gens voulaient me juger pour ça, et bien tant pis.

22

Krystina

Alors que nous approchions de l'hôtel qui accueillait le gala de charité, je me sentais déjà comme une princesse. J'avais du mal à croire que j'arrivais dans une Bugatti de 1931. Entre ça et nos tenues « vintage », j'étais sûre que même les membres de la famille royale britannique auraient éprouvé un pincement au cœur. J'avais très vite appris qu'Alexander aimait faire les choses en grand. Puis nous arrivâmes et je jetais un œil par la fenêtre : une mer de journalistes était là, prête à intervenir. Toute mon excitation s'envola instantanément.

- Alex, dis-je d'un air méfiant en regardant la foule qui bordait un tapis rouge de style hollywoodien. Ce sont tous des journalistes ?

- Probablement. Il y a eu pas mal de battage médiatique autour de cet événement, me dit-il en fronçant les sourcils. Mais je dois admettre que je ne m'attendais pas à en voir autant.

- Dois-je me garer derrière, Monsieur Stone ? demanda Hale depuis le siège avant.

- En même temps, je ne devrais peut-être pas les éviter : la publicité ne sera que bonne, pensa Alexander avant de se tourner vers moi. Krystina, j'aurai besoin d'eux pour capter l'intérêt des futurs donateurs si la vente aux enchères de ce soir ne rapporte pas autant que nous l'espérons.

- C'est bon. Je comprends. Je vais pouvoir gérer tout ça.

Je l'espère.

- On sort ici, Hale.

- Bien, Monsieur.

Il sortit de la voiture et en faisait le tour pour nous ouvrir la porte. Alexander sortit en premier, puis il se retourna pour me prendre la main. Au moment où je sortis du véhicule, la presse se précipita vers nous

- Monsieur Stone, pouvez-vous nous en dire plus au sujet de la Stone Arena ?

- Quels sont vos plans de sensibilisation concernant le refuge pour femmes ?

- Monsieur Stone, quand allez-vous commencer à travailler sur le bâtiment Rushmore ?

Les questions fusaient, mais cela ne le fit pas sourciller pour autant : il se contentait de sourire alors que nous marchions sur le tapis rouge, main dans la main. Hale nous suivait de très près en gardant un œil attentif sur la scène qui se déroulait devant lui.

Putain d'merde ! Comme ça craint !

Flashes d'appareils photo. Moments surréalistes. Et moi, j'étais là, un peu comme une célébrité.

- Monsieur Stone, certains vous qualifient de requin de la finance, lança un journaliste. Que pensez-vous de cette expression à votre égard ?

À cette question, Alexander fit une pause et se tourna pour

faire face au journaliste, un homme grand et mince, qui semblait avoir la quarantaine. Il remonta ses lunettes sur son nez et tendit un microphone en prévision de ce qu'Alexander pourrait dire.

- Mon activité, c'est l'immobilier. Depuis toujours. Et pour toujours. D'autres questions s'ensuivirent, et Alexander leva la main pour les faire taire. Je ne peux pas vous parler en détail de la Stone Arena pour le moment. Mais soyez assurés : dès que je le pourrai, j'organiserai une conférence de presse.

- Monsieur Stone, pouvez-vous nous dire le nom de celle qui vous accompagne ici, ce soir ? demanda une femme derrière l'homme aux lunettes.

Alexander fit une pause et semblait réfléchir. Puis :

- C'est Krystina Cole. Ma petite amie.

Je faillis m'étouffer alors que la presse s'anima une fois de plus.

- Qui lui a confectionné sa robe ? cria quelqu'un dans la foule.

- Sa robe été achetée au *25th Street Vintage*, à une charmante femme nommée Lila. Maintenant, si vous voulez bien nous excuser. Le gala nous attend, dit-il avant de se tourner vers moi et de baisser la voix pour que je sois la seule à entendre. Allons-y, mon ange.

- Mais... t'avais pas dit que le terme « petit ami » - au masculin comme au féminin - sonnait trop enfantin pour toi ? chuchotai-je une fois que nous étions hors de portée des oreilles de la presse.

- Oui, c'est vrai, je l'ai dit.

- Qu'est-ce qui t'a fait changer d'avis ?

- Aucune idée, pour être honnête. Aurais-tu préféré quelque chose de différent ?

Je souris intérieurement.

Absolument pas.

- Mais je pense que je pourrais m'y habituer, lui dis-je nonchalamment.

- Peut-être que j'aurais dû m'en tenir à une simple conquête, songea-t-il.

Cependant, il ne pouvait empêcher le sourire de transparaître dans sa voix. Levant les yeux sur lui alors que nous franchissions les portes qu'Hale avait ouvertes pour nous, je voyais que ses yeux brillaient d'amusement.

- Le jour où tu me qualifieras de « conquête » sera le jour où je t'appellerai « cupcake », dis-en plaisantant.

Il gloussa, et son rire résonna dans le hall de l'hôtel.

- Ah ! Sacrée Mademoiselle Cole ! Je suis certain que je vais vraiment m'amuser, ce soir !

Il s'arrêta de marcher lorsque nous arrivâmes devant de grandes portes doubles. Il se pencha par-dessus sa taille et faisait une révérence exagérée avec son bras.

- Madame ! Très honoré de vous avoir comme cavalière, ce soir !

Enroulant son bras dans le mien, nous franchissions les portes de la salle de bal. En même temps, j'étais complètement interdite en voyant le décor environnant.

- Oh, waow !

Du satin rouge profond et noir descendait du plafond, avec un lustre en cristal orné comme pièce maîtresse. Le même rouge profond recouvrait les tables, accentué par de la vaisselle noire et blanche. Des roses dans des vases en pierre précieuse ornaient chaque table. Des répliques encadrées d'affiches de Toulouse-Lautrec recouvraient les murs, rajoutant un certain degré d'authenticité au décor. Au fond de la pièce, une scène massive était comme posée là, avec des rideaux de velours rouge bordés de paillettes d'or en toile de fond. Un groupe de musiciens portant des chapeaux haut de forme et des costumes trois pièces avec des gilets rayés jouait déjà. Leur chanteuse était une femme parée d'une robe noire très chic et d'un long collier de perles qui se balançait autour de son cou tandis qu'elle chantait une reprise du titre "Alone" de Patricia Kaas.

- On dirait que ma sœur s'est surpassée, commenta Alexander.

- Tu peux le dire encore une fois ! Cet endroit est magnifique ! En fait, glamour serait un meilleur mot pour le décrire. J'ai l'impression d'être dans un film du début du siècle.

Les gens se mélangeaient dans des tenues élaborées. Les femmes portaient un peu de tout, des robes élégantes et sexies des courtisanes aux robes burlesques plus révélatrices de l'époque. Les hommes étaient également costumés, leur style étant similaire au smoking rayé et au chapeau haut de forme d'Alexander. Toutes les réserves que j'avais pu avoir sur mon costume s'évanouissaient : j'étais parfaitement habillée pour l'occasion.

- Alex ! appela une voix féminine.

Je me retournais et vis Justine venir vers nous. Elle était superbe, dans une longue robe d'un violet profond, dont la couleur s'harmonisait avec ses cheveux noirs de jais coiffés en un chignon très élégant et des boucles lui couronnant la tête.

- Justine, qu'est-ce que t'es belle ! la complimenta Alexander en l'embrassant légèrement sur la joue. Tu te souviens de Krystina ?

- Oui, bien sûr, dit-elle en se tournant vers moi. J'adore ta robe ! Alors, tout s'est bien passé avec Lila ? Elle ne vous a pas trop cassé les oreilles ?

- Non, ça s'est bien passé, lui dis-je en riant. Alex a tout fait pour qu'elle soit tranquille.

- J'en était sûre !

- Bon, c'est bon main't'nant ! Pas d'ça ce soir ! plaisanta Alexander. Krystina, allons nous installer à notre table et laissons Justine faire ce qu'elle a à faire.

- En fait, j'aimerais plutôt que tu viennes avec moi, objecta Justine. Elle jeta un regard rapide par-dessus son épaule et baissa la voix. Madame Van Rensselaer est déjà là. J'aurais besoin de ton aide pour la persuader d'ouvrir son chéquier. Tu sais comment elle est. Il faudra que tu fasses travailler ta magie sur elle.

Alexander me sonda du regard.

- C'est bon, lui assurai-je. Vas-y. Je peux trouver notre table sans toi.

- Tu en es sûre ?

Il avait l'air dubitatif, ignorant Justine qui lui tirait le bras.

- Ça va aller, Alex. Va exercer ta magie sur Madame Van Rensselaer, le taquinai-je en lui faisant un clin d'œil.

- Je ne serai pas long.

De mon côté, je me dirigeais vers la table où se trouvaient nos marque-places. J'étais parvenue à trouver nos places assez facilement, car nous étions assis à la table d'honneur, près de la scène. En m'asseyant, je combattais l'envie d'enlever mes chaussures. Elles étaient à mes pieds depuis à peine une heure, mais je sentais déjà un pincement dans mes orteils. Je regrettais mon choix d'avoir cédé à l'insistance de Lila lorsqu'elle m'avait parlé de prendre ces chaussures d'époque édouardienne.

- Justine m'a dit que tu n'étais pas son genre de fille, entendis-je me dire une voix féminine venant de derrière moi.

Je me retournais pour voir qui c'était. Une femme élancée aux cheveux roux, vêtue d'une robe couleur bleu roi, était appuyée contre la table, portant à ses lèvres une flûte à champagne. Je la reconnus immédiatement : c'était la femme avec laquelle Justine était au Mandarin Day Spa le même jour que moi. C'était aussi la femme dont le visage apparaissait à de nombreuses reprises dans les articles de presse, photographiée à côté d'Alexander.

Suzanne Jacobs.

Comme nous n'avions jamais été présentées officiellement, je jouais la carte de l'innocence.

- Bonjour. Krystina Cole, me présentai-je en me levant pour lui tendre la main.

Elle baissait les yeux sur ma main mais n'accepta pas ma

poignée de main. À l'inverse, elle vida le peu qu'il restait dans sa coupe de champagne et faisait signe au serveur de lui en servir une autre.

- Tu es un peu jeune pour Alex, poursuivit-elle.

Elle me regardait avec des yeux vitreux. Je réalisais alors qu'elle était déjà pratiquement bourrée.

Déjà ? La soirée a à peine commencé.

- Je ne vois pas de quoi tu parles, lui dis-je.

Cette situation était catastrophique. Lui tournant le dos, je regagnais ma place. Je n'avais pas vraiment envie d'être confrontée à une femme ivre que je n'avais jamais rencontrée auparavant. Mais à mon grand désarroi, elle tira la chaise se trouvant à côté de moi.

- Laisse-moi au moins me présenter. Je m'appelle Suzanne. Suzanne Jacobs.

Ça, je l'savais déja, ma pauvre andouille.

Je lui souris gentiment.

- C'est un plaisir de te rencontrer, déclarai-je en essayant d'être aussi polie que possible.

- Non mais ! Regarde-toi, là ! Assise, toute douce et innocente, continua-t-elle. Sa voix dégoulinait de mépris. Mais ? T'as déjà assisté à un événement comme celui-ci ?

- Hum, non. Jamais... jusqu'à maint'nant.

- Ma pôv'chérie ! Tu n'as vraiment aucune idée de ce qui t'attend ! mais fais-moi confiance. Moi, je le sais. En fait, je sais beaucoup de choses sur ce genre de choses. Tout comme j'en sais beaucoup sur Alex, dit-elle d'un ton peu aimable. Et je sais qu'il va briser ton joli petit cœur.

Elle se pencha en avant et me donna un coup de poing assez fort dans la poitrine. Je me redressais sur le dos, surprise par le comportement agressif de cette femme. Ce n'était ni le moment, ni l'endroit. Cherchant Alexander, je l'apercevais de l'autre côté de la pièce en train de discuter avec quelqu'un. J'essayais de me souvenir des noms des personnes qui devaient s'asseoir à notre table. Justine y avait le sien, tout comme le comptable et l'avocat d'Alexander, Bryan et Stephen. Il y avait aussi d'autres noms que je n'avais pas reconnus, mais je me serais souvenu du nom de Suzanne Jacobs. Elle était juste au mauvais endroit.

- Tu devrais peut-être aller voir à quelle table tu es placée. Je ne me souviens pas avoir vu ton nom dans les marque-places de celle-ci, lui dis-je en espérant qu'elle comprenne mon message.

- Alors comme ça, tu essaies déjà de te débarrasser de moi ? Oh, non, chérie. Je suis juste en train de m'échauffer.

- Non, je n'pense pas. Cette conversation est terminée, lui dis-je en me levant.

Si elle n'avait pas l'intention de quitter cette table, alors c'est moi qui le ferais. Elle m'attrapa le poignet, sa prise étant remarquablement forte compte tenu de l'aspect osseux et frêle de sa main.

- Ne le laisse pas te berner, me prévint-elle.

J'arrachai ma main de son emprise.

- Mais... tu es folle, ma parole, dis-je en prenant soin de garder une voix calme et égale. La dernière chose dont Alexander avait besoin, c'était d'une scène lors d'une soirée aussi importante. Ne fais pas semblant de croire que tu sais tout de lui. Je le connais. Alexander Stone est un homme bon.

- Ah bon ? Lui ? Tu es vraiment naïve, rétorqua-t-elle en riant bruyamment. Tu n'en sais manifestement pas autant que ce tu penses.

Je levais les yeux en voyant quelqu'un s'approcher : Justine.

Ah, enfin, les voilà ! Dieu merci !

- Suzy ! siffla-t-elle. Tu fais quoi ?

- Oh, ch'fais rien d'mal, t'inquiète ! lui répondit Suzanne en faisant un grand geste de la main.

Justine regardait son amie de plus près.

- Merde. T'es bourrée, chuchota-t-elle. J'arrive pas à l'croire

! Toi, plus que tout l'monde ici, tu sais tout le travail que j'ai fait ce soir. Je t'ai dit qu'Alex ne viendrait pas seul, et tu as promis que tu ne ferais rien de stupide ! Et moi qui m'inquiétais de voir Charlie tout gâcher !

Qui est Charlie ?

Assez confuse, j'observais les deux femmes. Puis Alexander arriva.

- Suzanne, émit-il avec un signe de tête.

Son salut n'était pas désagréable, mais je savais qu'il était en colère, parce sa mâchoire était tendue, ce qui était un signe révélateur de son humeur.

- Alex, appelle Hale immédiatement, lui ordonna Justine. Suzanne doit être ramenée chez elle. Maint'nant !

Alexander regardait à sa gauche. Je suivis son regard et vis Hale debout contre un mur à quelques mètres de nous. Les deux hommes se firent un signe de tête, puis Hale s'approcha de la table. Il ne dit pas un mot, mais prit simplement Suzanne par le bras et la dirigeait vers la porte du hall d'entrée. Elle, bien sûr, ne voulait pas partir et protestait. Quelques invités jetèrent un regard dans leur direction, mais leur sortie se fit malgré tout rapidement et sans bruit.

- Je suis vraiment désolée, Krystina, s'excusa Justine. Suzanne est... amère. Disons juste qu'il y aurait beaucoup à dire sur une femme méprisante comme elle.

- Ne lui trouve pas d'excuses, Justine, ironisa Alexander. C'est une adulte, quand même ! Elle devrait savoir comment se comporter.

- Alex, j'ai pourtant essayé de te prévenir...

Le bruit statique d'un micro que l'on règle interrompit ce que Justine allait dire. La chanteuse avait quitté la scène et se trouvait maintenant derrière le podium. Dans toute cette agitation avec Suzanne, je n'avais même pas réalisé que la musique s'était arrêtée.

- Mesdames et messieurs, veuillez prendre place, annonça-t-elle. Le dîner sera servi dans un instant. En attendant, j'aimerais accueillir sur scène l'homme qui a rendu tout cela possible. Il est le Président-Directeur général de Stone Enterprise et le fondateur de la Fondation Stoneworks. Sans lui, aucun de nous ne serait ici ce soir. Je vous demande d'applaudir sans plus attendre Monsieur Alexander Stone.

23

Alexander

Toute l'attention de la salle se concentrait sur nous. Je souris et fit un petit signe de la main avant de me tourner vers Krystina.

- Il faut que j'aille faire mon discours. Est-ce que tout va bien pour toi ?

- Tout va bien. Va vite faire ton truc, m'assura-t-elle.

- Justine, tu restes à cette table ?

- Oui. Maint'nant, monte sur ce podium ! Les gens ne regardent que nous ! siffla Justine à travers ses dents sans jamais rompre le faux sourire plaqué sur son visage. J'adressai un regard à Krystina. Elle souriait poliment et me faisait un signe de tête. Pour quelqu'un de totalement étranger à tout cela, elle semblait parfaitement heureuse. Mais je savais qu'au fond d'elle-même, ce n'était pas le cas : Suzanne l'avait ébranlée.

Qu'est-ce que j'aurais aimé pouvoir la tuer.

Je me penchais sur elle et lui embrassais la joue tout en détestant le fait de devoir la laisser seule une fois de plus.

- On en reparlera plus tard, lui chuchotai-je.

- Je vais bien, insista-t-elle une fois de plus.

Non satisfait, je me retournais pour me diriger vers le podium. Après avoir pris place derrière le micro, je sortais le discours que j'avais écrit tout en sondant mon public.

Et putain. Je déteste faire des discours.

- Merci à toutes et à tous, d'être ici ce soir, commençai-je. Sans vos dons généreux, ce refuge pour femmes n'aurait jamais pris son envol. Cependant, il y a beaucoup d'autres personnes qui ont aidé à rendre cette soirée possible. J'aimerais prendre le temps de remercier le personnel, les bénévoles et, surtout ma sœur, Justine. Elle est le cœur et l'âme de l'événement de ce soir, ainsi que la force motrice de l'association Stone's Hope.

Je fis une pause pendant un moment pour permettre à la foule de donner ses applaudissements habituels.

- Pour ceux d'entre vous qui ne le savent pas, ce soir marque le cinquième dîner annuel de collecte de fonds pour la Fondation Stoneworks. Bien que les événements passés aient toujours été au profit d'une bonne cause, ce soir revêt une plus grande importance.

Je m'arrêtai net, alors que les mots de Krystina résonnaient dans mon esprit.

... et si tu disais la vérité dans ton discours ?

Scannant la foule du regard, je constatais que les serveurs et les serveuses avaient commencé à servir le premier plat, tandis que les invités attendaient avec impatience ce que j'allais dire. Je baissais les yeux sur le discours que j'avais devant moi. Ce que j'avais écrit était plein d'hypocrisie dans l'espoir de toujours gagner un peu plus d'argent. Et pour être honnête avec moi-même, tout cela était superficiel. Pliant mon discours, je le plaçais dans la poche intérieure de ma veste.

- J'avais préparé un discours pour ce soir, mais je suis sûr que vous avez déjà tous entendu quelque chose de similaire auparavant. Alors à la place, je vais vous raconter une histoire.

C'est l'histoire de deux enfants qui ont grandi avec une mère qui n'a pas pu échapper aux griffes de la violence domestique.

Je regardais Justine et voyais qu'elle avait l'air horrifié. Krystina se penchait vers elle pour lui murmurer quelque chose, puis elle se retourna vers moi et hochait la tête en signe d'encouragement.

Je fais ça pour toi, mon ange.

Je reportais mon attention sur la foule et inspirais profondément. Je commençais alors à leur raconter l'histoire d'une famille de quatre personnes qui vivait dans la pauvreté, au milieu de la brutalité d'un mari et d'un père. Je m'exprimais en parlant de situations pouvant arriver à n'importe qui, sans jamais mentionner mon nom, ni celui de Justine. Mais je disais quand même la vérité. J'abordais le thème de la violence - mentale, mais aussi physique - et celui d'un cycle sans fin qui ne pouvait être brisé. Je parlais d'une femme aimante qui aimait ses enfants mais qui n'avait pas assez de force pour se libérer d'un monde qui l'avait battue.

- Ils vivaient dans une mentalité où l'homme de la maison avait le droit de juger, de décider et de distribuer des punitions comme bon lui semblait. La mère, craignant pour la sécurité de ses enfants, mais aussi la sienne, leur apprenait à se comporter de manière à ne pas fâcher leur père. Mais il arrivait que ses leçons ne suffisent pas à stopper sa fureur. Le plus souvent, elle portait un anneau noir de honte autour d'un ou de ses deux yeux ; elle était même obligée d'habiller son fils de chemises à manches longues en été, afin de lui cacher ses bleus aux yeux de tous. Elle s'en voulait d'avoir fait quelque chose de mal, se sentant honteuse d'avoir manqué à ses devoirs de femme...

- Quant à ses enfants, ils vivaient dans une peur constante. Ils ne jouaient pas comme la plupart des enfants, craignant que le moindre bruit n'incite leur père à faire du mal à leur mère. Voir même pire : les blesser, eux. Ils étaient terrifiés par les jours où leur père rentrait à la maison dans une rage d'ivrogne, ce qui arrivait régulièrement après avoir blessé leur mère. Leur seule option était de se cacher de lui, parfois pendant des jours, car leur mère était rarement là pour les aider parce qu'elle était trop faible ou brisée pour se lever.

- Alex ? Combien de temps est-ce qu'on doit encore rester ici ? me demandait Justine.

- Chut. Tais-toi. Il va t'entendre, la grondais-je.

J'observais mon audience.

- Alors que vous êtes tous assis ici ce soir, j'aimerais que vous imaginiez le monde que je vous décris. Imaginez cette maison. Une cité HLM, où le crime et la violence faisaient partie du quotidien, où la survie était la seule motivation pour sortir du lit chaque jour. Imaginez un homme tellement insatisfait de sa vie qu'il se mettait à frapper sa femme pour évacuer ses frustrations. Maintenant, fermez les yeux et imaginez une petite fille de six ans et un petit garçon de dix ans, dont la mère est tellement battue qu'ils n'avaient d'autre choix que de se cacher dans un placard à balais crasseux. Ils n'avaient nulle part où aller, personne vers qui se tourner. Ces enfants, si jeunes et si effrayés, n'avaient que l'un et l'autre.

Même après tout ce temps, je pouvais encore nous imaginer, Justine et moi, blottis l'un contre l'autre dans ce misérable placard. Je pouvais encore sentir l'odeur de moisi qui flottait sur le sol. C'était comme si de vieilles chaussures étaient restées trop longtemps sous la pluie.

Je n'veux plus parler d'ça. Je n'veux pas m'en souvenir.

Je pris une profonde inspiration, sachant que je n'avais guère d'autre choix que de poursuivre l'histoire que je m'étais engagé à raconter.

- Les abus physiques et mentaux ont usé m... Je m'arrêtai net, corrigeant mon erreur juste à temps. J'avais presque dit « ma »... le « ma » de « ma mère ». Cette pauvre mère s'est usée au fil du temps. Après avoir enduré la douleur d'un nombre incalculable d'os cassés et d'avoir été témoin de la brutalité qui s'abattait sur ses enfants, elle se mit à réaliser qu'aucun d'entre eux ne pouvait faire quoi que ce soit pour rendre son mari heureux. Mais elle sentait aussi qu'elle n'avait nulle part où aller. Alors, elle commença à enseigner à son fils et à sa fille de nouvelles choses chaque fois que son mari n'était pas là.

En parlant, j'entendais les paroles de ma mère. Comme si elles avaient été prononcées la veille.

- *Alexander et Justine, j'espère qu'un jour, vous deviendrez meilleurs que ce monde. Je veux que vous exigiez le respect, mais que vous compreniez aussi comment le donner. Je veux que vous viviez dans la satisfaction tout en visant le rêve impossible. Brisez ce cycle et faites la différence !*

- Ce qu'elle leur apprenait ne portait plus sur la manière d'éviter la colère de leur père, mais sur la persévérance et sur la vie qu'elle voulait que ses enfants aient. Elle leur dressa même le portrait des personnes qu'elle voulait qu'ils deviennent. Elle savait très bien qu'elle n'avait aucune estime envers elle-même, ni les ressources financières nécessaires pour faire de ce projet une réalité, mais elle espérait que ses enseignements feraient en sorte que ses enfants apprennent de ses erreurs.

Je continuais en leur parlant de la mère qui rêvait d'une vie meilleure, et de la femme qui parlait d'idéaux et de contes de fées où elle et ses enfants étaient entourés de bonheur.

- *Je veux que vous vous échappiez de tout ça et que vous deveniez vraiment quelqu'un, et que plus rien de vous manque. C'est ce que je vous souhaite. Ne vous contentez pas de moins. Je sais au fond de mon cœur que vous pouvez le faire. Ne soyez pas comme moi, essayez de toujours faire mieux.*

- Cette mère voulait une vie meilleure pour ses enfants. De tout son cœur. Mais des années d'abus avaient fini par briser sa volonté. Elle cessa de leur raconter des histoires. Elle cessa d'avoir de l'espoir. Elle abandonna, n'ayant plus l'énergie de faire la différence.

Je fis une pause, sachant que j'en avais assez dit. J'observais les visages qui me fixaient. Je réalisais alors que j'avais passé tout ce temps à haïr ma mère mais que, pourtant, j'avais fini par faire exactement ce qu'elle m'avait dit de faire, exigeant le respect des autres tout en poursuivant ce rêve impossible. Et j'étais là, à faire la différence.

Grâce à elle.

- Son histoire, qui fait écho à tant d'autres aujourd'hui, s'est déroulée il y quelques années. À l'époque, le mouvement de lutte contre la violence familiale en était encore à ses débuts. Les refuges n'étaient pas forcément accessibles dans toutes les villes. Il n'y avait pas de débouchés pour les nouveaux départs. Depuis, notre société a évolué. De manière, justement, à proposer des aides. Des lois ont été adoptées pour reconnaître et protéger les femmes victimes d'abus. Mais ce n'est pas suffisant. Nous avons encore tellement de travail à faire.

- Sachant ce que je sais de ce pauvre petit garçon et de sa sœur, je me demande combien leur vie aurait été différente si leur mère avait eu un autre choix. Une porte de sortie. Une échappatoire. Stone's Hope donnera aux femmes, et à leurs enfants, une chance d'avoir une vie meilleure. En leur donnant un toit, une protection et une sécurité. En leur ouvrant la voie à un nouveau départ. Mais le plus important, c'est l'espoir que cette association donnera. Parce que parfois, l'espoir est tout ce dont vous avez besoin.

Face à moi, un grand silence. On n'entendait même pas le tintement de l'argenterie dans la salle. Puis, tout le monde m'applaudit. Je fus instantanément soulagé. Ils ne connaissaient peut-être pas les personnes dont je parlais, mais moi, oui. Grâce à cela, un poids énorme que je n'avais pas réalisé porter délesta mes épaules. Pour la première fois de ma vie, je sentais que mon passé pouvait enfin servir à quelque chose de bien. Justine montait sur scène et s'approchait de moi. Elle se pencha pour m'étreindre le temps d'une demi-seconde.

- Je n'sais pas c'qui t'a pris d'faire ça, chuchota-t-elle. J'espère juste que personne ne fera le rapprochement.

Je lui rendis son étreinte en prenant soin de garder mon sourire en place.

- Je suis resté prudent. En plus, mon discours de départ était franch'ment ennuyeux.

Elle rigola.

- Oui, c'est bien vrai. Je l'ai lu. C'était beaucoup plus... commença-t-elle. Puis elle fit quelques pas de recul pour m'observer. Je n'ai pas les mêmes souvenirs que toi. La façon dont tu as parlé d'elle... c'était vraiment sincère.

- C'est bien ce que tu voulais, non ? Plus de cœur ?

- Oui, c'est vrai.

Ses yeux brillaient de larmes.

Oh, non.

- Justine, reprends-toi !

Elle inspira longuement et se ressaisit. Elle me sourit une fois de plus avant de monter sur le podium.

- Mesdames et Messieurs, annonça-t-elle dans le micro. Sa voix fit taire le public qui applaudissait encore. Je vais me faire l'écho des sentiments de mon frère, lorsqu'il disait que parfois, l'espoir est tout ce dont on a besoin. Stone's Hope est synonyme d'espoir.

Je quittais la scène en écoutant Justine parler de l'importance de nos donateurs. C'était son domaine d'expertise : elle était meilleure que moi pour courtiser les gens afin qu'ils ouvrent leur porte-monnaie pour une cause charitable. J'étais bien plus direct et plus sec qu'elle. Je disais les choses comme elles étaient, et cela me convenait bien, dans le monde des affaires. Ce soir, c'était une performance rare. En me dirigeant vers la table où Krystina m'attendait, je me sentais soulagé d'avoir enfin rempli mon rôle pour la soirée. Je n'ai jamais été un grand fan de discours, mais celui-ci avait été particulièrement difficile à prononcer pour une multitude de raisons. Krystina se levait au moment où je m'approchais d'elle, et je l'ai prise dans mes bras.

- Très fière de toi.

- Merci, mon ange. Je n'aurais jamais fait ça si tu ne me l'avais pas suggéré et encouragé à le faire, lui chuchotai-je à l'oreille. À partir de maintenant et pour le reste de la nuit, je suis tout à toi.

Krystina

APRÈS LE DÎNER, la première danse fut annoncée. Les plus grands donateurs, ainsi qu'Alexander et Justine, furent invités à ouvrir le bal. Le groupe interprétait une version de "Dream a Little Dream of Me", un duo à la fois soul et doux de la chanteuse principale et de son partenaire qui, d'ailleurs, était en train de traverser la salle.

- À part cet épisode avec Suzanne, j'espère que tu passes un bon moment, déclara Alexander alors que nous nous balancions sur la musique.

- Pour tout te dire, je peux même dire que je passe une très bonne soirée, lui répondis-je honnêtement.

- Je sais que tu te poses des tas de questions sur elle.

Bien sûr, que j'étais curieuse ! Mais à ce moment-là, je ne voulais pas penser à cette femme. Je voulais juste profiter de cette soirée.

- En effet, je me pose des questions. Mais tu n'as pas à te justifier. On n'vit plus dans le passé.

- Tu as raison, mon ange. Vivons juste le moment présent. C'est à dire celui-ci.

Il tendait son bras pour me faire tourner. Au moment où je me rapprochais de lui, je levais les yeux vers les siens, qui étaient d'une beauté impeccable.

- Et ce moment est parfait.

Son regard rencontra le mien. Il prit mon menton dans sa main.

- Emménage chez moi.

Je ralentissais mon rythme jusqu'à presque m'arrêter, choquée par sa suggestion.

- Quoi ?

- Tu m'as bien entendu. Je t'ai demandé d'emménager chez moi, insista-t-il.

Je n'peux pas déménager chez toi ! J'ai une vie, j'ai des... mais en fait, j'ai quoi ?

J'étais vraiment confuse ; sa proposition me déstabilisait totalement. Je n'arrivais pas à trouver une vraie raison pour laquelle je ne devais pas emménager avec lui, je savais juste que je ne pouvais pas.

- Alex, je ne peux pas emménager avec toi.

- Et pourquoi pas ?

- Pourquoi le ferais-je ? lui demandai-je en retour, déconcertée par ce qui se passait.

- Tout simplement parce que ta place est chez moi. Au loft. Avec moi. Je n'aime pas quand tu es loin de moi.

Il me serra contre lui, me forçant à reprendre le rythme doux que nous avions juste avant.

- Alex, on vient à peine d'officialiser le fait que nous formons un couple. Je ne dis pas que je ne l'envisagerai jamais, mais je pense que c'est beaucoup trop rapide.

- Non ! Ne renonce pas à ton appartement. On peut faire un essai et voir comment ça se passe, insistait-il.

- Mais, Alex...

- J'ai besoin de toi, Krystina. Je ne veux plus d'une relation à temps partiel. Tu m'as promis de ne plus passer aucune nuit seule, mais ça n'est pas encore arrivé. Je veux me réveiller chaque matin avec toi à mes côtés. Je veux rentrer à la maison avec toi le soir. Chaque jour doit commencer et se terminer avec toi, me dit-il à voix basse alors que ses yeux s'enfonçaient dans les miens.

Je détournais le regard, incapable de résister à leur intensité, puis je reposais ma tête contre son épaule en pensant à ce que cela ferait de me réveiller dans les mêmes bras que ceux dans lesquels je me serais perdue la nuit d'avant : une véritable lutte contre l'envie de céder à sa demande.

- Alex, ça semble intéressant, mais je ne peux pas. Pas encore.

Ce qu'il suggérait était très alléchant : l'idée de me réveiller avec lui chaque jour faisait danser des papillons dans mon estomac. Mais je devais être raisonnable. Si j'emménageais chez lui, je savais qu'il ne me faudrait pas longtemps avant que je commence à imaginer la clôture blanche au fond du jardin : quelque chose de dangereux que je ne pouvais pas me permettre de faire. La première chanson se terminait, et la chanteuse fit une annonce nous demandant d'inviter tous les autres sur la piste de danse. L'orchestre monta d'un cran et se mit à jouer un classique de Peggy Lee plus enjoué. Quant à moi, je ne pouvais toujours pas accepter la proposition d'Alexander.

Il faut que je réfléchisse un instant.

Je voulais trouver une excuse pour aller aux toilettes, mais il m'en empêcha en me prenant le bras.

- Tu vas où comme ça, mon ange ?

Une étincelle explosa dans ses yeux alors qu'il faisait claquer ses doigts en rythme avec la musique. Il m'attrapa par la taille, puis il me fit faire un tour complet avant de me ramener près de luis. Puis il écrasa ses hanches contre moi.

- Oh ! fis-je en perdant presque l'équilibre dans cette pirouette inattendue.

- On devrait travailler sur tes talents de danseuse.

- Hé ! J'y arrive très bien ! C'est juste que tu m'as prise au dépourvu !

- Ah, voui ? Voyons voir si tu peux tenir le coup, mon ange, me lança-t-il comme un défi.

Il tendait son bras pour me faire tourner à nouveau, avant d'entamer un rock fluide. Je ne connaissais pas les pas, mais la direction d'Alexander me permettait de les suivre aisément. En reproduisant ses mouvements, je reculais mon pied droit avant de déplacer mon poids vers le gauche. J'appris très vite que la danse était quelque chose d'assez basique, finalement. Mais juste au moment où je pensais avoir tout compris, Alexander me dérouta en me faisant faire un double tour sous le bras.

- Où as-tu appris à danser comme ça ? lui demandai-je, légèrement essoufflée.

J'étais complètement impressionnée par ses mouvements parfaits.

- Ma grand-mère était la meilleure.

- C'est elle qui t'a appris à danser ?

- Elle m'a appris tout ce qu'elle savait.

Il me fit encore tourner et c'est là que je remarquais que tous les invités nous regardaient.

- Alex, tout l'monde nous r'garde, chuchotai-je en me sentant extrêmement gênée.

Alexander était tellement fluide dans ses mouvements que j'étais sûre qu'à côté de lui, j'avais l'air d'avoir deux pieds gauches.

C'est sûr'ment parce qu'ils ne m'ont jamais vu danser avant. Je ne suis pas du genre à faire des frivolités dans ce genre d'événements. Mais en même temps, qu'est-ce que ça peut faire ?

Je tournais encore, puis il me serra contre sa poitrine.

- Laisse-les nous regarder, mon ange. Je veux qu'ils sachent tous que tu es ma copine.

- Ta copine ? rigolai-je. Tu ajoutes à la liste d'autres manières te permettant de me présenter ?

Il me fit un sourire en coin et mon cœur se mit à battre la chamade.

- Pas du tout, mon ange. Je ne fais qu'énoncer un fait. Il me fixait d'un regard si puissant qu'il pénétrait jusqu'à mon âme. Ne te méprends pas, tu es à moi.

La musique ralentit pour laisser place à un air doux et puissant de cordes de guitare grattées. Essoufflée, je me blottissais contre la poitrine d'Alexander qui m'entraînait dans une autre danse assez lente. Alors que nous nous installions dans un rythme différent, je fredonnais l'interprétation de la chanson "Wicked Game". Quand Alexander commençait à en chanter les paroles, j'étais stupéfaite par l'émotion de sa voix. Non seulement il possédait des mouvements de danse sidéraux, mais il avait aussi une voix incroyable. Alors qu'il chantait qu'il ne voulait pas tomber amoureux, je me dégageais de son étreinte et plongeais dans ses yeux bleu saphir. Et pour moi, les choses devenaient claires comme le l'eau : il m'avait complètement conquise. L'émotion me serrait le cœur jusqu'à ce que je sente qu'il allait éclater.

J'crois bien qu'je suis amoureuse de lui.

Cette prise de conscience s'abattait sur moi comme un raz-de-marée, m'écrasant d'un coup. Au début, j'étais comme inondée de bonheur. Mais très vite, la réalité m'emporta dans un violent tourbillon.

Meuh non. Surtout, ne tombe pas amoureuse de lui. Il ne t'aimera jamais de la même manière en retour.

Alexander avait été très clair sur ce point. Tout comme moi, d'ailleurs. Nous étions tous les deux d'accord pour dire qu'il n'y aurait pas d'attaches.

Non... c'est cette chanson. C'est tout.

J'essayais de me débarrasser de ces sentiments envahissants, pensant que c'était juste la chanson et le fait qu'Alexander se soit mis à chanter qui me perturbaient. Et pourtant, il y avait à peine un quart d'heure, je ne savais même pas qu'il dansait - et qu'il chantait - aussi bien. Je le connaissais à peine. Je ne pouvais pas être amoureuse de lui. La musique changeait une fois de plus, mais je l'entendais à peine lorsqu'Alexander se pencha sur moi pour embrasser doucement mes lèvres. Ma gorge se serrait et mes yeux se mettaient à me brûler comme pour m'indiquer l'arrivée de larmes que je ne pouvais pas me permettre de verser : des larmes de tristesse, car je savais qu'aimer Alexander finirait par me détruire.

- Mon ange...dit-il d'une voix chargée d'émotion.

Cette marque d'affection me brisait presque. Mon cœur se mettait à battre la chamade dans ma poitrine.

Non. S'teu plaît. Surtout pas ça.

Un mot de plus de sa part déclencherait le geyser. Du coin de l'œil, je voyais Justine qui arrivait vers nous. Concentrant mon attention sur elle, je me demandais ce qu'elle était sur le point de nous dire : elle semblait troublée. Puis je tournais la tête en direction d'Alexander.

- Voilà Justine, l'informai-je.

- Désolée de vous interrompre, dit-elle assez sèchement.

- Non, Justine. Ce n'est pas le moment. Je danse avec Krystina, tu vois bien ?

Alexander tenta de l'ignorer sans jamais détacher ses yeux des miens. Ils étaient si intenses que je dus cligner des yeux et regarder ailleurs.

- Mais Alex ! Je n'veux pas danser avec toi ! J'ai quelque chose à te dire. Tout d'suite ! déclara-t-elle d'une voix paniquée.

Il se tournait vers elle, et son expression changea instantanément. Il avait l'air alarmé.

- Qu'est-ce qu'il y a ?

- Je pense que Charlie est ici.

Alexander pâlit. Je ne savais pas qui était Charlie, mais c'était la deuxième fois que son nom était mentionné au cours de la soirée.

- C'est qui, Charlie ? m'enquis-je.

Alexander me fit signe de me retirer en me poussant sur le côté. Sa réaction me hérissa.

Mais putain ?

- Pas maint'nant, Krystina, lâcha-t-il avant de se tourner à nouveau vers Justine. Où crois-tu l'avoir vu ?

- En allant dans la cuisine. Je suis presque sûre que c'était lui. Il était habillé comme un membre du personnel de cuisine. J'ai cherché Hale, mais il doit être en train de faire l'aller-retour pour ramener Suzanne chez elle.

- Et merde ! jura Alexander, dont les yeux s'enflammaient de colère. Krystina, je vais m'occuper de ça. Justine, emmène Krystina à la table. Je veux que vous restiez toutes les deux à vos places jusqu'à nouvel ordre. C'est compris ?

- C'est entendu, répondait Justine sans hésiter. Allez, viens avec moi, Krystina.

N'ayant guère le choix car je n'avais pas la moindre idée de ce qui se passait, je suivais Justine jusqu'à notre table. Ensuite, je regardais Justine :

- Pour la deuxième fois, c'est qui, Charlie ?

- Charlie est mon ex-mari, me dit-elle, en regardant nerveusement la pièce.

- Et alors ?

- Et c'est un problème. Un gros problème.

- Ah ? Tu n'm'en dis pas plus à ce sujet... ? J'avoue que je suis perplexe... Vous devez aimer faire planer le mystère, dans votre famille, dis-je de manière sarcastique en me sentant très ennuyée par l'impolitesse avec laquelle j'étais rejetée.

Pas seulement par Justine ; Alexander avait réagi comme elle.

- C'est une histoire compliquée. Si Alex veut te la raconter, il le fera.

À la façon dont ses yeux continuaient à darder distraitement sur les différentes personnes dans la pièce, il était évident qu'elle n'allait pas me donner plus d'explications. Je m'asseyais sur une chaise, essayant d'accéder à ce que je savais au sujet d'Alexander et de sa sœur, afin de pouvoir reconstituer par moi-même ce puzzle.

Pourquoi son ex-mari représenterait-il une menace ?

Je ne pus aller plus loin dans mes conclusions : Alexander était de retour. Il était rouge et semblait complètement secoué.

- Je ne suis pas sûr que ce soit lui, mais j'ai vu quelqu'un se glisser par la porte arrière de la cuisine. Lui, peut-être ? Je n'ai pu voir que l'arrière de sa tête, c'est pour ça que je dis que je ne suis pas certain que ce soit lui, nous dit-il. C'est peut-être rien, Justine. Et toi, t'es sûre que c'était lui ?

Justine prit soudain un air dubitatif.

- Je n'sais pas, Alex. Parfois, j'ai l'impression de le voir partout. Mais je pourrais jurer...

Elle s'interrompit et secouait la tête. Son regard paniqué était revenu, et Alexander lui posait la main sur l'épaule.

- Bon. C'est pas grave. Détends-toi. Laisse-moi voir ça avec Hale.

Alexander saisit la veste de son costume, qui était accrochée au dossier d'une des chaises de la table. Il fouilla dans sa poche et fronça les sourcils.

- Qu'est-ce qu'il y a ? demanda Justine.

- Mon téléphone. Je jurerais l'avoir laissé dans la poche intérieure.

Nous regardâmes de partout autour de nous pour tenter de le retrouver.

- Je ne le vois pas, Alex, dis-je. Ally perd son téléphone tout le temps. Bien souvent, on le retrouve quand je l'appelle. Tu veux que j'essaie ?

J'attrapais mon sac à main pour sortir mon portable, mais Alexander m'arrêta.

- Ne t'fatigue pas. J'ai éteint la sonnerie quand je faisais mon discours.

- Je vérifierai plus avec l'équipe du personnel de ce soir, proposa Justine. Peut-être que quelqu'un l'a ramassé de manière accidentelle au moment de débarrasser la table. Tu peux utiliser mon téléphone pour appeler Hale.

- Bien. Donne-le moi. Il lui prit son téléphone et s'empressa de taper les chiffres. Hale, à quel moment prévoyez-vous d'arriver ?

Pendant qu'Alexander parlait à Hale, Justine se penchait vers moi pour me chuchoter :

- Il y a des agents de sécurité de partout, ici. Mais c'est Hale, le meilleur. J'aurais dû demander à quelqu'un d'autre de reconduire Suzanne chez elle. Je n'ai pas réfléchi.

Je ne fis pas de commentaire, trop déconcertée par la situation pour dire quoi que ce soit. Je me retournais vers Alexander, dans l'espoir qu'il clarifierait bientôt quelque chose, mais je vis une réelle alarme affichée sur son visage.

- Quoi ? C'est pas possible ! Faites le tour pour vous en assurer. Je reste en ligne, informa Alexander à Hale.

- Qu'est-ce qu'il dit ? demanda Justine. Faire le tour de quel endroit ?

- Je suis là, dit Alexander dans le combiné au lieu de répondre aux demandes de Justine.

Il avait son tic au niveau de la mâchoire, celui qui m'indiquait qu'il était en colère : je savais que ce qui se tramait était loin d'être positif.

- Alex ! siffla Justine.

Il levait un doigt pour la faire taire. Quand il reprit la parole, il semblait y avoir une réelle panique dans sa voix.

- Je ne sais pas pourquoi ils sont ensemble. Demandez à vos hommes de les suivre, dit-il en me regardant d'un regard rempli de conflit. En attendant, je veux que vous rameniez Krystina chez moi. Justine restera avec moi jusqu'à ce que nous puissions sortir de manière plus discrète. Et c'est moi qui m'occuperai de m'assurer qu'elle rentre chez elle saine et sauve.

Maintenant c'était moi qui posais des questions.

- Alex, qu'est-ce qui se passe ?

- Vous partez toutes les deux, me dit-il après avoir terminé son appel avec Hale.

- Pourquoi ?

Cette question fut le cri du cœur : posée par Justine et moi en même temps.

- Justine, tu ne t'es pas trompée : Charlie était bien là. Je ne devrais pas avoir à expliquer pourquoi il est important que tu partes.

Toute la couleur disparut de son visage.

- Très bien, chuchota-t-elle.

Et puis, c'était comme si un interrupteur s'était déclenché : le regard effrayé de Justine fut remplacé par un air professionnel.

- Dans ce cas, je vais aller faire ma tournée des adieux.

Se détournant, elle partit se mêler aux derniers invités. Je secouais la tête, étonné de la rapidité avec laquelle elle était capable de changer de vitesse, avant de rejoindre Alexander.

- Je suis contente de voir que Justine est au courant de ce qui se passe. Mais moi ? Tu veux bien m'expliquer ?

- Krystina, tu dois comprendre. Charlie est un homme dangereux. Il ressemble beaucoup à mon grand-père, si tu vois c'que j'veux dire. Il n'est pas censé être ici. Sa présence est une violation de l'ordonnance restrictive que Justine a sur lui. Et ça, combiné avec... il stoppa net et secoua la tête. Ça n'a pas d'importance. Ce qui compte, c'est que vous soyez toutes les deux loin d'ici.

- Alex..., commençai-je.

- Ne discute pas ! Tais-toi et fait c'que j'dis ! siffla-t-il.

Je blanchissais à son ton menaçant. Je voulais juste savoir pourquoi je devais partir, moi aussi. Je ne comprenais pas pourquoi l'ex-mari de Justine représentait une menace pour moi. Il ne savait même pas qui j'étais. Peut-être que si... ? Je n'en savais rien, après tout. Je me rappelais combien Alexander pouvait être peu enclin à donner des informations.

C'est d'la conn'rie, tout ça.

- Bon, d'accord. Tu sais quoi ? Je pense que je vais trouver mon propre chemin jusqu'à l'appart', lui dis-je.

Il m'attrapa le bras.

- Krystina, me supplia-t-il sur un ton plus doux. S'il te plaît, fais-moi confiance.

Je voulais arracher mon bras de son emprise, mais quelque chose dans ses yeux me donnait une raison de m'arrêter. Il avait l'air visiblement effrayé.

- D'accord. Pour quelle raison ? Dis-moi tout.

- Charlie a menacé de révéler le passé. Et vu mon discours de ce soir, il ne sera pas difficile d'ajouter de la crédibilité à ce qu'il pourrait dire.

Encore une fois, je ne comprenais pas pourquoi c'était un si grand secret, mais c'était une bataille perdue d'avance... néanmoins, j'avais l'impression qu'Alexander ne m'avais pas tout dit.

- Je vois bien qu'il y a plus que ça, Alex. C'est écrit sur ton visage. Qu'est-ce qu'il y a ?

Il secouait la tête, regardait le plafond et prit une profonde inspiration. Quand il rabaissa le regard pour rencontrer le mien, son expression était comme heurtée.

- Il en sait bien trop, mon ange. Et rien de tout cela ne peut sortir d'ici.

Je pouvais voir sa douleur à l'idée que le passé soit mis en lumière. C'était comme s'il vivait avec un nuage noir au-dessus de sa tête. Cette soirée aurait dû être parfaite, mais elle a été gâchée parce qu'Alexander avait peur d'être exposé aux yeux de tous. Et ça, ce n'était pas juste pour de nombreuses raisons. J'acceptais de m'en aller à contrecœur. Mais, alors que je sortais du bâtiment avec Hale, je me sentais submergée par un besoin urgent d'avoir des réponses à tout ça. Ce qui était arrivé à

Alexander était tragique. Je pouvais être d'accord avec ça. Mais, à mon avis, il était obsédé par le fait de garder son passé caché. Pourtant, personne ne lui reprocherait ce qui s'est passé. Il était son pire ennemi dans cette situation. Peut-être que s'il connaissait la vérité, les choses auraient été différentes. Pour cette raison, ma détermination à découvrir la vérité sur le meurtre de son père était plus forte que jamais.

24

Alexander

Tout était calme dans l'appartement, quand je suis rentré. Pensant que Krystina était déjà couchée, je traversais le couloir jusqu'à la chambre. Mes yeux se promenaient sur le décor, remarquant le contraste frappant avec l'appartement de Krystina. Le fait que j'aie dépensé une petite fortune pour la décoration intérieure n'avait soudain plus d'importance. Pour moi, ce loft commençait à être froid et sans vie. Il n'y avait pas les petites touches féminines que seule Krystina aurait pu lui apporter. J'entrai dans la chambre, et vis qu'elle dormait profondément. Sa robe de soirée était soigneusement posée sur une chaise, et sa coiffe à plumes était posée sur la commode. Je m'approchais d'elle et lui passait la main le long d'un bras. Elle remua mais ne se réveilla pas. Trouvant sa peau fraîche au toucher, je lui remontais la couette au niveau des épaules.

Dors bien, mon ange.

Je ne voulais pas avoir à répondre à toutes les questions qu'elle allait sûrement me poser, mais je savais aussi que je ne pouvais pas lui cacher longtemps la vérité. Elle avait raison tout à l'heure : je ne lui avais pas tout dit. Et ce n'était pas seulement à propos de Charlie. Son étonnante capacité à lire en moi était surprenante, mais à ce moment-là, je ne pouvais rien lui dire, parce que je n'avais pas la force de lui annoncer que Trevor Hamilton se cachait tout derrière les portes de la salle, et qu'il avait été vu s'éloigner avec Charlie Andrews. Je pouvais encore imaginer son visage, la nuit où je l'avais emmenée au Club O : si pâle, si horrifié. Je ne savais pas qu'Hamilton en était la raison à ce moment-là, mais je savais que je ne voulais plus jamais voir ce regard sur son visage. Je la laissais dormir pour me rendre dans mon bureau. M'installant derrière mon ordinateur, je me frottais les mains sur le visage. Je n'arrivais pas à comprendre pourquoi Hamilton était avec Charlie Andrews.

Comment se connaissaient-ils ?

Ensemble, ils m'avaient mis dans une situation impossible, me forçant à choisir entre la sécurité et le bien-être des deux femmes les plus importantes de ma vie - Justine et Krystina. Il devait y avoir une explication, mais rien de tout ça n'avait de sens. L'équipe de Hale, qui avait suivi les deux hommes, les avait perdus dans la foule qui bondait Times Square. Et maintenant, nous n'avions aucune idée de l'endroit où ils se trouvaient. C'était pour cela que quitter le gala de charité avait été très éprouvant pour mes nerfs. Justine regardait constamment par-dessus son épaule, paranoïaque à l'idée que Charlie apparaisse. Elle ne savait rien au sujet de Trevor Hamilton, et je savais que l'ajouter à sa liste d'inquiétudes l'enverrait dans une spirale descendante. Elle tremblait comme une feuille lorsque nous avions quitté la salle, toute son énergie étant consacrée à maintenir une bonne façade devant les invités. Me penchant en avant pour allumer l'écran de l'ordinateur, je voyais que ma boîte de réception était déjà ouverte. Je fis défiler les e-mails pour trouver celui que Hale m'avait envoyé le matin même : un rapport de ce qu'il avait pu trouver sur Trevor Hamilton. Si j'avais su que ce dernier serait une menace potentielle pour ce soir, j'en aurais fait de sa lecture une priorité.

DE : Hale Fulton
À : Alexander Stone
OBJET : Infos sur Trevor Hamilton

Monsieur Stone,
Vous trouverez ci-joint les informations demandées au sujet de Trevor Hamilton. Si vous souhaitez que je creuse encore plus à propos de quoi que ce soit le concernant, faites-le moi savoir.

Hale

Je cliquais sur la pièce jointe.

NOM ET PRÉNOM : HAMILTON Trevor Joseph
NÉ LE : 19 décembre 1992
LIEU DE NAISSANCE : Westlake, Ohio (au centre médical de St John)
DÉSCRIPTION PHYSIQUE :
Taille : 1 m 80
Poids : 84 kg
Couleurs des cheveux : bruns
Couleur des yeux : marron
ADRESSE :
Adresse actuelle inconnue
Adresse précédente : Greenwich Residence Hall, 636 Greenwich Street, New York, NY 10014
NUMERO DE TÉLÉPHONE : (440) 239-5001
PARENTS :
Père : Joseph P. Hamilton, Jr. (né le 1er mars 1960)

Mère : Sandra L. Marx-Hamilton (née le 2 juillet 1961)

Revenus annuels (brut) 1 329 000 000 $

FRÈRES ET SOEURS :

Jessica Ann Hamilton (enfant né prématurément le 23 novembre 1989, décédé le 24 novembre 1989 suite à des complications au cours de l'accouchement)

FORMATION :

Écoles primaire et élémentaire de Dover

Collège : Lee Burneson

Lycée de Westlake

École de Management de Stern (à l'Université de New York)

Désinscription en mars 2015 par les administrateurs de l'école, suite aux accusations de harcèlement et d'agression sexuelle portées par Lisa O'Hara et Angela Draper.

PROFESSION :

Aucune information professionnelle trouvée à ce jour

LOISIRS :

Membre de l'équipe de foot au lycée

Membre du Country Club de Lakewood (adhésion illimitée)

Membre du Club O (depuis février 2015, accès illimité jusqu'à janvier 2016, abonnement résilié en octobre 2016)

PLATEFORMES DE RÉSEAUX SOCIAUX :

Facebook, Twitter, Snapchat, Tinder

ANTÉCÉDENTS CRIMINELS :

Possession de stupéfiants (cocaïne) en janvier 2015, amende de 2 500 $, les charges ont été réduites à un délit.

Agression sexuelle en avril 2015, plaignante : Lisa O'Hara, les charges ont été abandonnées en octobre 2015 (affaire réglée à l'amiable).

Agression sexuelle en mai 2015, plaignante : Angela Draper, accusations abandonnées en décembre 2015 (affaire réglée à l'amiable).

Agression sexuelle en juillet 2016, plaignante : Sarah Mayall, affaire en cours de jugement.

<u>INFORMATIONS BANCAIRES :</u>

Bank of America

Solde actuel : 497 26 $ / Solde moyen (quotidien) : 12 384 000 $

Dernier montant du dépôt : 5 500 000 $, le 30 août 2016

(virement bancaire entrant de JP Morgan Chase).

L'historique des 90 derniers jours montre des retraits fréquents au Casino de l'Aqueduct, au Club O, au Playhouse Gentlemen's Club et au Starlets.

Je me redressais sur ma chaise et relisais ces informations. J'étais heureux de constater que Hale avait été extrêmement minutieux dans ses recherches, mais, en même temps, je n'aurais pas dû m'attendre à moins. Hale disposait d'un grand nombre de contacts pour ce genre de choses. Chaque fois que je lui demandais une vérification complète des antécédents de quelqu'un, il ne manquait jamais de le faire. J'étais dégoûté par ce que je venais de lire. D'après les accusations d'agression sexuelle portées contre Hamilton et son renvoi de l'université, cet homme était manifestement un prédateur. J'étais d'ailleurs étonné qu'il ait pu passer au travers du système de contrôle rigoureux du Club O. Les retraits bancaires dans les clubs de strip-tease n'étaient pas surprenants non plus. Pourtant, ceux du casino me faisaient réfléchir : ils pourraient expliquer comment Hamilton et Charlie se connaissaient.

Mais ça ne me dit toujours pas pourquoi ils ont été vus quittant le gala de charité ensemble. Quel était leur but ?

Je ne pouvais que supposer ce que Charlie voulait y faire, mais pour Trevor Hamilton, c'était une autre histoire. Après m'être creusé la tête pendant trente bonnes minutes à essayer de trouver une explication, mes paupières commençaient à être lourdes. Je regardais l'heure : presque deux heures du matin.

Il faut que j'aille me coucher.

Espérant avoir l'esprit plus clair le lendemain, j'éteignais l'ordinateur et retournais dans la chambre. Je regardais le corps endormi de Krystina. Elle avait l'air si paisible. Innocente. Je redoutais de devoir lui parler d'Hamilton, mais je savais que je devais le faire pour sa propre protection.

Demain. Je lui dirai tout dès demain.

Je m'installais près d'elle dans le lit et ce dernier s'affaissa sous mon poids. Les yeux de Krystina s'ouvrirent en battant des ailes.

- Alex, murmura-t-elle.

- Chut, mon ange. Rendors-toi.

Je passais ma main sur sa tête et regardais ses yeux se refermer. Je me rapprochais d'elle et lui passais un bras autour de la taille. Je me mettais à trembler en pensant à la peur que j'avais eue en demandant à Hale de la ramener à la maison. Ce n'est pas que je ne lui faisais pas confiance - je lui confiais ma vie - mais je ne pouvais pas supporter l'idée que Krystina soit loin de moi alors que son agresseur était si proche. Alors que je m'installais dans sa chaleur, je pensais aux réponses que je n'avais pas, et au pourquoi de ce qui s'était passé ce soir. Mais, s'il y avait une chose de sûre, c'est que Krystina ne quitterait pas mon champ de vision jusqu'à ce que je comprenne pour de bon ce qui s'est passé.

25

Krystina

Je m'étais réveillée tôt le lendemain matin. Alexander dormait encore quand je me glissais discrètement hors du loft. Je lui avais laissé un mot lui disant que j'avais des courses à faire et que je reviendrai chez lui plus tard. Maintenant, j'étais de retour chez moi avec un sentiment de culpabilité pour être sortie en douce pendant qu'il dormait. J'avais une tonne de questions à lui poser sur ce qui s'était passé la veille, et j'étais sûre qu'il avait aussi des choses à dire. Cependant, je savais que si j'entamais une conversation avec lui dès le matin, mon projet de recherche sur le meurtre de son père à la bibliothèque serait probablement décalé d'un jour.

Si Monsieur Roberts ne m'avait pas retenue si longtemps hier, j'aurais peut-être pu faire quelque chose.

Entre ma longue journée de travail et la fête d'hier soir, j'étais épuisée. Mon corps réclamait de la caféine. J'enfilais une paire de baskets et saisissais la sacoche dans laquelle mon ordinateur portable était rangé. Il était un peu plus de neuf heures. La bibliothèque ouvrait à dix heures et je voulais être parmi les premiers à franchir les portes. Si je me dépêchais, j'aurais juste le temps de m'arrêter à La Biga pour y prendre un cappuccino avant. Allyson sortait de sa chambre en titubant juste au moment où je me préparais à partir. Elle avait l'air d'une vraie épave.

- Hey, tête endormie, lui dis-je en plaisantant.

- B'jour, marmonna-t-elle.

- Nuit blanche ?

- Ça, tu peux l'dire, gémit-elle en se dirigeant vers la cuisine. Je suis sortie avec des collègues de travail. Un verre en entraînant un autre... tu sais comment ça se passe. Tu aurais dû venir. C'était bien marrant.

- J'avais le gala hier soir, lui rappelai-je.

- C'est vrai. J'avais oublié, me dit-elle en allant chercher une tasse dans l'armoire. Café ?

- Non, merci. J'allais justement partir. Je vais m'arrêter à La Biga.

- Ne pars pas tout de suite. Je veux que tu me parles de la nuit dernière.

- J'adorerais t'en parler, mais maintenant, là, j'ai pas le temps. On remet ça à plus tard ? lui suggérai-je. Je n'ai rien de prévu pour ce soir, on peut se faire une soirée entre filles si tu es libre aussi. Au Murphy's ? On n'y est pas allées depuis un moment.

- Nan. Pas le Murphy's. Je ferai tout ce que tu veux tant qu'il n'y a pas d'alcool.

- Ok. Je vais penser à autre chose, lui dis-je en rigolant. Je t'enverrai un texto plus tard pour te dire à quelle heure je serai de retour ici.

Je laissais Allyson soigner sa gueule de bois et me dirigeais vers la porte. Une fois dehors, je me braquais contre le vent froid qui me mordait les joues et traversais Bleecker Street pour me diriger vers la Redline qui m'emmènerait à La Biga sur West 57th. Le trajet était court, mais l'impatience de savourer l'un de mes plaisirs préférés me mettait l'eau à la bouche. Je ne m'étais pas rendue dans mon café préféré depuis que j'avais cessé de travailler chez Wally's et j'attendais depuis longtemps un des fameux cappuccinos d'Angelo. Comme d'habitude, je sentais l'odeur du café avant d'en franchir les portes : un délicieux arôme de grains de café fraîchement moulus et de pâtisseries. Le carillon familier qui sonnait au-dessus de ma tête lorsque j'entrais me fit sourire.

Il faut absolument que je vienne ici plus souvent.

Je regardais autour de moi et voyais que tout le monde semblait occupé. Si je m'en étais doutée même avant d'arriver, j'étais surprise de voir Maria travailler derrière le bar à expresso, et non Angelo.

- Bonjour, Maria.

- Ah, *buongiorno*[1] ! Voilà ma cliente préférée ! Cappuccino ?

- Oui c'est ça. Est-ce qu'Angelo a pris sa journée ? demandai-je.

- Non, non. Il ne se sent pas bien. Des problèmes d'estomac.

Elle fronça les sourcils et secoua la tête.

- Oh, j'espère qu'il se sent mieux !

Elle se pencha sur le comptoir et baissa la voix.

- Mais à mon avis, il fait semblant ! me dit-elle, son accent italien se faisant plus prégnant à mesure qu'elle chuchotait. Notre fille et son mari travaillent ici aujourd'hui. Je pense qu'il ne voulait tout simplement plus entendre leurs idées sur la modernisation du café. *Che palle*[2] ! Il me laisse seule ici pour m'en occuper à sa place !

Son accusation de complot me fit rire. Elle se mit à préparer ma boisson.

- He bien dans ce cas, je ne toucherai pas à celui-là ! plaisantai-je.

- Comme je te l'ai déjà dit : les hommes. On ne peut pas vivre sans eux, mais on en a toujours besoin. Au fait, comment va ton beau gentleman du rendez-vous galant de la dernière fois ?

Je souriais en entendant cette expression démodée.

- Il va bien, admis-je, sachant que cela allait déclencher une toute nouvelle ligne de conversation sur le jour où Alexander m'avait harcelée à La Biga.

- Aha ! Je le savais !

- Oui, tu l'avais peut-être deviné.

Après avoir rempli le cappuccino d'une bonne dose de mousse, elle me le tendit en secouant la tête. Puis elle prit un air pensif pendant une minute et fit signe à l'une de ses employées, une jolie fille d'environ seize ans.

- Giovanna, prend le relais ! Je reviens tout de suite, lui dit-elle. Puis elle sortit de derrière le comptoir et se tourna vers moi. Viens par ici, ma chérie. On va discuter deux minutes.

Et voilà. Ça, c'est fait !

J'étais pressée, mais intérieurement, je souriais quand même. J'avais hâte d'entendre les discours de Maria pleins de sagesse et de bon sens. Nous nous dirigeâmes vers une table libre pour nous y asseoir. Puis elle m'observait pendant un moment sans rien dire.

- Qu'est-ce qu'il y a, Maria ? finis-je par lui demander.

Je prenais la première gorgée de ma boisson préférée, en léchais la mousse qui s'était logée au-dessus de ma lèvre et attendais patiemment qu'elle me réponde.

- Krystina, tu viens ici depuis quelques années maintenant. Hein ?

- Ça fait au moins quatre ans, lui répondis-je, ne sachant pas trop où elle voulait en venir.

- Je t'ai vue heureuse, et triste aussi. Parfois, tu as l'air perdue. Quand cet homme est venu te voir ici il y a quelques semaines, j'ai vu un feu en toi. Un feu que je n'avais jamais vu auparavant.

Je me rappelais combien j'étais en colère, ce jour-là. Ce n'était pas du tout étonnant qu'elle me dise ça.

- Alexander peut faire ressortir le pire en moi, parfois. J'en suis bien désolée, lui dis-je d'un air penaud.

- Oh non ! Ce n'est pas ça. Tu n'as pas compris ce que je suis en train de te dire, ma jolie. Quand je parle de feu, je ne parle pas de colère. Mais du feu de la passion. Ce qui est une bonne chose. Mais les femmes de ta génération, tu sais, elles ont tendance à pratiquer... elle traîna. Mais, c'est quoi, le mot que je cherche ? Les femmes fières ? Celles qui pensent qu'elles sont égales aux hommes ?

- Une féministe ? lui suggérai-je.

- Oui, oui. Les femmes de ta génération sont fières d'être féministes. C'est bien dans le monde du travail, mais dans la vie privée, c'est autre chose. Les hommes ont besoin de certaines choses, Krystina. Ne sois pas si occupée à perfectionner ton côté féministe et à ne plus faire attention à ton cœur.

Je n'étais pas sûre de ce qu'elle essayait de me dire. Si je ne me trompais pas, on aurait dit qu'elle me disait de me plier en quatre pour Alexander. Compte tenu des nombreux échanges dont j'avais été témoin entre elle et Angelo, j'avais du mal à le croire. Maria n'était rien de moins qu'un feu follet.

- Maria, toi aussi, tu es indépendante. Et moi, je suis comme je suis. Je ne vais pas changer pour Alexander, ni pour n'importe quel homme, d'ailleurs !

- Non ! Une fois de plus, ce n'est pas ça, ma belle. Ce que je veux dire, c'est que ce que tu vois n'est pas toujours le paraître, aux yeux des autres, je veux dire. Oui, je suis autoritaire. Mais je cède quand Angelo en a besoin. C'est pourquoi je n'ai jamais eu à compter les maris, plaisanta-t-elle avant de redevenir sérieuse. Angelo a toujours été la bonne personne, pour moi, mais nous avons eu nos problèmes. L'amour, c'est donner et recevoir. Il y a peu de place pour l'entêtement. Notre destin a toujours été d'être ensemble, mais ça n'est pas venu sans compromis.

- Je ne crois pas au destin, lui dis-je sincèrement. Je suis la seule à pouvoir le contrôler.

Elle me regardait tristement.

- *Bella ragazza*[3]. Ton destin, ou bien ton avenir. Ce n'est pas toi qui le décides. Parce qu'il est déjà écrit. Dans les étoiles.

Alexander

JE ME TOURNAIS sur le côté. C'était la lumière venant des fenêtres de la chambre qui avait perturbé mon sommeil. Il me fallut une minute pour me rendre compte de la luminosité. Puis je m'assis et jetais un œil sur la commode : neuf heures et demie du matin.

Je ne dors jamais autant le matin

Tournant la tête du côté du lit de Krystina, je vis qu'elle n'était pas là, mais qu'une note était posée sur son oreiller.

Je suis sortie faire des courses. Je serai de retour cet après-midi.
Krystina

Et merde ! Pour une fois que je me réveille après six heures...

Je cherchais mon téléphone sur la table de nuit, mais ma main restait vide. Il n'était pas là. C'est alors que je me rappelais que je l'avais égaré la veille. Dans tout ce chaos, ni Justine ni moi n'avions pensé à vérifier si un membre du personnel de service ne l'avait pas accidentellement attrapé. Irrité, je sautais hors du lit pour me rendre directement à mon bureau et allumer l'ordinateur. Pendant que j'attendais qu'il se mette en route, je composais le numéro de téléphone de Krystina avec le téléphone fixe de mon bureau.

Il faut absolument qu'elle revienne, parce que c'est ici qu'elle doit être.

Je tombais directement sur sa messagerie. Je claquais le combiné et un sentiment de malaise commençait à s'installer. Je ne voulais pas qu'elle soit seule et sans protection jusqu'à ce que je découvre ce que faisait Hamilton. Une fois l'ordinateur en marche, j'ouvris ma boîte de réception et cliquai sur le bouton pour composer un nouveau message à l'attention de mon technicien informatique.

À : Gavin Alden
COPIE : Hale Fulton
DE : Alexander Stone
OBJET : Réponse plus qu'urgente ! ! !

Gavin,
Impossible de retrouver mon téléphone portable depuis hier soir. Pourrais-tu mettre un traceur sur sa localisation ? Merci aussi de localiser celui de Krystina Cole. J'attends ta réponse.

Alexander Stone
Directeur Général, Stone Enterprise

Spécifiant le caractère urgent de mon e-mail, je cliquais sur « envoyer » en priant pour que son destinataire le voie un samedi matin. Gavin était employé et payé à l'heure du lundi au vendredi. Cependant, il travaillait depuis chez lui et parvenait à s'en sortir dans les moments difficiles. J'espérais qu'aujourd'hui était l'un de ces jours. Heureusement, c'était le cas et, pas moins de trois minutes plus tard, ma demande recevait une réponse.

À : Alexander Stone
COPIE : Hale Fulton

DE : Gavin Alden
OBJET : Re : Réponse plus qu'urgente ! ! !

Monsieur Stone,
J'ai pu localiser les deux appareils au E 42nd Street, près de
Madison. Mais l'endroit exact où ils se trouvent est bizarre :
c'est comme s'ils se trouvaient entre deux bâtiments. Merci de
me dire comment je dois procéder.

Gavin

*Les deux appareils ? Mais pourquoi se trouveraient-ils au même
endroit ?*

Au début, j'ai pensé que peut-être Krystina l'avait trouvé
avant de quitter le gala de charité et avait juste oublié de me le
dire. Mais une autre possibilité me venait à l'esprit, une que je
ne voulais pas envisager car elle me faisait douter de sa fiabilité.

*Non. Elle ne me l'aurait pas pris de manière délibérée. Si oui,
pourquoi ?*

À : Gavin Alden
COPIE : Hale Fulton
DE : Alexander Stone
OBJET : Re : Re : Réponse plus qu'urgente ! ! !

Tu es sûr que les deux téléphones sont tous les deux au même
endroit ?

Alexander Stone
Directeur Général, Stone Enterprise

Je repensais à ce qui s'était passé la veille au soir, puis à son
absence de ce matin.
C'est quoi, ces courses qu'elle devait faire ?

Elle ne m'en a pas parlé.

À : Alexander Stone
COPIE : Hale Fulton
DE : Gavin Alden
OBJET : Re : Re : Re : Réponse plus qu'urgente ! ! !

Sûr et certain. Ils sont à environ un mètre cinquante l'un de l'autre, pour être exact, entre une banque et une épicerie, mais pas à l'intérieur de ces bâtiments. Si vous pensez qu'ils ont été volés, je vous suggère de me demander de les désactiver.

Gavin

Je n'étais pas sûr de vouloir lui demander tout de suite, car je pourrais avoir besoin de les utiliser pour retrouver Krystina.

À : Gavin Alden
COPIE : Hale Fulton
DE : Alexander Stone
OBJET : Re : Re : Re : Re : Réponse plus qu'urgente ! ! !

Non, pas encore. Je te tiens au courant.

Alexander Stone
Directeur Général, Stone Enterprise

Je cliquais sur « envoyer » d'une main, puis je composais le numéro de Hale de l'autre. Le sentiment de malaise que j'éprouvais commençait à s'intensifier. L'instinct, peut-être ? En tous cas, je savais que quelque chose n'allait pas.

- Hale, avez-vous lu les e-mails, dans lesquels vous êtes en copie ? lui demandais-je une fois qu'il eut décroché.

- Oui, monsieur.

- À quelle distance êtes-vous de chez moi ?

- Je suis à un pâté de maisons de votre appartement.

- Très bien. J'ai besoin que vous veniez, et au plus vite. J'aimerais qu'on aille faire un tour à l'angle de la 42ème et de Madison.

- Je comprends, monsieur.

J'en étais sûr. Il se passait quelque chose. J'allai pouvoir le savoir.

26

Krystina

Cappuccino à la main, je sortais à l'arrêt de la Gare de Grand Central Terminal et remontais la 42ème rue Est. À mon grand désarroi, je me retrouvais dans un groupe de touristes qui visitait New York à pied. Ils avançaient à une allure d'escargot tandis que leur guide leur indiquait les points de repère qui se trouvaient juste devant eux.

- Notre prochain arrêt est le Stephen A. Schwartzman Building, qui fait partie du système de bibliothèques de la ville de New York, le deuxième plus grand du pays, expliqua le guide.

Ouais, ouais. C'est ça. C'est là que j'essaie d'aller. J'ai vraiment d'la chance.

Plutôt que de me battre contre cette foule, je préférais couper par une ruelle menant à la 41ème rue, ce qui s'avéra très vite être une mauvaise idée, car je dus me pincer le nez pour bloquer l'odeur d'urine qui flottait dans l'air.

J'aurais mieux fait de prendre un taxi à Greenwich au lieu de faire un détour par La Biga.

Plus que quelques pas dans ces lieux nauséabonds. C'est alors que je vis un homme avancer devant moi. Il me bloqua le passage. Ses vêtements étaient sales, et il avait des cheveux blonds filasses qui semblaient ne pas avoir été lavés depuis des semaines.

Oups. Voilà c'qu'on a quand on s'aventure dans des raccourcis.

J'essayais de l'éviter, pensant qu'il s'agissait d'un sans-abri qui venait vers moi pour quémander. D'habitude, je compatissais dans ce genre de situation, mais aujourd'hui, cet homme me mettait mal à l'aise pour une raison que je n'arrivais pas à expliquer.

- Bonjour, Krystina, me dit-il en me prenant par surprise.

Cette fois-ci, je l'observais encore. Il me semblait étrangement familier, mais je n'arrivais pas à le situer.

- Je suis désolée... est-ce que je vous connais ?

- Non, je n'crois pas. Mais je sais beaucoup de choses sur vous, me lança-t-il.

Bon, d'accord. Maint'nant, j'ai les j'tons.

Je regardais nerveusement autour de moi.

- Vous faites erreur. Vous me prenez pour quelqu'un d'autre. Maintenant, excusez-moi, il faut que j'y aille, lui dis-je.

J'essayais d'être polie pour ne pas énerver ce fou furieux.

- Oh, non, ma jolie. Pas encore ! Pas avant que tu ne voies ce que j'ai à te montrer !

Avec désinvolture, je fouillais dans mon sac à main pour tenter d'y trouver la bombe lacrymogène que j'avais toujours sur moi. Ma main se referma sur le flacon en métal.

- Je suis désolée, mais... je stoppai net quand il m'attrapa le bras et le serra fort. Lâchez-moi !

Alors que j'essayais de me dégager de son emprise, la bombe de gaz se retrouva au sol.

- Du gaz lacrimo ? On m'avait prévenu que tu pourrais tenter quelque chose de stupide, ricana-t-il. Il serra mon bras plus fort et me jeta un téléphone portable au visage. Regarde ça !

Je concentrais ma vision sur l'écran du téléphone portable qu'il tenait devant moi. C'était une sorte de vidéo en noir et blanc.

- S'il vous plaît... je n'sais pas c'que c'est. Vous...

- Mais si, tu le sais ! Ne fais pas l'idiote ! Regarde encore !

Ses yeux étaient sauvages, presque fous. Je regardais autour de moi à la recherche d'autres personnes qui auraient pu emprunter le raccourci de la ruelle.

On est à New York ! Pourquoi personne ne se balade au même endroit que moi ?

Pas une âme en vue. Et maintenant, j'avais perdu la protection de la bombe lacrymo... je me disais qu'il valait mieux que je fasse ce qu'il me demandait, en pensant qu'il me laisserait tranquille une fois que j'aurais obéi. En me déplaçant aussi lentement que possible, je lui pris le téléphone des mains et commençais à regarder : la vidéo montrait une foule de gens. Certaines personnes semblaient danser tandis que d'autres se mêlaient aux autres et sirotaient des boissons.

- On dirait une boîte de nuit, émis-je.

- C'est comme ça que vous appelez ça, vous, les monstres ? dit-il

Puis il se mit à rire bruyamment.

- Que voulez-vous dire ? Je pense que...

Je m'interrompis en apercevant quelque chose d'inhabituel pour une boîte de nuit. Il y avait une femme penchée sur une scène. Et un homme.

L'enregistrement de la soirée que j'ai passée au Club O.

Je regardais plus attentivement le téléphone portable qui était dans sa main. Je le reconnus instantanément : c'était celui d'Alexander, celui qu'on ne retrouvait plus hier soir.

- Maint'nant tu comprends, ma belle ?

Je relevais la tête pour le regarder.

- Mais qui êtes-vous ? Où avez-vous trouvé ça ?

Il m'arracha le téléphone portable des mains et le mit dans sa poche. Avant que je puisse réagir, il m'attrapa et me poussa contre le mur en briques du bâtiment. Il pressa son visage contre mon oreille. Son souffle était chaud dans mon cou. Je dus combattre l'envie de m'étouffer.

- Est-ce que ce bâtard malade t'oblige à l'appeler « maître » ? chuchota-t-il en pressant l'un de mes seins.

J'avais envie de vomir.

- Lâchez-moi !

Je me débattais, mais je sentais les murs se refermer sur moi. Mon pouls commençait à battre dans mes oreilles. Cette situation était bien trop familière. Il fallait que je m'échappe.

- À l'aide !

Il plaqua une main moite sur ma bouche.

- Ferme-la, espèce de salope !

Je le grattais pour le griffer, mais je ne pensais qu'aux gens. Quelqu'un devait voir ce qui se passait.

Les touristes.

Je criais, mais ma voix était étouffée par sa main humide.

- Hé ! cria quelqu'un.

Oh, merci, mon dieu !

Tendant la tête vers cette voix qui allait me sauver de ce fou furieux, j'avais l'impression que le sol se dérobait sous moi.

Non. Pitié. Pas lui.

- Et merde, Trevor ! Aide-moi !

C'est pas possible.

Je luttais pour me libérer, faisant appel à tous les muscles de mon corps, mais je fus très rapidement maîtrisée par les deux hommes.

- Au s'cours !

J'essayais de crier à nouveau, ce qui me valut un coup violent sur le côté de la tête.

- Krystina, ferme-la ! siffla-t Trevor.

Le monde tournait tout autour de moi. Mes bras brûlaient, et je ne les sentais plus. C'était comme si j'étais engourdie alors qu'ils me traînaient, à coups de pieds et de cris, dans la ruelle. Une voiture avait été placée par là où j'étais arrivée ; elle empêchait les passants de voir ce qui se passait. Le coffre de la voiture était ouvert et attendait.

Non. Par pitié. Non.

Ma tête s'écrasait contre le pare-chocs arrière. Puis on me jeta dans le coffre. Ma vision se brouillait et je sentais quelque chose de chaud glisser sur mon visage.

Du sang.

J'essayais de crier une fois de plus mais je fus réduite au silence lorsqu'une bande de ruban adhésif se colla sur ma bouche. Puis on me lia les poignets, et Trevor descendit dans le coffre pour me prendre mon sac à main, dont la bandoulière était toujours accrochée autour de mon cou.

- Pas d'entourloupe, me prévint-il.

En le prenant, il me prit aussi pris mon téléphone. Tous les espoirs que j'avais pour pouvoir appeler à l'aide s'envolèrent.

Qu'est-ce qui se passe ? Pourquoi ?

Le coffre claqua et tout devint noir. Le moteur de la voiture rugit. Je pouvais entendre les deux hommes parler dans la voiture. Certes, la conversation était un peu étouffée, mais pas assez pour que je ne puisse pas comprendre ce qu'ils se disaient.

- Ce connard va vraiment payer sans poser d'questions ? demanda Trevor. Je n'veux pas que les flics soient impliqués dans cette affaire.

- Oh, il va payer. Aucun doute là-dessus. Stone se donne beaucoup de mal pour protéger sa vie privée. Ce ne sera pas différent. Cette vidéo, c'est de l'or ! dit-il en riant de manière sinistre. Alors que toi, tu ne parlais que d'un pauvre numéro de compte bancaire. Crois-moi. C'est mieux.

- Pourtant, je n'vois pas pourquoi on avait à kidnapper Krystina. Ça complique les choses.

- On a besoin d'elle. Elle est notre police d'assurance au cas où il essaierait de résister.

- Charlie, t'en es sûr ?

- Arrête de faire la poule mouillée. J'ai été marié pendant sept ans avec sa sœur. Je le connais bien. Il va payer. Ce pigeon paie toujours.

Charlie ? L'ex-mari de Justine ? Un compte bancaire ?

La voiture tournait à gauche, et je fus brutalement projetée d'un côté du coffre.

Réfléchis, Cole. Réfléchis.

J'essayais de me souvenir de la marque et du modèle de la voiture dans laquelle ils m'avaient balancée, mais en vain. J'écoutais les sons provenant de l'extérieur de la voiture, en espérant que cela m'aiderait à déterminer où nous étions. Tout ce que je pouvais entendre, c'était le bruit des pneus sur la chaussée et un coup de klaxon occasionnel. Au moins, c'étaient les klaxons qui me disaient qu'on était toujours en ville.

- Tourne à droite, juste ici. On va prendre la I-78 vers Newport, entendis-je Trevor dire.

- L'entrepôt est sûr ?

- Ouais. L'entreprise de mon père ne s'en sert plus du tout.

- Bien. Personne ne remarquera sa puanteur pendant un moment ? Hein ? insista Charlie.

Ma puanteur ?

Puis je compris, tout d'un coup. Je savais exactement ce que Charlie voulait dire lorsqu'il parlait de ma « puanteur ».

Les choses comme ça n'arrivent pas dans la vraie vie ! Je dois sortir d'ici ! Et au plus vite !

J'avais l'impression d'être l'héroïne d'un mauvais film, et commençais à frapper le capot du coffre en donnant des coups de pied et des coups de poing jusqu'à ce que mes articulations soient brûlantes.

- Qu'entends-tu par « sa puanteur » ? s'enquit Trevor.

J'arrêtais de me débattre pour écouter la réponse, espérant au-delà de tout espoir que ma supposition n'était pas la bonne.

- Son cadavre, pauvre idiot ! Au bout d'un un certain temps, je ne pense pas qu'il sentira très bon, lui dit Charlie en riant.

Mon cœur s'emballait dans ma poitrine alors que je luttais pour trouver plus d'air. La panique me consumait, s'enfouissant dans les recoins de mon cerveau, jusqu'à ce que je ne puisse plus penser.

- De quoi tu parles, bordel ? On ne va pas la tuer ! s'exclama Trevor.

- Pourtant, on doit le faire. Elle n'était pas censée te voir, tu te souviens ? Notre couverture est foutue.

- P'tain, mec. Elle m'a seulement vu parce que tu ne pouvais pas t'en tenir au plan de départ. Je t'avais dit que c'était une battante. Mais qui se soucie de savoir si elle m'a vu ou non ? Hein ? Je vais juste trouver un alibi. Comme je le fais toujours.

- Non. Tu ne connais pas Stone. Il fera sauter tous les alibis que tu trouveras. On fait ça à ma façon. Cette fille doit disparaître.

- C'est n'importe quoi, Charlie. Je n'ai pas signé pour un meurtre. Je cherchais juste un peu d'argent en plus.

- Ouais, ça craint d'être privé de son placement financier, commenta Charlie avec sarcasme.

- J'emmerde ce placement financier. Et je t'emmerde, toi aussi. Je suis à court. Gare-toi sur le côté.

- Putain non. Tu ne vas pas te retirer maintenant, beau gosse. J'ai besoin de tes relations pour réussir ce coup.

- J'ai dit gare-toi ! affirma Trevor.

Oui, gare-toi !

J'écoutais en attendant de voir comment Charlie allait réagir. Mon cœur battait la chamade alors que je suppliais silencieusement Trevor de le convaincre de renoncer à son plan. C'était ironique, bien sûr. L'homme que je détestais plus que tout autre pouvait potentiellement me sauver d'un fou. La voiture se déporta soudainement à droite, puis à gauche. J'entendais les deux hommes crier, mais je ne pouvais pas comprendre ce qu'ils disaient à cause du crissement des pneus de la voiture. Puis j'entendis comme un grand bruit indescriptible, et le bruit du métal qui s'écrase se répercutait dans la voiture. Je réalisais à peine que nous venions d'avoir un accident que mon corps fut projeté en avant, puis en arrière. Un peu comme une balle de ping-pong, suspendue dans les airs.

La voiture est en train de faire des tonneaux.

Mes bras s'agitèrent en essayant de trouver quelque chose à quoi se raccrocher. Ma tête heurta le capot du coffre. Ma vision se troubla, puis tout devint noir.

Alexander

- TOURNEZ À GAUCHE à la prochaine intersection, dit Gavin à Hale et moi via le système de communication mobile de la Porsche Cayenne. Le signal GPS se termine sur la 4ème Avenue près de la 29ème Rue.

- Le trafic est bloqué. On dirait qu'il y a un accident devant nous, observai-je.

Je regardais Hale, qui tordait le cou pour essayer de voir autour des voitures alignées devant nous. Les seules choses que nous pouvions voir étaient les feux de freinage et les feux clignotants des véhicules d'urgence. En nous basant sur l'emplacement que Gavin m'avait donné, Hale et moi suivions le téléphone de Krystina dans une ruelle. Elle n'y était pas, mais nous avions trouvé les restes d'un cappuccino de La Biga fraîchement renversé, et c'est ce qui m'avait alerté. Je sus immédiatement que quelque chose n'allait pas. Et depuis, nous étions en ligne avec Gavin, qui nous informait des mouvements de son téléphone.

- Vous n'êtes qu'à environ trois cents mètres du signal des deux téléphones, nous informait-il.

De manière impulsive, j'attrapais la poignée de la porte du passager.

- Fais chier ! dis-je en sortant de la voiture.

J'avais un sentiment bizarre dans mon estomac. Comme s'il était en train de tomber. L'instinct, peut-être ? En tous les cas, j'étais poussé à avancer pour voir ce qui se passait.

- Attendez, Monsieur, me dit Hale en quittant le siège du conducteur pour me suivre.

- Je vais voir ce qui se passe, lui dis-je par-dessus mon épaule. Il y a quelque chose qui cloche. Restez avec la voiture.

Au lieu de faire ce que je lui avais demandé, Hale me suivait dans la rue. Je n'insistais pas pour qu'il reste en arrière et pouvais lire l'inquiétude sur son visage. Il était tout aussi inquiet que moi. M'approchant de l'endroit accidenté, je voyais qu'une voiture était retournée d'un côté. C'était une Chevrolet beige, et elle avait l'air bien endommagé. Des éclaboussures de sang en souillaient l'intérieur du pare-brise, ce qui empêchait de voir qui pouvait être à dedans. Un homme se tenait debout, dos à moi, près de l'épave. Un officier de police semblait l'interroger. En m'approchant, je réalisais que la voix de l'homme m'était familière. Je le regardais de plus près. Instantanément, le creux de mon estomac s'intensifiait : c'était Charlie.

Ce n'est pas qu'une simple coïncidence.

- Quel fils de pute, déclarai-je.

- Monsieur Stone, que pouvons-nous dire, pour l'instant ? m'alerta Hale.

Mais je ne l'entendais pas vraiment. L'air semblait bourdonner et mon pouls battait dans mes oreilles. Sans réfléchir, j'accourais dans sa direction pour réduire la distance entre nous deux. Quand je l'atteignis, je le fis tourner sur lui-même. Le devant de sa chemise était maculé de sang, et je ne pouvais pas dire si c'était le sien ou celui de quelqu'un d'autre. Il y avait de gros éclats de verre enfoncés dans son front, déformant de façon horrible son sourcil gauche. Ses yeux étaient vitreux et il se concentrait sur moi. Quand il vit que je me tenais devant lui, il eut l'air horrifié. Je m'agrippais à sa chemise sans me soucier de ses blessures. Mon instinct me disait qu'il savait où était Krystina.

- Dis-moi où elle est, espèce de putain d'raclure ? sifflai-je en serrant les dents.

- Monsieur ! S'il vous plaît ! cria l'officier de police.

Je l'ignorais et resserrais ma prise sur la chemise de Charlie.

- Alex, je... je n'ai rien fait. Je n'sais pas, je n'sais pas, cracha Charlie.

Je levais le poing.

- Ne me mens pas ! J'ai tracé son téléphone jusqu'ici. Maint'nant, dis-moi où elle est !

- Monsieur, lâchez-le maintenant ! insista le policier en essayant de me séparer de Charlie. Cet homme est blessé, et il a besoin de soins médicaux.

- Monsieur Stone, dit Hale à côté de moi en posant fermement sa main sur mon épaule.

- Il sait où elle est ! grognai-je en essayant de repousser la main de Hale.

La rage bouillait en moi, chaude et féroce, et tout ce que je voulais faire, c'était de coller mon poing au visage pleurnichard de Charlie.

- Alexander, s'il vous plaît. Venez avec moi, insista Hale.

Le fait qu'il m'ait appelé par mon prénom m'avait coupé dans mon élan, parce qu'il ne m'appelait jamais comme ça. Je relâchais mon emprise sur Charlie, mais je voyais que son expression prenait des airs de panique alors qu'il se concentrait sur quelque chose, derrière moi. Je le relâchais complètement et me retournais pour voir ce qu'il regardait. Les pompiers étaient près de l'arrière du véhicule accidenté ; ils essayaient de faire levier pour ouvrir le coffre. Je pouvais voir que quelqu'un était à l'intérieur. Je regardais Hale, qui n'avait plus l'air inquiet, mais vraiment effrayé. Je marchais en direction de la voiture, avec l'impression que la scène se passait au ralenti. Alors que le coffre s'ouvrait peu à peu, je pouvais voir ce qui ressemblait à une masse de boucles de cheveux châtain.

Non. Non. Ce n'est pas elle. Ça ne peut pas l'être.

Je me répétais cette phrase en boucle tout en continuant à mettre un pied devant l'autre. Lorsque les pompiers réussirent finalement à ouvrir complètement le coffre, le temps se figea. Krystina, mon bel ange, gisait sans vie dans le coffre. Du sang recouvrait un côté de son visage, et ses cheveux étaient collés à son front. Des attaches lui entouraient les poignets.

- Mon ange, chuchotas-je.

Même à mes propres oreilles, ma voix semblait essoufflée et effrayée. Le chagrin m'écrasait le cœur. J'étais dévasté.

Non. Pas ça. Non.

Et puis, d'un coup, tout semblait s'accélérer en me catapultant dans une frénésie de gens qui se précipitaient dans tous les sens en criant des ordres.

- Une méd'cin ! Vite ! entendis-je hurler.

J'étais aux côtés de Krystina ; j'essayais de lisser ses cheveux pour trouver la source du sang, mais les urgentistes me repoussaient.

- S'il vous plaît, écartez-vous, Monsieur, me dit l'un des ambulanciers.

Je les regardais attacher son corps inerte sur une sorte de longue planche. Puis ils lui coupèrent les liens des poignets et commencèrent à l'acheminer vers l'ambulance. Je me sentais impuissant face à la tournure surréaliste des événements. Un engourdissement froid se répandait dans mes veines.

C'est ma faute. J'aurais dû être là pour la protéger.

Des souvenirs m'envahissaient : les yeux pleins de vie de Krystina et son sourire qui me coupait le souffle ; son rire qui pouvait illuminer même les moments les plus sombres ; sa réponse, chaque fois que je la touchais. Les souvenirs m'étouffaient jusqu'à ce que je ne puisse plus respirer.

- Monsieur Stone, me dit doucement Hale. On part à l'hôpital. Dès maint'nant. Avec tout ce trafic, ça risque de nous prendre du temps.

Je le regardais en remarquant à quel point il semblait abattu. C'était comme si nous vivions dans une réalité différente. Je luttais pour trouver un regain de stabilité et secouais la tête pour la vider. Voir Krystina si pâle et si brisée m'avait anéanti, et je ne lui serai d'aucune utilité dans cet état. Je devais retrouver ma force, penser rationnellement et trouver une certaine mesure de contrôle dans ce chaos.

- Non. Je ne peux pas la laisser. Je vais monter dans l'ambulance avec elle. Suivez-moi jusqu'à l'hôpital.

- Bien, Monsieur, répondit-il d'un signe de tête.

- Et appelez Allyson Ramsey, en chemin. Elle doit être au courant. Vous pourrez demander ses coordonnées à Laura, ajoutai-je en me déplaçant pour monter à l'arrière de l'ambulance.

Les portes se fermèrent immédiatement, et le son des sirènes se faisait entendre au-dessus de moi. Je regardais Krystina, si pâle et immobile, tout en luttant contre la panique qui menaçait encore de m'envahir.

C'est une battante. Elle va s'en sortir.

En tous cas, il le fallait. Parce que maintenant qu'elle était dans ma vie, je savais que je ne pourrai jamais survivre sans elle.

27

Alexander

J'étais assis au chevet de Krystina dans une veille silencieuse, espérant au-delà de tout espoir qu'elle se réveille. Vingt-quatre heures s'étaient écoulées depuis l'accident, chaque heure amenant un nouveau niveau de colère et de rage que je n'avais jamais connu auparavant. Je voulais me défouler sur quelqu'un. N'importe qui.

- Krystina, s'il te plaît, dis-je à sa forme immobile.

J'écartais l'intraveineuse qui pompait du liquide dans ses veines et pris sa main. Les coupures et les ecchymoses autour de ses poignets commençaient à cicatriser et prenaient une couleur rouge violacée. Je fermais les yeux et essayais de ne pas penser aux attaches en plastique qui lui déchiraient la peau lorsqu'on l'avait trouvée. Je pressais mes lèvres sur ses doigts délicats, en embrassant chaque phalange avec révérence.

- Alex, me dit une voix féminine.

Je levais les yeux. Allyson se tenait dans l'embrasure de la porte de la chambre d'hôpital.

- Quoi ? aboyai-je. Je chassais l'eau de mes yeux en les

clignant, détestant le fait de me retrouver dans un état aussi vulnérable.

- Justine voulait que je te dise que Charlie est sorti du bloc opératoire et qu'il est revenu à lui. La police sera bientôt là pour lui parler.

- Bien. Laisse-les s'en occuper. Si je parle à cet enfoiré maintenant, je le tue.

Je me retournais vers Krystina : c'était la seule qui comptait pour moi à ce moment-là.

- Justine m'avait dit que tu aurais ce genre de discours, me dit-elle doucement. Mais pourtant, ça t'intéresse peut-être de savoir qu'elle a déjà parlé avec lui. Tu devrais p't'être écouter ce qu'il a à dire avant que la police ne le fasse.

- Je n'veux pas lui parler. Il peut dire à la police tout ce qu'il veut. Pour moi, tout est fini. Enfin, j'veux dire… j'en ai fini avec tout ça.

Maintenant, finis les mensonges. Finies, les cachoteries. Il est temps d'arrêter tout ça. C'est ma faute.

- Eh bien, dans ce cas, je préfère te prévenir qu'Elizabeth Long est en route avec Frank. Ils seront là dans une vingtaine minutes, à peu près.

Le fils de pute.

J'étais malade et fatigué d'avoir à cohabiter avec les gens. Elizabeth Long était peut-être la mère de Krystina, mais pour moi, c'était juste quelqu'un d'autre qui interrompait mon temps avec mon ange à moi.

- Très bien, lâchai-je. Autre chose ?

- Non, c'est tout, affirma-t-elle dit tristement. Je vais te laisser tranquille.

L'angoisse m'envahissait une fois de plus au moment même où elle quittait la pièce.

- Je suis tellement désolée de ne pas t'avoir protégée, chuchotai-je. Tout cela est ma faute. Si je n'avais pas été aussi déterminé à garder mes secrets, rien de tout cela ne serait arrivé. S'il te plaît, réveille-toi, Krystina. Je t'aime tellement. Je n'avais même pas réalisé à quel point jusqu'à maintenant. J'ai besoin de toi, mon ange. S'il te plaît.

Je baissais la tête sur le matelas et j'appuyais sa paume sur ma joue. Un sentiment de regret m'envahissait. Le regret du passé. Le regret de ne pas l'avoir protégée. Le regret de ne jamais lui avoir dit que je l'aimais. Il fallait qu'elle se réveille. J'avais besoin d'une chance pour arranger les choses. Je levais les yeux lorsque j'entendis une agitation dans le couloir, puis Elizabeth Long déboula dans la pièce avec son mari dans son sillage.

- Oh, non ! s'exclama-t-elle quand son regard s'arrêta sur Krystina. Ma petite fille !

Elle se précipita à son chevet.

- Bonjour, Monsieur et Madame Long, dis-je sèchement.

Leur présence m'agaçait, même si je savais que je n'avais pas le droit de ressentir cela : Krystina était leur fille et leur belle-fille. Ils méritaient d'être ici, peut-être même plus que moi.

- Alexander, dit Frank Long avec un signe de tête. Allyson n'avait pas beaucoup de détails à nous donner quand elle a appelé. S'il te plaît, dis-nous ce qui s'est passé, poursuivit-il en me tutoyant.

- Je ne sais pas grand-chose non plus, dis-je en secouant la tête. Je sais seulement qu'il s'agit d'un accident de voiture. Krystina a été retrouvée dans le coffre. Les passagers de la voiture étaient Charlie Andrews et Trevor Hamilton.

Elizabeth Long se mit au garde-à-vous à ce moment-là.

- Trevor ? répéta-t-elle incrédule.

- Oui. On ne sait toujours pas pour quelle raison Krystina était dans le coffre.

- Et ce Charlie, qui est-ce ?

- L'ex-mari de ma sœur, expliquai-je d'un ton stoïque. Je le soupçonne d'être à l'origine de tout ça, mais ce n'est pas clair non plus.

- Oui, mais... commença-t-elle.

Elle fut coupée lorsque le neurologue de Krystina entra dans la pièce.

- Docteur West. Je le saluai et me levai pour lui serrer la main. Voici Frank et Elizabeth Long, le beau-père et la mère de Krystina. Monsieur et Madame Long, voici le Docteur West, qui est le neurologue assigné au cas de Krystina.

Le Docteur West était l'un des premiers médecins à avoir évalué l'état de Krystina. J'avais fait des recherches sur ses références presque immédiatement et avais trouvé qu'il était extrêmement minutieux dans son travail. Ce détail, en plus du fait qu'il arrivait à l'heure à ses visites en chambre, m'avait donné suffisamment de raisons de croire que Krystina était entre des mains très compétentes.

- Ravi de vous rencontrer, déclara le Docteur West avec un signe de tête à leur attention. J'ai les résultats des tests de Krystina.

- Qu'en est-il ? interrogea Elizabeth avec empressement.

- Le scanner et l'IRM n'indiquent aucune anomalie. Ses signes vitaux et son système respiratoire sont bons. L'évaluation de sa posture et de son habitus corporel ne montre aucun signe de dommage à son système nerveux. En somme, j'ai peu de raisons de croire que son traumatisme crânien entraînera des dommages à long terme. Cependant, je ne peux pas en être sûr avant qu'elle ne se réveille. Pour l'instant, elle semble être dans un état stable. Mais elle pourrait être dans cet état pendant plusieurs jours. Voire même plusieurs semaines. Parfois plus longtemps. Je ne pourrai pas donner de diagnostic plus précis avant qu'elle ne sorte du coma.

- Que se passera-t-il une fois qu'elle en sera sortie ? demanda Elizabeth.

- Cela dépend de chaque personne, mais elle aura très

probablement besoin d'une attention particulière pendant un certain temps. Nous ne savons pas de quelle combinaison de difficultés physiques et psychologiques elle souffrira. Même les patients les plus réactifs ont souvent besoin de soins après leur retour chez eux.

- Oh, mon Dieu, s'étouffa Elizabeth.

Elle porta sa main à son cœur et ses yeux brillaient de larmes.

- Je dois vous laisser. J'ai d'autres patients qui m'attendent, nous informa le médecin. Mais si vous remarquez des changements, appelez immédiatement les infirmières et elles me contacteront.

- Sans problème. Merci, Docteur ! lui dis-je.

- Frank, peux-tu aller voir Ally ? lui demanda Elizabeth. Il faut qu'on lui demande de préparer les affaires de Krystina. Après tout ça, elle aura besoin de nous. La meilleure chose pour elle sera de revenir à la maison.

Oui mais pour ça, il faudra me passer sur le corps.

- Ce ne sera pas nécessaire, dis-je fermement.

- Pardon ? Que voulez-vous dire ? me demanda Elizabeth, visiblement décontenancée par le ton autoritaire de ma voix.

- Je veux dire que ce ne sera pas nécessaire, lui répétai-je. Krystina ne retournera pas à Albany. Elle va rester ici, à New York. C'est chez elle à présent. Quand elle se réveillera, et elle se réveillera, elle rentrera chez nous, avec moi. Je m'occuperai de tous les soins dont elle aura besoin.

Elizabeth rit comme si ce que je venais de dire était la chose la plus absurde qu'elle ait jamais entendue.

- Avec vous ? cracha-t-elle avec amertume. Elle vous connaît à peine. Je ne crois pas.

- Elizabeth, interjeta Frank. Je crois que tu mets la charrue avant les bœufs. On n'a pas besoin de décider quoi que ce soit maintenant.

- En fait, il n'y aura pas de négociation, leur dis-je à tous les deux. Ni maintenant. Ni plus tard. Parce que Krystina va rester avec moi. Et je ne parle pas de manière temporaire. Mais de manière permanente.

Krystina

J'ENTENDAIS PARLER. *Des voix résonnaient doucement au loin.*

Alexander. Ma mère. Frank.

Ils se disputaient.

J'entendais ma mère crier sur Alexander, et Frank essayer de la calmer.

- Tu ne sais pas ce que cet homme lui a fait subir ! disait ma mère, furieuse. Elle était comme une coquille vide pendant une année entière ! Et maintenant elle est là, à peine remise sur pied, et toi, tu arrives. Maintenant, regarde-la bien ! Je suis sûre que tout ça a quelque chose à voir avec toi ! Tu crois vraiment que je te laisserais détruire tout ce qu'elle a réussi à surmonter ?

Sa voix semblait lointaine, comme si elle criait à travers un brouillard.

Pourquoi crie-t-elle ?

De qui parlent-ils ?

- Elizabeth, calme-toi, la suppliait mon beau-père.

- Non, vous vous trompez, entendais-je Alexander dire.

Sa voix. J'aimais le son de sa voix. Je me sentais si confuse mais l'entendre me calmait.

- N'essaie pas de prétendre que tu sais de quoi je parle !

- Mais si. Je le sais. Je sais très bien ce qu'il lui a fait subir. En fait, il est possible que j'en sache même plus que vous. Mais je ne suis pas Trevor.

Trevor.

Non.

Pourquoi Alexander avait-il prononcé ce nom ?

Le simple fait de l'entendre fit resurgir une tempête de souvenirs : la honte et le déni, mais aussi ma confusion et ma douleur - cet assaut émotionnel me déchirait le cœur et me ramenait à une période sombre remplie de tant d'incertitudes ; à une époque où j'étais submergée par le doute, terrifiée à l'idée que personne ne me croie si je disais la vérité sur le viol.

C'était une période que pour laquelle j'avais travaillé si dur pour tenter de l'oublier.

J'avais un vague souvenir de l'avoir revu. Dans une allée.

Pourquoi était-il là, d'ailleurs ?

Il n'aurait pas dû être là.

Pourquoi j'étais là, moi ?

Je voulais qu'Alexander et ma mère arrêtent de parler de lui. Je ne voulais pas m'en souvenir. Je voulais juste tout oublier. Ne pas penser. Ni à lui. Ni à tout le reste.

Je laissais les ténèbres m'envahir une fois de plus, ignorant toute mention des souvenirs que je voulais laisser enfouis.

28

Alexander

C'était le dix-neuvième jour, et cela faisait depuis quatre cent cinquante-six heures que Krystina était à l'hôpital. Pour elle, rien n'avait changé, et elle était toujours aussi inerte que le jour où elle était arrivée ici. Si ce n'était pas pour le moniteur cardiaque qui bipait tranquillement en arrière-plan, je ressentais le besoin de vérifier son pouls toutes les soixante secondes. J'essayais d'ignorer la pâleur de sa peau et la fragilité de son corps. Chaque jour, elle semblait de plus en plus rétrécir dans ce lit d'hôpital surdimensionné. J'avais l'impression qu'elle s'éloignait de plus en plus de moi à chaque minute qui passait, mais je ne pouvais rien faire pour l'arrêter.

- Toc, toc.

Je levais les yeux au son de la voix de Matteo Donati. Mon ami et Allyson étaient devenus des compagnons réguliers pendant ma surveillance de Krystina. Ils apportaient de la nourriture et me faisaient des petits mots d'encouragement : un contraste frappant avec la mère de Krystina, qui était pleine de doutes et de négativité, toujours concentrée sur le pire à venir - chose à laquelle je ne pouvais pas supporter de penser. De ce fait, Elizabeth Long et moi avions eu de nombreuses discussions animées pendant les premiers jours d'hospitalisation de Krystina. Heureusement, les infirmières intervinrent en conseillant à toutes les personnes présentes de se concentrer sur une conversation positive. Sans cette aide, je pense que j'aurais eu recours à des mesures radicales pour empêcher la mère de Krystina d'entrer dans la chambre. Depuis lors, Matteo, Allyson et moi avions choisi de suivre ce conseil à la lettre, en passant notre temps à l'hôpital à discuter de choses positives et de souvenirs amusants au cas où Krystina nous entendrait. Cependant, Elizabeth Long avait préféré se montrer plus discrète en ne restant qu'une demi-heure par jour, ce qui me convenait parfaitement. Moins elle était là, mieux c'était.

- Hey, Matt, dis-je distraitement.

- Comment va ta princesse aujourd'hui ? demanda-t-il en utilisant le surnom qu'il lui avait attribué après que je lui ai parlé de l'email que Krystina avait signé au nom de la Princesse d'Aldérande.

- Comme d'hab'.

- Je t'ai apporté des restes de dinde de chez ma mère. Désolé de ne pas avoir pu faire mieux, s'excusa-t-il en posant un sac de récipients en plastique sur la table qui se trouvait dans le coin. Je t'aurais bien apporté un dîner correct, mais mon fournisseur a enlevé les vieux fours du restaurant il y a quelques jours, et les nouveaux ne seront pas installés avant lundi.

- C'est parfait, ce que tu as apporté. C'est juste de la nourriture. Et sinon, comment ça va ? demandai-je, même si je me foutais complètement de sa réponse.

J'avais juste posé la question pour aider à passer le temps.

- Bien, bien. J'ai mis au point la présentation du menu et j'ai passé la commande pour le panneau.

- Ah, oui ? Ça y est, tu as enfin choisi un nom pour le restaurant ?

Pour la première fois depuis des semaines, j'avais posé une question dont la réponse m'intéressait vraiment. Je me sentais véritablement curieux et intéressé par une discussion autour de la question du nom du restaurant de Matteo, parce qu'il s'agissait là d'un sujet de frustration pour lui depuis un certain temps.

- En effet, commença-t-il en regardant Krystina. Tu te souviens du soir où tu es passé dîner au restaurant avec Krystina ?

- Je m'en souviens très bien.

- J'avais plaisanté avec toi ce soir-là sur la question du nom de mon établissement. Eh bien, je t'ai observé, ces dernières semaines, mon poto. Je t'ai écouté me parler d'elle. Et je vois la façon dont tu la regardes. Je sais que ton cœur est brisé.

- Matt, lui dis-je sur un ton d'avertissement.

- Écoute-moi. Tu sais que je crois que Krystina va changer d'avis.

- Et elle le fera, dis-je avec véhémence. Nous savons tous qu'elle est juste têtue. Krystina ne fait jamais rien tant qu'elle ne se sent pas prête.

- Bien dit, mon poto ! Ça, c'est vrai ! déclara-t-il dit en riant. Elle est très têtue. Je ne sais pas comment elle a pu te supporter aussi longtemps.

Je me pinçais les lèvres en signe d'agacement.

- Matt, où veux-tu en venir ? On parlait juste du nom de ton restaurant, au départ, lui rappelai-je.

- *Sì, sì*[1]. Je sais bien, et je veux que tu saches que, quelle que soit l'issue de ton histoire avec ta princesse, tu m'as beaucoup inspiré. Bon. Tous les deux, en fait. Vous m'avez bien inspiré, et c'est pour cela que j'ai décidé d'appeler mon restaurant *Chez Krystina*.

Je pris la main de Krystina et la lui caressait avec mon

pouce en pensant à notre premier rendez-vous. Même si je ne le considérais pas comme un « rencard » à l'époque, cette soirée restera toujours importante pour moi. C'était la première fois que j'avais pu me faire une idée de qui elle était vraiment. Sa fougue et sa vivacité m'avaient désorienté, mais en même temps, c'est ce qui m'avait attiré vers elle. Avec le recul, je réalisais que j'avais commencé à tomber amoureux d'elle dès ce moment-là.

- *Chez Krystina*, dis-je doucement. Je pense qu'elle aimera beaucoup ça. Merci, Matt.

- Donc, je... il s'arrêta en hésitant.

Je levais les yeux vers lui et vis qu'il fronçait les sourcils, comme s'il essayait de trouver les bons mots pour ce qu'il voulait dire.

- Quoi ? demandai-je.

- Je viens de parler à Justine.

Je fermais les yeux, ne voulant pas penser à ma sœur à ce moment-là, ni à son absence depuis l'accident de voiture.

- Que t'a-t-elle dit ?

- Elle est en mode panique, en ce moment. La presse est toujours en train de creuser pour trouver des réponses, m'informa-t-il. Entre ton discours, l'accident, et les divagations de Charlie, ils ont fait un rapprochement. Tu as encore fait la une des journaux aujourd'hui, mais ce ne sont encore que des spéculations. Justine a peur qu'ils découvrent la vérité.

- Ils ne trouveront rien. Je m'en suis assuré il y a un an. Je dois juste m'assurer que Charlie garde sa bouche fermée.

- Le juge a refusé de fixer une caution pour lui.

- Bien. Qu'on laisse cet enfoiré pourrir, dans ce cas, crachai-je.

- Mais il y a autre chose.

Je secouais la tête.

- Il y a toujours « autre chose ». Vas-y, crache tout ! J'ai peu de patience en ce moment.

Il me regarda avec sympathie avant de continuer.

- Il parle d'un accord de plaidoyer.

- Ça, c'est qu'des conneries ! criai-je, en colère. C'est un dégénéré du jeu qui devrait être emprisonné pour chantage, extorsion, intention de détournement de fonds et kidnapping. Ajoutons à tout ça un homicide involontaire, et il sera emprisonné pour un bon moment.

- C'est justement ça, expliqua Matteo. L'histoire de Charlie, c'est qu'Hamilton a pris le volant et que c'est lui qui a causé l'accident. Charlie ne veut pas faire de la prison pour homicide involontaire. Il est plus enclin à plaider coupable pour les autres affaires parce que la peine n'est pas aussi longue. Si c'est lui qui prenait la peine pour tout, il risquerait un minimum de vingt-cinq ans.

- Laisse-moi passer quelques coups de fil. Il ne va pas s'en sortir aussi facilement.

- Honnêtement, je n'pense pas que tu doives t'inquiéter de tout ça, en c'moment. Reste concentré sur Krystina.

Instantanément, mon humeur s'enflamma.

- Parce que tu crois que je ne le sais pas, ça ? C'est elle, ma seule et unique préoccupation, Matt ! J'étais là, avec elle tous les jours, pendant presque trois putains de semaines !

Il leva les mains en signe de capitulation.

- Je sais bien, mec. Tu n'as pas besoin de te justifier auprès de moi. Je t'ai vu. C'était difficile.

- Je suis désolé, dis-je en reculant. Je sais que tu comprends à quel point les choses ont été difficiles. Je ne voulais pas me fâcher, mais je n'arrête pas de penser à la façon dont j'aurais pu changer les choses. Si j'avais prévenu Krystina que Charlie et Hamilton préparaient quelque chose le soir du gala, si elle avait été prévenue ne serait-ce qu'un peu, peut-être que tout cela aurait pu être évité.

- Tu n'aurais rien pu changer, de toute manière. Même si tu

lui avais dit, tu sais comment elle est. Elle ne t'aurait jamais écouté.

- J'aurais aimé savoir ce qu'elle faisait dans cette ruelle, dis-je en secouant la tête. Je n'sais pas. J'aurais dû lui mettre une putain de laisse.

- Eh bien, au sens figuré mon ami, je suis sûr que tu en as une !

J'étouffais un rire, mais pas parce que je trouvais ça drôle. C'était plutôt sarcastique.

- Il n'y a que toi pour dire...

Je m'arrêtais et regardais la main de Krystina. Elle était toujours posée dans ma paume et j'aurais juré avoir senti son doigt tressaillir.

- Les laisses sont pour les chiens, Alex.

Je levais lentement le regard pour rencontrer son visage, pensant que je ne faisais qu'imaginer la voix que j'attendais d'entendre depuis trois longues semaines. La voix qui m'appelait dans mon sommeil. La voix qui alimentait mes veines et mettait le feu à mon monde. Krystina me regardait à travers des yeux endormis et sa bouche s'inclinait en un petit sourire.

- *Grazie a Dio*[2] ! s'exclama Matteo. J'vais chercher le médecin.

Krystina

JE REGARDAIS ALEXANDRE avec des yeux lourds. C'était un véritable effort pour garder mes paupières ouvertes.

- Krystina, s'étrangla-t-il.

Il semblait visiblement secoué, et son épuisement était visible. De la barbe ombrageait sa mâchoire et ses yeux étaient injectés de sang. Il semblait hagard et complètement épuisé, comme s'il n'avait pas dormi depuis des jours.

- Salut, chuchotai-je. Ma gorge est si sèche. J'ai soif.

- Tu as soif, répéta-t-il, la voix encombrée d'émotion. Ses yeux étaient remplis d'inquiétude et de soulagement. Oh, mon ange. Je n'pense pas avoir entendu de mots plus doux. J'étais tellement inquiet.

Il ferma les yeux et prit une profonde inspiration. À mon grand étonnement, je vis une larme commencer à glisser sur sa joue. Cet homme, une force de la nature dont la puissante assurance était si magnétique qu'elle faisait de l'ombre à tous ceux qui l'entouraient. Et pourtant, il était là, à genoux à cause de moi. Comme une sorte de sentiment d'humilité.

- Je suis désolée, disaje à voix basse. Je n'voulais pas qu'tu t'inquiètes.

Il essuyait rapidement l'humidité qui était sous son œil et posait un doigt à mes lèvres pour sceller mes excuses.

- Chut. Ne le sois pas. Ne t'excuse pas pour quoi que ce soit. Je suis simplement heureux que tu sois réveillée. Comment te sens-tu ?

J'essayais de me concentrer sur ce que je ressentais, mais c'était difficile de le faire.

- Groggy, lui dis-je honnêtement.

Il déposa un baiser sur mon front, et je pouvais le sentir trembler contre ma peau. Un peu comme s'il essayait désespérément de garder son calme. J'essayais de tendre le bras pour toucher son visage, mais l'effort qu'il me fallait pour le bouger me donnait envie de me rendormir.

- Repose-toi, mon ange. N'essaie pas de bouger.

Pourquoi je me sens aussi faible ?

Dès que cette question m'était venue à l'esprit, les souvenirs de ce qui s'était passé affluèrent. Ils étaient flous au début, presque comme si c'était un rêve. Mais d'un seul coup, tout semblait se clarifier.

La ruelle. Charlie. Sa main sur ma poitrine. Trevor. La voiture. Les pneus crissant sur le trottoir.

Et puis... plus rien.

Mais qu'est-ce qui s'est passé ?

Je me souvenais avoir été jetée dans le coffre d'une voiture, mais je ne me souvenais plus de rien, après ça. Les possibilités de ce qui avait pu se passer commençaient à me remplir la tête dans un assaut écrasant de mes sens.

Prise contre ma volonté. Deux hommes. Tous deux avec un passé d'abus envers les femmes.

Je ne savais pas grand-chose à propos de Charlie, mais l'autre homme était mon violeur. L'instinct dirigeait mon attention vers les parties intimes de mon corps qui auraient pu être violées à ce moment-là.

Aucune douleur. On dirait bien que tout est en ordre.

Le soulagement m'envahit, mais la nausée menaçait toujours. Je commençais à paniquer alors qu'un sentiment d'hystérie me montait à la gorge. Je ne voulais pas savoir ce qui s'était passé, mais je savais que je devais le découvrir.

- Dis-moi ce qui s'est passé, Alex, suppliai-je d'une voix qui avait monté d'une octave.

- Pas maint'nant. On a tout l'temps. Pour l'instant, il faut attendre que le médecin vienne t'examiner.

J'essayais de me mettre en position assise, mais la pièce commençait à basculer. Je reposais ma tête contre l'oreiller, luttant pour garder mes yeux concentrés.

Rester vigilante. Je dois rester vigilante.

- S'teu plaît, Alex. J'n'ai plus de force. Dis-moi tout.

Ses yeux étaient pleins d'angoisse et de tristesse. Puis il laissa tomber sa tête dans ses mains. Quand il leva les yeux vers moi, il avait l'air en conflit avec lui-même.

- Il s'est passé beaucoup de choses. Je n'veux pas t'accabler. On devrait plutôt attendre le médecin.

- Non. T'inquiète, dis-je en croassant avec véhémence.

Je n'avais pas d'autre choix que de savoir ce qui s'était passé. J'avais besoin d'être rassurée que l'histoire ne se soit pas répétée, ou pire.

- Eh bien, regardez qui a décidé de nous rejoindre. Je tournais la tête vers la porte au moment où un homme aux cheveux gris en blouse blanche entrait dans la pièce. Il me souriait avec des yeux bienveillants en s'approchant de mon chevet. Krystina, je suis le Docteur West.

- Bonjour, lui dis-je avec un petit sourire.

Même sourire semblait être un effort pour moi.

- Elle m'a dit qu'elle avait soif, lui dit Alexander.

- Je n'en doute pas. En fait, on va plutôt lui donner des glaçons pour le moment. Jusqu'à ce que je puisse lui organiser quelque chose de plus « substantiel », ajouta le Docteur West.

Il commençait à regarder les machines qui surveillaient mes signes vitaux. En se penchant sur moi, il me projetait une lumière dans les yeux. Je clignais des yeux face au choc de la luminosité.

- Vous voilà sortie d'affaire. Comment vous sentez-vous ?

- Un peu confuse. Fatiguée aussi, mais je n'ai pas envie de me rendormir tout de suite, lui dis-je.

- C'est normal d'être fatiguée. Au cours des prochains jours, vous ne serez probablement éveillée que pendant de courtes périodes. Ne vous inquiétez pas si vous dormez fréquemment. Que ce soit de jour, comme de nuit, d'ailleurs. Votre corps va en avoir besoin pendant un certain temps.

- Krystina me demandait de lui dire ce qui s'était passé, dit Alexander. Je lui ai dit que je voulais d'abord vérifier avec vous si c'était le bon moment.

- Elle est la seule à savoir ce qu'elle ressent, lui répondit-il avant de se tourner à nouveau vers moi. Krystina, je ne veux pas vous surmener. Faites un pas après l'autre. Si vous êtes fatiguée, reposez-vous. Ne vous battez pas contre ça. Je suis sûr que vous aurez de nombreuses occasions de vous informer sur la situation dans les jours à venir.

- Je n'en ferai pas trop, lui promis-je.

- Bien. Maintenant, Monsieur Stone, votre ami Matteo m'a demandé de vous dire qu'il se charge de passer les appels téléphoniques aux amis et à la famille de Krystina. Ses mots exacts étaient les suivants : *profite de la paix et du calme avec ta princesse*. Ceci dit, je reviendrai dans une heure, à peu près. Et surtout, n'hésitez pas à me prévenir - moi ou les infirmières - si vous avez besoin de quelque chose entre temps.

- Merci, Docteur, dit Alexander avec un signe de tête.

Quand le médecin quitta la pièce, je me retournais vers Alexander.

- Matteo fait-il partie de tes amis proches ? demandai-je.

Je m'étais rendu compte que je ne savais pas à quel point Alexander et lui étaient proches l'un de l'autre. Je ne le connaissais pas très bien, mais j'avais un vague souvenir d'avoir entendu son accent italien pendant mon sommeil. Même si je ne me souvenais pas en détail de ce qu'il disait, j'ai cru comprendre qu'il était souvent dans cette pièce.

- C'est un très bon ami, me confirma Alexander. Je le connais depuis qu'on est enfants. Il est passé tous les jours pour te voir. Allyson aussi, d'ailleurs.

Il me passait sa main sur le dessus de la tête, tout doucement. Ce geste était apaisant, rendant difficile la lutte contre mon état d'épuisement.

- Humm, c'est gentil de leur part, dis-je en m'endormant.

C'était bon de savoir qu'Alexander avait des gens ici pour lui tenir compagnie pendant que moi, je n'étais pas là.

- Tu as eu pas mal de visites. Ta mère est venue, elle aussi. Elle reste chez toi et vient habituellement le matin.

Je remarquais qu'il s'était raidi au moment où il avait parlé de ma mère. Je ne savais pas pourquoi, mais je m'en soucierai plus tard. J'étais tellement fatiguée. J'avais juste besoin de rester éveillée un peu plus longtemps.

- Ma mère. Elle veut que tu viennes avec moi chez elle, à Albany. Pour Thanksgiving.

Alexander gloussa.

- Ah ça ! Ça m'étonnerait beaucoup.

- Pourquoi ?

Me prenant la main, il la plaçait sur son cœur.

- Parce que Thanksgiving, c'est aujourd'hui. Et laisse-moi te dire, mon ange. Je n'ai jamais été aussi reconnaissant pour autre chose dans ma vie. Tes battements de cœur. Ta respiration. Le son de ta voix, poursuivit-il, ses mots se brisant légèrement. Je ne prendrai plus jamais ces choses pour acquises.

C'est Thanksgiving aujourd'hui ?

Je fermais les yeux, me rendant à peine compte que j'avais été absente pendant des semaines. Ne pouvant plus lutter contre la lourdeur de mes paupières, je m'abandonnais au sommeil.

29

Krystina

J'entendais comme un faible bip lointain, qui résonnait inexorablement jusqu'à ce que je me réveille. Il me fallut une bonne minute pour me rappeler que j'étais dans un hôpital. J'ouvrais les yeux et voyais Alexander assis sur la chaise placée à côté de moi.

- Bonjour, ma belle au bois dormant, me dit-il.

- Salut.

Je lui fis un sourire endormi.

- Comment tu t'sens ?

- Mieux. Un peu mieux, en fait, rajoutai-je.

Je repensais à ce que le Docteur West avait dit sur le fait que je sois beaucoup fatiguée. Il avait vu complètement juste. Mes pensées n'étaient plus aussi embrouillées et je me sentais remarquablement reposée.

- Tu as faim ? Soif ? Le Docteur West t'autorise à manger quelque chose de plus substantiel. Je peux te commander ce que tu veux.

- Je n'ai pas vraiment faim en ce moment.

- Pourtant, tu dois manger, Krystina, me fit-il remarquer.

- Je sais. Mais je le ferai. Plus tard. Maint'nant, j'aimerais juste qu'on parle.

- Très bien, mon ange, accepta-t-il en hésitant. Tu veux qu'on parle de quoi ?

De tout. De tout ce qui s'est passé. De ce que Trevor et Charlie m'ont fait subir - ou pas.

- De tout. Je dois savoir ce qui s'est passé.

- Krystina, le médecin a dit que tu ne devais pas aller trop loin, me rappela-t-il.

- Je vais bien, Alex. Si je suis fatiguée, je te le ferais savoir. J'ai juste besoin de réponses, l'implorai-je. S'il te plaît, dis-moi tout.

Il s'adossait à sa chaise et me regardait pensivement. Ses sourcils étaient froncés par une bataille interne qui était palpable et je pouvais sentir son incertitude.

- Tu ne vas pas me laisser tomber, quand même ?

- Non, certain'ment pas, lui dis-je en secouant légèrement la tête.

- Je m'en doutais, répliqua-t-il en fronçant les sourcils. Il se passait une main dans ses cheveux noirs magnifiques en soupirant. Charlie, l'ex-mari de Justine, fait chanter ma sœur depuis quelques années, maintenant. Je pensais avoir réglé la situation, mais j'ai eu tort de le croire. Il a un problème de dépendance au jeu. Sa dépendance le guide, et je n'aurais jamais dû sous-estimer la puissance de cette addiction.

- Mais pourquoi moi ? Et pourquoi Charlie était-il avec...

Je m'arrêtais net, incapable de prononcer le prénom de Trevor à voix haute de peur d'entendre une l'éventuelle vérité que je redoutais.

- Pourquoi Charlie était-il avec Hamilton ?

Alexander avait terminé ma phrase, et sa voix était pleine d'amertume lorsqu'il poursuivit :

- Ces deux-là se sont rencontrés autour d'un de jeu de dés.

Hamilton se plaignait d'avoir perdu son adhésion à une boîte de nuit, et Charlie se plaignait du frère de son ex-femme. Ils ont commencé à se parler, et ont fini par découvrir un lien mutuel très lâche : moi.

J'essayais de comprendre ce qu'il m'expliquait. Même si mon processus de pensée était plus clair, je me sentais encore un peu léthargique et je devais me battre pour suivre le rythme.

- J'essaie de relier les points, Alex. Qu'est-ce que tout ça a à voir avec moi ?

Il se leva et commençait à faire les cent pas dans la pièce.

- La façon dont tu as été entraînée là-dedans est compliquée. Il s'avère qu'Hamilton a récemment été privé d'un placement financier qu'il avait effectué il y a quelques temps. Apparemment, ses parents étaient fatigués de toujours venir le tirer d'affaire. Agression sexuelle. Possession de cocaïne. Tout ce que tu voudras... et ça semblait bien lui convenir. Quant à Charlie... c'est une autre affaire. Il n'est qu'un pauvre joueur invétéré... sauf qu'il était aussi complètement fauché. Il savait que sa réserve, du moins, celle de Justine et la mienne, était épuisée. Il devait trouver quelque chose de plus créatif pour augmenter son cash-flow. Une fois qu'il a découvert qu'Hamilton avait tout un tas de hackers sous le coude, la solution à leurs problèmes d'argent était trouvée. Du moins, c'est ce qu'ils pensaient, ajouta-t-il avec acuité.

- Quelle était la solution qu'ils ont pu trouver ?

- Ils ont mis au point un plan astucieux pour voler mon téléphone, obtenir mes informations bancaires et me saigner à blanc, continua-t-il en ricanant.

Je repensais à l'époque où je sortais avec Trevor, et à son cercle d'amis. Ils étaient toujours en train de faire quelque chose sur un ordinateur, mais moi, je pensais qu'il s'agissait juste de jeunes hommes jouant à des jeux vidéo en ligne. Jamais je n'aurais pensé qu'ils étaient en train de faire quelque chose d'illégal.

- Et ça, c'est vraiment ce qu'ils ont fait ? demandai-je avec incrédulité.

- Rhôôôô putain ! Heureus'ment qu'non ! Ces connards ne savaient pas que je ne garde pas ce genre d'infos sur mon téléphone portable. C'était un geste audacieux de leur part, mais extrêmement stupide, en même temps. Ils ne seraient pas allés bien loin, de toute façon.

Le souvenir du téléphone d'Alexander qu'on m'avait collé devant les yeux défilait dans mon esprit.

- Non. Ce n'était pas seulement ton numéro de compte, dis-je en secouant la tête. C'était une vidéo. De nous au Club O. Elle était sur ton téléphone.

- Oui je sais, mon ange, et j'en suis vraiment désolé. Si seulement je pouvais remonter le temps. Si je l'avais effacé, tout simplement... il parlait maintenant plus lentement en se frottant les tempes. Puis il regarda le plafond. S'ils avaient pu obtenir les informations bancaires qu'ils cherchaient dès le début, ils auraient pu tenter de réaliser leur plan initial. Mais comme ils n'ont pas pu les avoir, Charlie se trouvait fort désespéré. C'est à ce moment-là qu'il est tombé sur cette vidéo, qui était dans ma boîte mail. Du coup, ils ont échafaudé un autre plan de dernière minute, un plan mal élaboré basé sur l'hypothèse que je paierais cher pour récupérer cette vidéo. C'est là que tu interviens. Tu étais leur police d'assurance... du moins, dans la mesure où je ne n'intervenais pas.

Leur police d'assurance.

Je me souviens que Charlie et Trevor parlaient de ça pendant que je rebondissais dans le coffre, mais aussi que Charlie complotait mon meurtre. Les larmes me piquaient les yeux, me brûlant jusqu'à ce qu'elles commencent à glisser sur mes joues.

- Ils allaient me tuer, Alex, sanglotai-je.

- Chuuuuut, noooon. Non, mon ange ! On n'en serait pas arrivé là, me dit-il en essuyant une larme sur ma joue. Je t'aurais retrouvée. Je suivais ton téléphone. Cela ne serait jamais arrivé.

Je hoquetais au travers d'un nouveau sanglot, me sentant agacée de m'effondrer. Je respirais profondément et regardais Alexander. Son visage était tordu de douleur et je savais qu'il détestait me voir comme ça. Je devais rester forte. Pour lui, autant que pour moi. Mais cette explosion de larmes soudaine m'avait laissée étonnamment épuisée. Je voulais me rendormir, mais j'avais encore d'autres questions auxquelles il fallait qu'il réponde.

- Et pourquoi cette vidéo du Club O était-elle sur ton téléphone ? lui demandai-je.

- Je l'avais parce que j'essayais de découvrir qui était l'homme qui t'avait confronté lorsque nous sommes sortis du Club O. Une fois que j'ai découvert que c'était Trevor, j'ai commencé à faire des recherches sur lui, et son passé. Je ne voulais pas qu'il te fasse encore du mal, me dit-il avec tristesse. Il était même avec Charlie au gala de charité, mon ange. Je le savais, et j'aurais dû te le dire. Je suis désolé pour tout ce qui s'est passé. Désolé de ne pas t'avoir protégée. Je n'aurais jamais dû te perdre de vue.

Je savais qu'il me cachait quelque chose, ce soir-là.

- C'est bon. Tu es là maintenant, dis-je en somnolant.

- Krystina, j'aimerais te demander quelque chose. Pourquoi étais-tu là-bas ? Dans cette ruelle ?

- Je me rendais à la bibliothèque. Je voulais t'aider.

- À propos de quoi ?

- De tes parents. Je voulais voir si je pouvais trouver des réponses à leur sujet.

- Evidemment ! lâcha-t-il dans un rire confus. Toi et questions. Jamais satisfaite avant d'avoir une réponse.

Mes yeux me brûlaient parce que je pleurais et que j'étais fatiguée. Je voulais désespérément les fermer et commençais à avoir mal à la tête. Mon épuisement était frustrant car j'étais à peine réveillée depuis vingt minutes. Mais malgré la fatigue que je ressentais, il y avait encore une chose que je devais savoir.

- Alex, dis-moi comment ça s'est terminé. Ils sont où, maintenant ?

- He bien, c'est simple : un accident d'voiture. Trevor a été tué sur le coup. Charlie est assis dans une cellule au moment où nous parlons.

Un accident. Il est mort. Trevor est mort.

- Mais alors, ils ne m'ont pas - Trevor ne m'a pas...

Je bafouillais, incapable de prononcer les mots que j'avais en tête. Je posais mon regard sur mes cuisses. Une prise de conscience se lut sur le visage d'Alexander.

- Non, mon ange ! Non ! Il ne s'est rien passé !

Le réconfort parcourut mes veines après avoir entendu ses paroles, qui me donnaient un sentiment doux et enivrant. Le poids qui pesait sur moi s'envolait et je sentais que je pouvais enfin respirer à nouveau.

Il ne s'est rien passé. On ne m'a pas violée.

Mes yeux se remplissaient à nouveau de larmes, mais des larmes de soulagement, cette fois-ci. Je me tournais vers Alexandre, celui qui était resté assis à mon chevet pendant des semaines. Pour la première fois depuis longtemps, j'étais remplie d'espoir en pensant à mon avenir. Notre avenir.

Je vais bien. Tout va bien s'passer.

- Merci. Merci d'être ici avec moi, chuchotai-je.

- Oh, mon ange. Il n'y a pas d'autre endroit où j'aimerais être.

Je fermais les yeux et souriais quand il décida de se glisser dans le lit à côté de moi. Nous tenions à peine ensemble dans ce lit étroit, mais la chaleur de son corps était un confort accueillant.

- Tu vas passer la nuit ici avec moi ?

- Oui, mon ange. Tout comme je l'ai fait ces trois dernières semaines, m'annonça-t-il.

Il plaçait son bras sous ma tête, me serrait contre lui et déposait un doux baiser sur ma joue.

- Et maint'nant, on fait quoi, Alex ? J'veux dire, nous deux ?

- Oh, he bien, Mademoiselle Cole, on pourrait tout d'abord aller de partout dans le monde. Mais d'abord, il faudra que tu ailles mieux. Une fois que je t'aurais fait sortir d'ici, la première chose que tu feras sera d'emménagez chez moi.

Peut-être que l'épuisement était en train de prendre le dessus. Ou peut-être que je m'étais cogné la tête plus fort que je ne l'avais pensé. Mais ce qu'Alexander venait de dire sonnait agréablement bien à mes oreilles, comme si emménager avec lui allait tout arranger dans le monde.

- Je pense que ça pourrait être une bonne idée, murmurai-je en m'endormant. Je vais donc faire mes valises.

Il posait sa main sur le côté de mon visage et gloussait. Je me penchais un peu mais n'avais pas l'énergie d'ouvrir les yeux.

- Tu peux dormir, mon ange. Je m'occupe de tout.

Alexander

JE RESTAIS ALLONGÉ à côté de Krystina pendant un long moment, à regarder son beau visage. Elle avait l'air en paix, mais j'étais toujours inquiet pour elle. Quand elle parlait, elle semblait incroyablement faible, comme s'il lui fallait toute son énergie pour prononcer quelques mots. Il m'était difficile de la voir comme ça, elle qui était normalement si énergique et pleine de vie. Sa fougue me manquait.

Elle va s'en tirer. Elle a juste besoin de temps. Et d'attention.

L'attention était ce que je voulais absolument lui donner. Je ferai tout ce qui est en mon pouvoir pour m'assurer qu'elle retrouve son état normal. Satisfait de voir qu'elle était profondément endormie, je me glissais hors du lit. J'avais un appel à passer à Allyson, et cela pouvait se passer de deux façons : soit elle serait d'accord avec ce que j'avais à dire, soit elle disputerait avec moi. Mais peu importe, dans tous les cas, je ne voulais pas que ma conversation perturbe le repos de Krystina. Je sortis dans le couloir et fermais la porte. En passant devant le poste des infirmières, j'ignorais les regards des deux jeunes internes et me dirigeais vers la salle d'attente. Je fronçais les sourcils en voyant que la pièce était pleine de gens. Ils avaient tous des âges différents et semblaient avoir des liens de parenté. Ils discutaient tous du traitement médical de quelqu'un qui devait être un membre de leur famille. Mais qu'est-ce qu'ils étaient bruyants !

Tant pis pour les voix feutrées des hôpitaux.

Je retournais au poste des infirmières en espérant que quelqu'un pourrait m'indiquer un endroit plus calme.

- Excusez-moi, dis-je à la femme qui était derrière le bureau.

Elle leva les yeux et toutes les conversations s'arrêtèrent autour d'elle. Elle regardait derrière elle comme si ce n'était pas moi qui lui avais adressé la parole, pour découvrir les deux stagiaires qui me fixaient avec des yeux écarquillés. Je combattais l'envie de rouler des yeux. Le regard des internes commençait à se faire usant, à mon goût. Je me disais que comme elles étaient habituées à me voir ici tous les jours, elles auraient pu comprendre que je n'étais pas disponible. La femme détourna son attention d'elles pour la reporter sur moi.

- Hum, oui - oui, balbutia-t-elle en devenant dix fois plus rouge.

C'est bon, reprends-toi, ma cocotte.

Je regardais son badge. Il s'agissait de Michelle Fogarty, la coordinatrice de l'unité des soins infirmiers. Je ne l'avais jamais vue auparavant, et me demandais si elle était nouvelle. Elle semblait manquer de l'air d'autorité nécessaire pour quelqu'un dans sa position.

- Michelle, j'ai besoin d'un endroit calme pour passer un appel téléphonique, lui expliquai-je. La salle d'attente est trop bruyante.

- Oh, euh, bien sûr, me dit-elle en s'empressant de se lever de son siège.

Je levais la main pour l'arrêter.

- C'est bon. Vous n'avez pas besoin de vous lever. Indiquez-moi juste la bonne direction.

- La salle des infirmières est vide, proposa l'une des internes. Elle me fit un grand sourire. Je serai plus qu'heureuse de vous montrer le chemin.

L'interne numéro deux émit un son étouffé.

Incroyable.

Je préférais les ignorer toutes les deux et garder mon attention sur la coordinatrice de l'unité, qui semblait momentanément choquée par l'effronterie de l'interne qui se tenait derrière elle. Cependant, elle reprit ses esprits assez rapidement.

- En effet. La salle des infirmières sera parfaite pour vous, Monsieur. C'est juste au bout du couloir, troisième porte à gauche. Et je m'assurerai que vous ayez toute l'intimité nécessaire, m'assura-t-elle avant de se tourner vers les internes pour les fixer d'un regard glacial.

Peut-être qu'elle vaut mieux que ce que je pensais au départ.

Je la remerciais d'un signe de tête et traversais le hall. Heureux de trouver la pièce vide, je sortis mon portable pour appeler Allyson.

- Alors, comment va-t-elle ? s'inquiéta-t-elle.

- Bien. Fatiguée, mais bien.

- J'étais si heureuse quand Matt m'a appelée ! s'exclama-t-elle avec soulagement. Certes, il m'a bien précisé qu'on devrait te laisser un peu de temps seul avec elle. J'attendais juste avec impatience que tu me donnes le feu vert pour passer.

- Elle dort, maintenant. Elle ne reste éveillée que pendant de courtes périodes, alors il n'y a pas d'urgence.

- Mais même si elle dort, je veux quand même la voir. C'est Thanksgiving après tout, ajouta-t-elle. Au fait, est-ce que Matt t'a donné les restes du dîner de Thanksgiving que j'ai emballés pour toi ?

Je fronçai les sourcils.

- En effet, il me les a donnés. Mais, je croyais qu'ils venaient de sa mère ?

- Oh, eh bien... hésita-t-elle. Techniquement, oui. C'est moi qui les ai emballés, le repas fini.

He bien, tout ça est très intéressant.

J'avais remarqué combien de fois Allyson et Matteo s'étaient rapprochés en chuchotant, mais je pensais qu'ils parlaient de Krystina ou de moi. Peut-être qu'il y avait plus que simples regards, entre eux.

- Tu es libre de passer quand tu veux. En fait, je t'appelais parce que j'ai un service à te demander, l'informai-je.

- Un service à me demander ? C'est-à-dire ?

Je fis attention aux mots que j'allai employer. Pendant les semaines que j'avais passées à l'hôpital à discuter avec Allyson, j'avais appris à connaître le lien qu'elle partageait avec Krystina. Elles étaient restées inséparables au cours de la majeure partie de leur vie. Je devais faire attention à Allyson, pour que Krystina n'ait pas de raison de changer d'avis.

- Toi et moi, on a déjà bien parlé des soins dont Krystina pourrait avoir besoin une fois qu'elle sera sortie de l'hôpital. En fait, avec Krystina, on avait parlé du fait qu'elle emménage chez moi. Et elle est d'accord.

Elle restait silencieuse à l'autre bout du fil pendant un moment. Quand elle reprit la parole, son ton était plat.

- Eh bien moi, j'ai comme l'impression qu'elle ne restera pas chez toi juste pour quelques semaines.

- Non, Allyson. Elle viendra vivre chez moi de manière permanente.

- Je suis surprise qu'elle ait accepté, m'annonça-t-elle de manière quelque peu provocante.

- Ne t'énerve pas, lui dis-je calmement. Ça aurait fini par arriver, de toute façon.

- Peut-être, mais... elle fit une pause et soupira. Krys et moi avons toujours été ensemble. Ça va être bizarre de ne pas l'avoir avec moi.

- Tu ne la perdras pas en tant qu'amie. Elle ne sera plus qu'à quelques kilomètres.

- Mais les choses seront différentes.

- Le changement n'est pas une mauvaise chose. Pense à elle et pense à qui je suis. Tu as appris à me connaître assez bien, ces dernières semaines. En fait, tu me connais même bien mieux que la plupart des gens, maintenant. Tu sais que je serai bon pour elle.

- Oui, c'est vrai... c'est pourquoi c'est si difficile pour moi. Tu n'es pas juste qu'un autre petit ami, Alex. Tu es le bon pour elle.

- Je l'aime. C'est pourtant bien vrai ! déclarai-je de manière honnête.

- Tu lui as déjà dit ?

- Déjà dit quoi ?

- Que tu l'aimes, me précisa-t-elle.

- Pas encore, mais je vais le faire. Je n'ai pas oublié ton conseil. Celui dans lequel tu me disais qu'il faudrait que je marche prudemment sur les pierres de gué qui mènent à son cœur. C'est exactement ce que je fais.

- C'est Elizabeth Long qui va être furieuse, commenta-t-elle.

- Oui, c'est bien vrai. Je m'y attends ! Mais t'inquiète, je vais m'occuper de ça.

- Très bien, dans ce cas. Tu m'as dit que tu avais besoin d'un service. Que veux-tu que je fasse ?

- Ce déménagement doit se passer aussi bien que possible pour Krystina, dis-je avec insistance. Je ne veux pas qu'elle soit stressée par quoi que ce soit. J'ai besoin de toi pour emballer ses affaires personnelles. Hale sera à ta disposition pour t'aider, à tous les niveaux.

- Emballer ses affaires sera la partie la plus facile. C'est le déballage qui va me donner une douleur de ouf au dos, me fit-elle remarquer.

- Oui, ça c'est bien vrai, reconnus-je. Je m'occuperai de cet aspect des choses. Dis-moi juste à quel moment tout sera prêt.

Elle accepta de faire ce que je venais de lui demander, même si, à mon avis, elle le faisait à contrecœur. Je mis fin à l'appel. Je prenais place sur l'une des chaises et me penchais en avant pour poser mon menton sur mon poing. Je pensais à tous les cartons contenant les affaires de Krystina qui arriveraient chez moi dans quelques jours. Entre les livres, les CD et les bibelots divers qui soulignaient sa personnalité, j'avais du mal à imaginer ses affaires dans l'espace sans vie dans lequel je vivais.

Où allai-je mettre tout ça ?

La chambre d'amis serait l'endroit idéal. Il n'y avait pas grand-chose dans la pièce, à part des meubles tout simples. J'essayais d'y imaginer ses affaires, mais ça ne fonctionnait pas. Je ne voulais pas que son essence soit confinée dans une seule pièce. Je voulais qu'elle ait plus d'espace et de liberté pour qu'elle se sente chez elle.

Et si j'laissais tout comme ça en la laissant décider ? Ou bien...

Une autre idée me vint à l'esprit et subitement, tout devint clair comme de l'eau de roche.

C'est ça !

Je sortis mon téléphone de ma poche pour appeler Laura.

- Bonjour, Monsieur, me salua-t-elle.

- Laura, où en est-on avec l'affaire Westchester ?

- Tout est prêt, mais avec tout ce que vous avez eu à faire, j'ai retardé la clôture jusqu'à nouvel ordre.

- Parfait. J'ai besoin de changer certains détails.

- Je vous écoute.

- Je vais vous demander de noter ce que je vais vous dire. Puis vous irez voir Stephen. Il va essayer d'argumenter sur ce que je veux qu'il fasse, et vous, de votre côté, vous insisterez pour dire que j'ai pris ma décision à ce sujet. Il devra modifier tous les points que je vais vous exposer.

- Très bien, Monsieur Stone. J'ai de quoi noter. Je suis prête à vous entendre, m'indiqua-t-elle.

Je lui exposais rapidement mon plan. Elle devait certainement penser que j'avais perdu la tête. Stephen allait probablement se rompre une artère. Mais cela n'avait pas d'importance : jamais je n'ai été aussi sûr de moi.

30

Deux semaines plus tard, j'étais allongée sur le canapé d'Alexander, lovée en boule dans ses bras. Je considérais toujours ce canapé comme étant le sien, tout comme le reste de l'appartement, d'ailleurs. Il insistait sur le fait que je devais tout considérer comme « nôtre », mais c'était une notion difficile à saisir. Après ma sortie de l'hôpital, c'est-à-dire il y a deux jours, je découvrais que tous les vêtements que j'avais chez moi à Greenwich avaient été apportés et soigneusement accrochés dans sa penderie gigantesque. Mes affaires de toilette et mon maquillage garnissaient les étagères de sa salle de bains et mes livres avaient été ajoutés à la bibliothèque de son bureau. Je savais qu'il avait fait tout ça pour que je me sente plus à l'aise, mais j'avais encore énormément de mal à me faire à l'idée que c'était maintenant mon nouveau chez moi. C'était une sorte de sentiment surréaliste. Sa gouvernante Viviane venait de partir. L'idée d'avoir une gouvernante pourrait bien devenir une chose à laquelle je ne m'habituerai jamais. Elle venait tous les jours pour nettoyer, faire la lessive et apporter les provisions. Parmi les provisions du jour, il y avait des biscuits de Noël d'une boulangerie locale, et cela me rappelait que Noël était dans un peu plus de deux semaines. J'avais presque oublié, car il n'y avait pas le moindre signe de Noël dans le loft.

- Tu es bien silencieuse. Est-ce que tu te sens bien ? me demanda Alexander.

- Je vais bien. Tu veux mettre de la musique de Noël ?

- Bien sûr, mon ange, accepta-t-il en passant la main au-dessus de ma tête pour prendre la télécommande de la chaîne stéréo sur la petite table qui était près de moi.

Un instant plus tard, un a cappella mélancolique de Pentatonix me remplissait les oreilles. Je souriais en moi-même, appréciant l'effet apaisant de leur chant.

- Alex, je me demandais juste pourquoi tu n'avais pas de sapin de Noël.

- Honnêtement, je n'en ai jamais eu. Je n'y avais pas pensé, me dit-il en faisant tourner paresseusement une mèche de mes cheveux autour de son doigt. Est-ce que tu aimerais en avoir un ?

- Parce que tu n'en as réellement jamais eu ? lui demandai-je complètement étonnée.

- Pas depuis que je vis avec mes grands-parents. Les fêtes ont toujours été un jour comme les autres pour moi, m'avoua-t-il en haussant les épaules.

Je me redressais et me tournais vers lui.

- Mais non ! Noël n'est pas un jour comme les autres ! On ne parle pas que d'une simple fête ! Enfin, j'veux dire, tu vis à New York, quand même ! Comment peux-tu être insensible à Noël ? C'est ma période de l'année préférée, dans cette ville ! Il n'y a pas que les décorations. Tout le monde semble un peu plus gentil. C'est magique !

Ma remarque le fit rire.

- Allonge-toi, mon ange. Tu n'es pas censée faire beaucoup d'efforts.

- Oh, non. Je vais très bien. Tu ne vas pas utiliser cette excuse pour te sortir de cette situation. Tiens, d'ailleurs : première chose à faire dès demain : aller acheter un sapin de Noël !

Il levait les mains en signe de capitulation.

- Ok, ok ! Si c'est si important pour toi, alors c'est c'qu'on va faire. Mais pourquoi attendre demain ? Allons-y ce soir ! Peut-être qu'on pourra même nous promener en ville après ! ? Comme ça, tu pourras me montrer un peu de cette magie, dit-il en plaisantant. Je levais la main et ébouriffais ses cheveux.

- Tu me taquines, là.

- Meuh non ! Ch'f'rai jamais ça, me dit-il avec un sourire malicieux.

Il suivait doucement la ligne de ma clavicule avec le bout de son doigt. J'aimais quand nous partagions des moments comme celui-ci ; d'ailleurs, nous en avions eu pas mal quand j'étais à l'hôpital. Ces échanges amusants et désinvoltes me donnaient un aperçu de l'avenir et de ce qui pourrait se passer entre nous. Mon cœur se gonflait.

Je l'aime. Je crois que je l'aime vraiment.

Je me demandais comment lui dire exactement ça, sans savoir comment il réagirait en entendant ces mots. Je devais trouver le bon cadre. Le bon moment et le bon endroit. Je voulais que ce soit spécial quand je lui dirais pour la première fois.

Rockefeller Center. Juste à côté du sapin de Noël. Non. Ça fait trop cliché.

- Tu étais sérieux quand tu disais vouloir aller te promener en ville ce soir ? demandai-je.

- Peut-être, murmura-t-il en guise de réponse. Il se pencha pour me mordiller le bord de la mâchoire. Je peux appeler Hale pour qu'il prépare la voiture tout de suite, si tu veux.

Sa main effleurait ma taille et frôlait le côté de ma poitrine. Même si nous étions tous deux vêtus, j'étais excitée en un instant. Des frissons me parcouraient la colonne vertébrale et la chaleur prenait place entre mes jambes. Cette excitation immédiate était dévorante, car Alexander et moi n'avions pas été ensemble physiquement depuis l'accident.

- On n'est pas obligés d'y aller maint'nant, soufflai-je.

Sa main descendait pour se glisser sous la ceinture de mon pantalon de survêtement, traçant un chemin brûlant sur ma peau. J'aspirais brusquement une bouffée d'air lorsqu'il entrait en contact avec mon entrejambe déjà humide. Cela faisait depuis trop longtemps que je ne m'étais pas abandonnée à son contact. Je me cambrais sous lui et gémissais.

- Doucement, mon ange, me prévint-il. Je n'veux pas que tu te surmènes.

Je m'exécutais et replaçais mes hanches sur les coussins du canapé. Il avait raison. Je ne devais pas insister, car je me sentais encore épuisée la plupart du temps. Mais cela ne voulait pas dire que je ne voulais pas de lui. Dire que je venais de passer un mois difficile serait un euphémisme. J'avais besoin de cette connexion physique avec lui, ne serait-ce qu'un instant, juste pour me sentir à nouveau normale.

- Que veux-tu de moi, Alex ? J'ai besoin de ça, tout comme toi, le suppliai-je. Je ferai tout ce que tu veux que je fasse.

- Oh, mon bébé. Tu ne sais pas à quel point ces mots me font vibrer. Si soumise... me dit-il d'une voix lourde de désir. Détends-toi et laisse-moi faire.

Remontant lentement mon t-shirt, il prenait en main le poids de mes seins et entourais chacun de mes tétons avec ses pouces. Je sursautai lorsqu'il les attrapa avec ses dents, les suçant lentement jusqu'à les transformer en pics douloureux et tendus. Il poursuivit sa frénésie désespérée, puis il descendit une main au niveau de mon point stratégique. Puis ses lèvres remontèrent pour se mêler aux miennes. Je l'embrassais éperdument, nos langues s'entrechoquaient pour se joindre l'une à l'autre. Ma passion augmentait à un rythme effréné, trop rapide après avoir été si longtemps sans lui. J'avais besoin de le sentir ; nous étions chacun comme une moitié de deux âmes en feu. Puis il fit passer son doigt doucement dans ma chair gonflée et me taquina le clitoris, ses mouvements répétés me faisaient me tortiller dans tous les sens. Il m'enfonça un doigt en le faisant fléchir contre ses parois chaudes, et mes mains volaient en l'air pour s'agripper à ses cheveux dans une montée vers un orgasme douce et rapide.

- Oh, mon dieu, gémis-je en me mettant à convulser autour de ses doigts.

Le temps que nous avions passé ensemble avait eu raison de toute forme de maîtrise de moi-même. Je me raidissais sous sa main impitoyable et pour jouir de façon rapide et inattendue. C'était mon corps qui prenait le dessus et j'explosais comme une fusée. Des feux d'artifice explosaient devant mes yeux. Je frémissais autour de lui alors qu'il me faisait doucement redescendre de cette libération explosive. Et après tant de semaines d'égarement, j'avais enfin l'impression d'être à ma place.

Alexander

JE POUVAIS SENTIR le désir de Krystina, son envie d'en avoir plus, alors qu'elle serrait mon biceps et attendait la suite de son orgasme. Ma bite me faisait mal, parce que tout ce que je voulais, c'était la conquérir rapidement et pas forcément de manière douce. Mais ça, ce n'était pas pour aujourd'hui. Peu importe combien de temps cela avait duré, peu importe combien je me sentais impatient, elle avait besoin d'être manipulée délicatement et aujourd'hui, ce n'était pas le jour pour la domination et la soumission. Il n'y aurait pas de bizarreries, pas d'exploitation de ses limites. Nous avions beaucoup de jours devant nous pour ça. Le destin, cette saloperie de destin capricieux, avait finalement décidé de me sourire. On m'avait donné une seconde chance et je ne voulais pas la gâcher. Krystina était là, vivante et en bonne santé, et je serais damné si je laissais le destin avoir le dernier mot. Krystina ronronnait alors que je faisais lentement descendre son pantalon. Je laissais une traînée de baisers sur chaque cuisse, sur ses mollets, ses chevilles et ses orteils. Je jetais son sweat sur le côté et me levais pour enlever le mien. Après avoir jeté mon t-shirt, je retournais sur le canapé. En plaçant sa cheville sur une de mes épaules, je continuais là où je m'étais arrêté. Elle s'accrochait à mes cheveux alors que je remontais, provoquant un désir féroce dans mes veines. Mes lèvres remontaient le long de son corps, sur ses hanches et sur son ventre lisse.

La perfection. C'est tout ce qu'elle est pour moi ; rien de plus que ça. Et elle est à moi.

Je fermais les yeux et respirais le parfum de sa peau, ayant de plus en plus besoin d'elle à chaque respiration. Elle plaçait sa main sur ma poitrine, au-dessus de mon cœur, et je regardais dans ses yeux bruns. Si expressifs. Si intacts et délicieusement tendres.

- Prends-moi, Alex, me chuchota-t-elle. J'ai besoin de toi.

Ses mots me brisaient presque, et mon cœur commençait à battre la chamade dans ma poitrine. Je prenais sa main dans la mienne. J'embrassais le bout de chacun de ses doigts tandis qu'elle enroulait ses jambes autour de mes hanches et m'attirait plus près d'elle. Le poids de ma bite se pressait contre sa chaleur veloutée.

- Reste tranquille, mon ange. Ça fait un moment et je ne veux pas jouir dès que je serai en toi. Je veux qu'on le fasse ensemble.

Ses yeux brillaient d'une lueur sulfureuse et provocante, mais elle acquiesçait et restait immobile pendant que je me glissais lentement en son intérieur. Puis je me perdis instantanément dans sa chaleur dévorante.

Oh, putain.

Je regardais ses yeux rouler et sa tête se pencher en arrière dans un plaisir non dissimulé.

Oh oui, bébé. Je ressens la même chose.

C'était comme si je la sentais pour la première fois, et j'étais envahi par une félicité totale et absolue. Ses tissus se resserraient autour de moi pour s'adapter à ma taille, chaque impulsion menaçant de me faire basculer.

Pas encore.

Je me mis à bouger, lentement et délibérément, luttant avec chaque parcelle de mon être pour tenir bon. Pour l'attendre. Elle était si bonne. Je continuais à la pénétrer, absorbant chaque sensation et savourant chacune de ses réactions. J'aimais le fait qu'elle soit si réactive. J'étais si proche, mais je savais qu'elle n'en était pas encore là. Sachant ce dont elle avait besoin, je changeais de rythme et augmentais mes va-et-vient. Je la voyais fermer les yeux et son visage reflétait un plaisir imminent.

- Oh, Alex, dit-elle entre deux respirations haletantes. Tu m'as manqué. Ça m'a manqué. Ça fait trop longtemps.

Ses mots suffirent à me faire basculer.

- Mon ange, j'espère que tu y arrives, aussi, parce que je ne pourrais pas me retenir bien longtemps.

- J'y suis. Allons-y ensemble.

Un nouveau va-et-vient. Puis encore un. Puis un autre. Ses ongles me ratissaient le dos et je la sentais se raidir sous moi. Nos regards se croisaient et je nous projetais tous les deux au bord du plaisir ultime. À son cri, mon orgasme éclatait dans une explosion qui était à la fois agonie et extase. Je poussais un cri étouffé en me déversant en elle. C'était un moment d'une intensité bouleversante, une union parfaite du cœur et de l'esprit. Je m'effondrais sur elle, en prenant soin de faire reposer mon poids sur mes coudes pour ne pas l'écraser. Ma queue tressaillait tandis qu'elle frémissait autour de moi, abandonnant encore les derniers vestiges de notre libération. Une fois notre respiration revenue à un rythme plus normal, je me retirais à contrecœur de son corps chaud. Elle gémit en signe de protestation.

- Je reviens tout de suite, lui dis-je en l'embrassant doucement sur les lèvres.

- Tu vas où ?

- Je vais juste chercher un gant de toilette : j'aime beaucoup ce canapé et je ne pense pas que Viviane appréciera d'avoir à le nettoyer, dis-je en riant légèrement.

Il y avait certaines limites que ma gouvernante ne franchirait tout simplement pas. Après avoir récupéré le gant de toilette dans la salle de bains, j'étais de retour auprès de Krystina et commençais à essuyer les traces de nos ébats amoureux qui étaient entre ses jambes.

- Je peux le faire, protesta-t-elle en essayant de se redresser.

- Allonge-toi. Laisse-moi m'occuper de toi, la grondai-je. Comment tu te sens ?

- Je vais bien, Alex. Tu n'as pas besoin de me dorloter comme ça. Faut pas exagérer, non plus, c'est pas comme si j'étais sans défense !

Je pliais le gant de toilette, le posais sur la table basse et la regardais d'un air entendu.

- Je n'te dorlote pas. Je n'exagère pas non plus. Je te demandais juste comment tu te sentais pour une raison bien précise, lui expliquai-je en enfilant à nouveau mon jean.

- Ah oui ? Laquelle ?

- Parce que je n'avais pas prévu ce que nous venons de faire. Je n'ai pas la moindre idée de comment tu te sens, en vrai. Parce que si tu es toujours d'accord, je peux appeler Hale pour qu'il nous emmène chercher le sapin de Noël de tes rêves.

Elle rayonnait instantanément, son sourire se fendant d'une oreille à l'autre.

- Oh ouaiiiiiissss ! ! ! Carrément ! ! Et puis, comme ça on pourra se promener en ville. Je pourrai te montrer les endroits que je préfère, en commençant par Bloomingdale's et ses vitrines. Il y a aussi le Rockefeller Center. Je sais qu'il y aura du monde, mais ça, on n'pourra pas l'éviter. Oh ! On devrait aller manger à Little Italy, hein ? !

Je haussais les sourcils, surpris par l'enthousiasme dont elle faisait preuve. J'avais déjà un plan en tête, qui n'incluait aucune des choses qu'elle avait mentionnées. Elle avait parlé bien trop vite et j'avais la tête qui tournait.

- Ouhlala ! Douc'ment ! lui dis-je en rigolant. Une chose à la fois. Rappelle-toi que tu ne peux pas en faire trop. On va chercher le sapin en premier, puis on verra ce que tu te sens capable de faire ensuite.

Elle fronçait les sourcils.

- En fait, je crois que je suis fatiguée de rester assise et de ne rien faire, se plaignit-elle. Toutes ces semaines à l'hôpital, et maint'nant ici... je n'sais pas. J'me sens agitée.

- C'est parce que tu commences à retrouver ton énergie. Crois-moi quand je te dis que personne n'est plus heureux que moi de voir ça. Mais tu te fatigues encore facilement. Tu te souviens de ce que le médecin t'a dit ? lui rappelai-je.

- Oui, je sais, je sais. Je me repose quand j'en ai besoin, me répondit-elle.

- Je sais que t'as hâte de sortir, mais voyons ce que tu peux supporter avant de te lancer à fond dans Noël au cœur de New York, lui dis-je en lui prenant la main.

Je la tirais en position debout en remarquant qu'elle ne semblait plus gênée d'être nue devant moi.

- Tu as raison, concéda-t-elle.

- Je sais que j'ai raison, mon ange. Maintenant, va t'habiller pendant que j'appelle Hale.

Elle se dirigeait vers la chambre. Quant à moi, j'allais vérifier dans le placard de l'entrée si j'avais des manteaux pour Krystina. En effet, je voulais m'assurer qu'elle ait quelque chose de convenable pour être au chaud dehors, car je ne savais pas combien de temps nous allions passer à l'extérieur. Heureux de constater qu'elle avait une doudoune et des gants, je pris une écharpe et un bonnet assortis sur l'étagère du haut et apportais le tout dans la salle à manger. Après avoir disposé le tout sur la table, je sortais mon téléphone de ma poche et composais le numéro de Hale. J'étais surpris de constater que ma main tremblait légèrement. Pas tant que ça, mais quand même : j'avais un mal de fou à poser correctement mon doigt sur le bouton du numéro enregistré. C'était irritant. Je n'étais pas du genre nerveux. Mais là encore, tant de choses dépendaient de ce que je m'apprêtais à faire. Je me débarrassais de ce sentiment de trépidation et finis par passer l'appel. Hale répondit à la première sonnerie.

- Préparez la voiture. C'est l'heure, lui dis-je en insistant sur les derniers mots.

- L'heure de quoi ? s'enquit Krystina qui m'avait entendu.

Je me retournais, surpris de la voir. Elle s'était habillée plus vite que je ne le pensais. Sans dire un mot de plus à Hale, je mis fin à la communication en appuyant sur l'écran et j'empochais mon téléphone.

- L'heure d'aller chercher le sapin de Noël ! Allez viens, mon ange. Allons-y !

31

Krystina

— Mais on va où ? demandai-je à Alexander. Nous avions quitté l'agitation de la ville depuis un bon moment déjà, et nous roulions en direction du nord sur la I-87.

- Tu as bien dit que tu voulais un sapin d'Noël ?

- Oui, mais on n'a pas besoin d'aller jusqu'à Tombouctou pour en trouver un. Je suis sûre qu'il y a plein d'endroits en ville où on aurait pu en trouver.

- Oui, moi aussi, me dit-il distraitement. Mais il y a un endroit à Westchester qui a ce que je veux.

J'essayais de nous imaginer en train de rentrer de Westchester avec un sapin de Noël attaché sur le toit de la Porsche Cayenne. L'idée était presque comique.

- Westchester ? Tu n'as vraiment aucune limite, n'est-ce pas ? Quand tu as une idée en tête...

Je m'arrêtais et secouais la tête. Alexander ne fit pas de commentaire, mais il me prit simplement la main dans la sienne et regarda par la fenêtre de la voiture. Il se comportait étrangement depuis que nous avions quitté le loft. Je ne pouvais pas comprendre pourquoi, mais il semblait inhabituellement nerveux. Un quart d'heure plus tard, Hale garait la voiture sur le côté de la route. Je regardais par la fenêtre, m'attendant à voir un terrain plein d'arbres de Noël, mais je ne voyais qu'une colline couverte de neige. On avait l'impression d'être au milieu de nulle part, et les lumières les plus proches que je pouvais voir semblaient être à plus de deux kilomètres. Je regardais Alexander d'un air interrogateur. Il me lança un sourire diabolique et secouait la tête.

- Pas de questions, mon ange. Viens juste avec moi.

Hale s'approchait pour nous ouvrir la porte.

- Tout est prêt, monsieur, annonça-t-il à Alexander une fois que nous sortions du SUV.

Puis il se tourna vers moi et me fit un clin d'œil.

Mais p'tain, qu'est-ce qui s'passe ?

Je regardais autour de moi à la recherche d'un indice, mais en vain. Alexander me prenait ma main une fois de plus et me conduisait en haut de la colline. La neige crissait sous nos pieds tandis que nous marchions sur la pente. Au bout de quelques instants, je commençais à avoir du mal à respirer. Pourtant, la colline n'était pas si raide que ça. Cela devait plutôt être dû au fait que ces derniers temps, mon activité physique était extrêmement limitée. Je continuais à regarder autour de moi, m'attendant à voir une sorte de ferme, mais rien de tout cela. Alexander avait été si soucieux de ne pas me faire faire trop d'efforts, et j'avais du mal à croire qu'il me fasse faire tout ce chemin pour rien.

- C'est encore loin ? demandai-je en notant l'augmentation de mon rythme cardiaque.

Je pouvais voir la vapeur de ma respiration se former dans l'air froid de la nuit.

- On y est presque. C'est par là, dit-il en me regardant. Tout va bien ?

- Je vais bien. Pour l'instant, du moins. Mais je dois dire que dès que j'en aurai l'autorisation, je retournerai au gymnase, dis-je en riant entre deux bouffées d'oxygène.

Alexander s'arrêta de marcher et, avant que je puisse comprendre ce qui se passait, il se pencha pour me prendre derrière les genoux. Me berçant dans ses bras, il déposait un baiser sur ma joue froide.

- Je n'veux pas que tu t'épuises, me dit-il en clignant de l'œil.

- Je ne discuterai pas, du moment que tu fais attention à ce que tu fais. La dernière chose dont on a besoin, c'est de débarouler cette pente tous les deux en même temps, dis-je en riant.

- Je suis là pour toi, mon ange. Et je le serai toujours.

Il m'embrassait à nouveau sur les lèvres, plus doucement, cette fois-ci, et nous reprîmes notre ascension jusqu'en haut de la colline. Une fois arrivés à son sommet, nous tombâmes sur un pin solitaire qui se tenait à une vingtaine de mètres de là où nous étions.

- Le voilà ! m'annonça-t-il fièrement en me remettant sur mes pieds.

Je secouais la tête en signe de perplexité.

Tout ça pour ça ?

Je trouvais qu'il était plutôt grand, pour un sapin de Noël de salon. En raison de sa taille, il aurait été impossible de l'attacher au toit du 4x4. Sans parler du fait qu'aucun de nous n'avait de hache, ni de scie pour l'abattre.

- C'est celui-là qu'tu veux ? m'enquis-je en essayant de ne pas paraître trop catégorique.

Après tout, Alexander m'avait dit qu'il ne s'était jamais acheté de sapin de Noël. Son manque d'expérience était évident.

- Reste ici, m'ordonna-t-il au lieu de me répondre.

Il se dirigeait maintenant vers le sapin. Une fois qu'il se

trouvait à côté, je le voyais se pencher en se mettant à tripoter quelque chose, mais je ne pouvais pas vraiment voir ce que c'était à cause de l'obscurité de la nuit. Un moment plus tard, de la lumière m'aveugla le temps d'un instant. Je clignais des yeux dans ma surprise alors que des milliers de lumières illuminaient le sapin : du rouge, du vert, du jaune et du bleu ; chaque ampoule jetant son propre scintillement magique. Un ange était perché au sommet, son halo doré se reflétant loin sur le sol blanc recouvert de neige. Je n'avais jamais vu un arbre de Noël aussi bien éclairé.

- Oh ! glissai-je d'admiration.

- Viens ici, Krystina.

Je marchais lentement vers lui, curieuse de savoir ce qu'il pourrait avoir dans sa manche.

- C'est quoi, tout ça, Alex ?

- J'ai une confession à te faire. Je t'ai menti quand je te disais que je n'avais pas pensé à acheter un sapin de Noël. Je savais que tu en voudrais un.

- Alors, tu as décidé d'en installer un ici ? Au milieu de nulle part plutôt qu'à l'intérieur de l'appartement ?

Cela me fit bien rire.

- He bien détrompe-toi. Ce n'est pas le milieu de nulle part. J'ai fait une offre sur ce terrain, il y a quelques mois. Les papiers sont faits. La banque attend juste nos signatures.

- Les nôtres ?

- Oui, les nôtres. Je veux construire une maison sur ce terrain. Avec toi.

Hein ? !

Je venais à peine de me faire à l'idée de vivre avec lui, et voilà qu'il me proposait de construire une maison...

- Alex, je... commençai-je à protester.

- Non, écoute-moi, m'interrompit-il. Le jour où tu as eu cet accident de voiture, j'étais là quand ils t'ont sorti de l'épave.

- Ah... ?

- Oui. Et quand je t'ai vue, je... il s'arrêta un instant, la voix chargée d'émotion. Quand je t'ai vue, j'ai pensé au pire. J'ai cru que tu étais morte. C'était comme si mon cœur avait été arraché de ma poitrine. Mais quand j'ai appris que tu avais une chance de t'en sortir, tout est devenu clair pour moi. Rien ne compte maintenant, sauf toi.

- Alex, il s'est passé tellement de choses en si peu de temps, dis-je en secouant la tête, incrédule.

- Oui, c'est vrai. On a vu l'enfer droit dans les yeux et on y a survécu. À travers tout ça, tu m'as changé d'une façon que je n'aurais jamais cru possible. Les choses n'ont pas toujours été faciles entre nous, et je sais qu'il y a encore des obstacles à surmonter. Je ne peux pas effacer le passé. J'ai toujours mes problèmes persos. Je m'inquiète chaque jour de devenir comme mon père. Je ne nierai pas que ce n'est pas une préoccupation pour moi. Je ne peux pas promettre que tout sera toujours parfait. Mais je peux promettre que je vais essayer. Je crois en nous, Krystina. Et je sais que toi aussi.

Il arracha une décoration solitaire du sapin de Noël et la plaça dans ma paume. Je regardais cette boule argentée qui était dans ma main, dont le sommet était orné d'un nœud en satin vert et dont la surface scintillante tourbillonnait pour former le symbole du triskelion.

- Un triskelion, observai-je à voix haute.

- Tu te souviens que je t'ai dit que le symbole avait plusieurs significations ?

- Oui.

- La croyance celtique, c'est que tout arrive par trois. Le triskélion peut être une représentation du passé, du présent et du futur. Mon ange, tu es mon passé car j'ai l'impression d'avoir cherché toute ma vie à te trouver. Tu es mon présent parce que tu es ici avec moi maintenant. Tu es mon avenir parce que je ne peux imaginer personne d'autre à mes côtés.

Prenant l'ornement dans ma main, il en décha le ruban.

L'ornement s'ouvrit pour révéler une bague en diamant rond, avec deux saphirs taillés en bouclier, nichés dans un lit de satin vert. Je restais bouche bée et eus l'impression que le sol se dérobait littéralement sous mes pieds. Des papillons nerveux dansaient dans mon estomac tandis que je fixais le diamant devant moi.

- Oh mon...

Il mit un doigt sur mes lèvres pour me faire taire.

- Je t'aime, Krystina Cole. J'ai mal quand je ne suis pas avec toi. Je veux que tu sois avec moi, pour toujours et à jamais. Je veux que tu sois ma femme.

32

Krystina

S a *femme.*

Alexander était un homme qui avait vécu presque toute sa vie dans la solitude, et pourtant il était capable de m'y accepter. Je voulais que nous soyons ensemble de toutes les manières possibles. Cependant, il envisageait une vie que j'étais terrifiée d'imaginer. J'avais des doutes sur le fait que nous soyons prêts ou non à faire ce plongeon. La partie rationnelle de moi était du côté de la prudence. Il y avait tellement de choses que nous devions encore apprendre au sujet de l'un et de l'autre. Trop d'inconnues. Mais en même temps, une vie avec Alexander me semblait juste. C'était comme si c'était la façon dont les choses étaient censées être. Je regardais fixement le dessin complexe de la bague scintillante en diamant et en saphir. Elle reflétait toutes les couleurs des lumières du sapin de Noël, un kaléidoscope arc-en-ciel qui correspondait aux émotions de mon cœur. Comme je continuais à la fixer, ma vision fut troublée par des larmes. J'essayais de les faire disparaître et levais les yeux vers le ciel nocturne. Les étoiles scintillaient dans le noir, me rappelant ce qu'une femme italienne pleine de sagesse m'avait dit il n'y a pas si longtemps.

Ton destin « est déjà écrit. Dans les étoiles ».

De chaudes larmes continuaient à couler jusqu'à se répandre sur mes joues. Je me retournais vers Alexander. Son regard était fixé solidement sur moi, me suppliant pratiquement avec ses yeux.

- Je t'ai déjà prévenu une fois, lui rappelai-je. Je t'ai dit que je serai trop compliquée pour quelqu'un comme toi.

- Et moi, je t'ai dit que je n'étais pas bon pour toi.

- Alors, dans ce cas, on forme une combinaison nucléaire.

- Et moi bébé, je suis impatient de faire des feux d'artifice avec toi, me dit-il avec ce sourire en coin que j'aimais tant. À mon grand étonnement, il se mit à genoux, ne semblant pas se soucier de la neige gelée sous ses pieds. Dis-moi que tu vas m'épouser, mon ange. Dis-moi que tu partageras l'éternité avec moi.

Je regardais son regard bleu saphir magnifique, si vibrant et plein d'amour, que je ne pouvais pas le confondre avec autre chose.

Fais-lui confiance. Crois en lui.

J'inspirais profondément pour me calmer avant de parler.

- Alexander, il y a un million et une pensées qui tourbillonnent dans ma tête en ce moment. Tu es autoritaire, arrogant et présomptueux. Ton autoritarisme me rend folle. Tu gardes des secrets et tu retiens des choses. Bien souvent, je suis colérique et méfiante. Je suis une vraie emmerdeuse. Je remets tout en question, et je le ferai probablement toujours. Nous avons tous deux des démons dans nos passés qui interfèrent avec notre capacité à être satisfaits et heureux. Même si je pense qu'on a fait des progrès, on a encore beaucoup de chemin à parcourir. Je fis une pause pendant un moment et pris une autre inspiration profonde. Il y a tellement de choses qui doivent être résolues. Tu ne sais pas qui tué ton père, et tu ne sais toujours pas si ta mère est vivante ou non. Le procès de Charlie Andrews est en cours, et je sais que cela signifie que ta vie soigneusement préservée est sur le point de s'écrouler. On a une route difficile devant nous.

- Qu'est-ce que t'es en train de me dire, là ? me demanda-t-il la voix pleine d'incertitude.

Il avait l'air si vulnérable à genoux, et je savais qu'il ne serait pas juste de ma part de le faire attendre plus longtemps. Moi qui cherchais le bon moment pour lui dire que je l'aimais, je n'aurais pas pu choisir un meilleur moment.

- Je suis en train de dire que je ne vais pas écouter ma tête. Pour la première fois de ma vie, je vais écouter mon cœur. Je dis que je veux qu'on règle nos problèmes ensemble. Et je dis que je t'aime, Alexander. Je veux la clôture blanche. Je veux être avec toi pour toujours.

Il se leva et attrapa mes épaules. Me serrant contre lui, il commençait à me faire une pluie de baisers sur les joues, le front et le nez. Des larmes me coulaient sur le visage alors que je m'accrochais farouchement à lui. J'étais vraiment une épave en sanglots.

- Oh, Krystina. J't'aime tell'ment qu'ça m'fait mal, dit-il d'une voix chargée d'émotion.

Je levais la main pour tracer les lignes de son visage avec mon doigt sur sa mâchoire fortement marquée, ses pommettes ciselées, et ses lèvres parfaitement sculptées. Il était la perfection, à mes yeux.

- Je t'aime aussi. Mais j'ai peur, Alex.

- N'aie pas peur, mon ange.

- On a beaucoup de problèmes qui ne peuvent pas être ignorés. Je pense qu'on devrait peut-être envisager de nous faire aider, suggérai-je timidement.

- J'n'ai jamais été un grand fan des psys, mais je dois admettre que je pense quand même qu'on pourrait tenter.

J'aimerais travailler sur les rêves que je fais. Je ne veux plus jamais être dans une position où je pourrais te faire du mal. Donc, si c'est ce qu'il faut faire, faisons-le.

- Encore une chose. J'aimerais aussi m'impliquer davantage dans le refuge pour femmes de Stone's Hope. J'ai eu le temps d'y réfléchir quand j'étais à l'hôpital, et je pense qu'il y a beaucoup de femmes qui aimeraient entendre parler de mon expérience, en tant que fille violée, je voulais dire. Je pourrai les aider - leur apprendre qu'elles ne sont pas seules.

- Mon ange, je pense que c'est une excellente idée, dit-il en s'approchant de moi pour me déposer un baiser sur le front.

La neige commençait à tomber autour de nous en gros flocons blancs qui fondaient sur nos visages. Je souriais et tirais la langue pour en attraper un, comme je le faisais lorsque j'étais petite.

- As-tu déjà fait l'ange dans la neige ? lui demandai-je impulsivement.

- Non, me répondit-il en riant. On ne peut pas dire ça.

- Je n'sais pas, c'est p't-être l'idée de devenir Madame Alexander Stone, mais je me sens soudain incroyablement idiote. Allez, fais-moi plaisir et fais l'ange dans la neige avec moi, dis-je en m'asseyant sur le sol.

- Maint'nant, là ? Tout d'suite ? Ensemble ? demanda-t-il avec incrédulité.

Ses yeux d'un bleu saphir brillaient d'humour alors qu'il fixait l'endroit où j'étais assise sur le sol gelé.

- Oui, lui dis-je sérieusement en tirant sur sa main. Ensemble. Toujours ensemble.

C'était exactement ce que je voulais dire. Ensemble. Je ne dis pas que l'inconnu ne me faisait pas peur, ou que je n'avais pas peur de l'avenir. Parce que j'étais terrifiée. Mais malgré tout, je savais que tant qu'Alexander serait à mes côtés, nous surmonterions tout ce qui nous arriverait. Toujours ensemble. Et alors que nous étions allongés dans la neige fraîchement tombée, je réalisais à quel point il avait raison à propos du passé, du présent et de l'avenir. Il était toutes ces choses pour moi, et bien plus encore.

À suivre...

GRAVÉ DANS LA PIERRE

https://dakotawillink.com/foreign-translations

Deux déclarations d'amour. Et un passé qui ne les lâchera jamais.

Alexander

J'avais mes règles, et Krystina les a enfreintes. Et pourtant, rien ne devait changer. Mais ça ne signifiait pas que je ne voulais pas qu'elle devienne ma femme. Elle était l'exemple même du triskelion, le symbole de mon passé, de mon présent et de mon futur. Parce que sans Krystina, je ne suis plus rien. C'est alors que mon passé ressurgit pour éclater dans toute sa splendeur. Mais je n'étais pas le seul à avoir un secret. Tout ce en quoi je croyais n'était qu'un mensonge. L'emprise étouffante du chaos se resserra sur moi jusqu'à ce que je ne puisse plus respirer. Je ne sais plus qui je suis. La seule chose que je peux faire, c'est redevenir l'homme que j'étais autrefois - au moment où c'est moi qui avais le contrôle.

Krystina

Alexander est celui qui a su recoller mon âme brisée. Cette période-là aurait dû être la plus heureuse de ma vie, mais l'obscurité planait toujours. Je pensais connaître l'homme avec lequel je m'étais engagée, mais le doute persistait. Je ne sais pas si Alexander est bien celui qu'il prétend être. Tout est arrivé si vite. Toutes les choses pour lesquelles nous nous étions battus ont menacé de s'effondrer en une fraction de seconde. Et maintenant, je suis confrontée à prendre une terrible décision : aller contre Alexander pour le sauver ou bien rester assise et regarder son monde se briser autour de lui. Et ma décision, quelle qu'elle soit, pourrait détruire l'unique chose dans laquelle notre relation est construite : la confiance.

NOTES

Chapitre 4

1. East Hampton est une ville située au sud-est du comté de Suffolk, sur l'île de Long Island, dans l'État de New York. *(Notes de la traductrice)*
2. Survenue le 18 mai 1980, l'éruption du mont Saint Helens, aux États-Unis, est l'une des éruptions les plus dévastatrices de l'histoire moderne de l'humanité. Une éruption d'une puissance colossale qui a rayé 600 km2 de la carte. Cet événement a permis aux chercheurs d'acquérir de nombreuses connaissances utiles à prédire ce genre d'éruptions.
3. Thomas Kinkade (19 janvier 1958 à Sacramento - 6 avril 2012 à Monte Sereno) est un peintre réaliste américain du XXème siècle. Il a fait fortune grâce au tirage de masse de paysages enchanteurs.

Chapitre 5

1. Une sexualité vanille est ce qu'une culture perçoit comme un comportement sexuel conventionnel. Les différentes cultures ont des idées différentes sur ce qui constitue une sexualité traditionnelle. La sexualité vanille est entendue dans le milieu des sexualités plurielles, comme une sexualité hors rapports que l'on retrouve dans le milieu du BDSM, par exemple.

Chapitre 7

1. Venant de la culture geek, Captain Obvious est une sorte d'anti-héros qui a le don de faire remarquer quelque chose d'évident. Par extension, cette réplique est donc envoyée à une personne faisant remarquer quelque chose de totalement évident et donc totalement inutile.

Chapitre 8

1. Pistolet semi-automatique, fabriqué en Autriche par la société Glock GmbH.

Chapitre 9

1. Le poinsettia est un cocktail de jus de canneberges et de champagne, parfois avec de la vodka et / ou du Cointreau.

Chapitre 10

1. Daniel Coulter Reynolds, ou Dan Reynolds, est un chanteur, auteur-compositeur-interprète et réalisateur artistique américain, né le 14 juillet 1987 à Las Vegas dans le Nevada. Il est le chanteur principal du groupe de musique Imagine Dragons. La ballade déchirante dont nous faisons ici référence est la chanson du groupe qui s'intitule « Smoke and Mirrors ».

Chapitre 17

1. En français dans le texte
2. En français dans le texte.

Chapitre 25

1. En italien dans le texte
2. En italien dans le texte. Expression qui signifierait, dans ce contexte : « Oh, les boules ! »
3. En italien dans le texte. Cette expression signifierait, dans ce contexte : « Ma belle » / « Ma jolie »

Chapitre 28

1. En italien dans le texte original.
2. En italien dans le texte original. Expression qui voudrait dire, en français : Dieu merci !

L'AUTEURE

Dakota Willink, auteure new-yorkaise, a décroché le titre envié de USA Today Bestselling grâce à son talent indéniable. Elle excelle dans l'art d'écrire des histoires mettant en scène des héros tourmentés qui tombent amoureux de femmes impertinentes et indépendantes. Ses livres mettent l'accent sur les personnages et sont empreints d'émotion et de sensualité. Ils sont écrits avec beaucoup de réalisme et son imagination donne naissance en permanence à de nouvelles idées.

Elle affirme souvent avec humour qu'elle a survécu à sa première publication grâce au café et au vin. Fan inconditionnelle de Star Wars, elle entretient toujours le rêve de recevoir un jour sa lettre de Poudlard. Au quotidien, elle rehausse son style avec du rouge à lèvres et voue une fascination particulière aux feuilles de calcul Excel. Ses compagnons d'écriture à quatre pattes, deux Cavaliers espiègles, sont les joyeux agitateurs qui distillent la bonne humeur au sein de son foyer. Elle adore voyager avec son mari et débattre de questions sociales et économiques avec son fils et sa fille issus de la génération Z, qui possèdent de solides connaissances en politique.

En termes littéraires, Dakota affectionne particulièrement les romances contemporaines ou sombres, les thrillers politiques et psychologiques, ainsi que les autobiographies.

À ce jour, *La Pierre de Souhait* est son quatrième roman traduit en français. C'est également le quatrième volet de *la Série de Pierre* qui se compose d'*Un cœur de Pierre*, de *Pierre de gué* et de *Gravé dans la Pierre*.